btb
Aus Freude am Lesen

btb

Buch

In Holland im 17. Jahrhundert kreuzen einander verschiedene Lebenswege. Der Maler Napilut (der Name ist ein Anagramm von Tulipan, die Tulpe) malt ausschließlich Tulpen. Sein Modell dafür ist Absentia. Seine Gemälde werden von allen bewundert. Vielleicht vor allem deswegen, weil sie ein Mysterium umgibt – die Bilder strömen einen verführerischen Duft aus. Alle denken, die Bilder würden nach Tulpen riechen. In Wirklichkeit riechen sie nach Liebe. Denn Napilut ist in tiefer Liebe zu Absentia entbrannt. Zur selben Zeit schreibt Doktor Claudius sein großes Standardwerk zur Kategorisierung der Wolken. Und sein Freund Van der Kalm ist der langsamste Mensch der Welt und arbeitet an einem Projekt, die Zeit zu verlangsamen. Der Uhrmacher Van der Clock indessen bereitet die wichtigste Verabredung seines Lebens vor. Schließlich kommt noch der Venezianer Marco De Ros dazu, der sich auf das Malen von Rosen spezialisiert hat. Die Schicksale all dieser Menschen verbinden sich auf die wundersamste Weise. Die Geschichte spitzt sich zu, die Ereignisse überstürzen sich …

Autor

Lorenzo Marini leitet eine Werbeagentur, malt und schreibt. »Der Tulpenmaler« ist sein dritter Roman. Er wurde in Italien mit großer Begeisterung aufgenommen.

Lorenzo Marini

Der Tulpenmaler

Roman

Aus dem Italienischen
von Christiane Rhein

btb

Die italienische Originalausgabe erschien unter dem Titel
»L'uomo dei tulipani« bei Lupetti, Milano.

Umwelthinweis:
Alle bedruckten Materialien dieses Taschenbuches
sind chlorfrei und umweltschonend.

Der btb-Verlag ist ein Unternehmen der Verlagsgruppe
Random House.

1. Auflage
Deutsche Erstausgabe Januar 2005

Umschlaggestaltung: Design Team München
Umschlagfoto: Corbis/Christie's Images
Satz: Uhl + Massopust, Aalen
SR · Herstellung: Augustin Wiesbeck
Made in Germany
ISBN 3-442-73194-1
www.btb-verlag.de

Eine Geschichte, die vierhundert Jahre zurückliegt,
aber schon morgen wieder aufleben könnte

»Blätter sind Massen aus Schweigen
um die Blumen herum,
ihre Worte.«
RABINDRANATH TAGORE

1640

Die Holländer sind die einzigen europäischen Händler, die Japan anlaufen dürfen.

In Schottland bricht der Aufstand der Presbyterianer gegen die englischen Puritaner von Karl I. aus. Es gelingt ihnen, sich verschiedener Städte zu bemächtigen, darunter Edinburgh.

1641

Als reiche die schottische Krise nicht, gibt es erneut schwere Unruhen in Irland. In Ulster nehmen die Katholiken den bewaffneten Kampf gegen die Engländer wieder auf und bringen etwa dreißigtausend Protestanten um.

In Frankreich bereitet sich Mazarin darauf vor, die Nachfolge des mächtigen Kardinals Richelieu anzutreten. Als dieser im folgenden Jahr stirbt, erbt Mazarin die Ämter und das politische Programm seines Vorgängers.

Die Holländer vertreiben die Portugiesen aus Malakka, das zu einem blühenden holländischen Handelsstützpunkt wird.

1642

Der neunzehnjährige Pascal erfindet eine Rechenmaschine mit Zahnrädern, die automatisch Zahlen addiert und subtrahiert: die Pascaline.

Am Weihnachtstag wird in Lincolnshire Isaac Newton als Sohn eines Landwirts geboren. Wie es der Zufall will, fällt sein Geburtsjahr in das Todesjahr Galileo Galileis, des Vaters der wissenschaftlichen Revolution. Newton tritt das Erbe des Italieners an und vollendet dessen Werk. Mit seiner Arbeit findet jene Revolution, die das Wissen des siebzehnten Jahrhunderts von Grund auf verändert und umgewälzt hat, ihren Abschluss.

Rembrandt malt sein Meisterwerk, »Die Nachtwache«, und erhält dafür 1600 Gulden.

1643
Torricelli, Galileo Galileis Sekretär, erzeugt das Torricellische Vakuum und nimmt mit seinem Quecksilberröhrchen die Erfindung des Barometers vorweg. Dieses wird 1771 von Deluc vervollkommnet, patentiert und vertrieben.

Doktor Claudius beginnt sein Werk »Das Buch des Tageshimmels oder Systematisches Verzeichnis der Wolken«.

1644
In Frankreich besteigt der fünfjährige Ludwig XIV. den Thron. Der mächtige Kardinal Mazarin übernimmt die Vormundschaft und regiert Frankreich bis zu seinem Tod ungestört weiter.

Die indische Prinzessin Suri besucht Amsterdam in der Absicht, die Handelsbeziehungen zwischen den beiden Ländern zu verbessern. Sieben Jahre später wird sie die Stadt an genau demselben Tag noch einmal aufsuchen.

1645
Bernini vollendet die Skulptur »Die Verzückung der Heiligen Theresa«. Velasquez arbeitet in Italien.

Severino veröffentlicht »Zoologia democritea«; er behauptet, dass man »die Tiere studieren muss, um die Menschen besser zu verstehen«.

1646

In England endet der erste Bürgerkrieg zwischen der Parlamentsarmee unter Oliver Cromwell und den Royalisten Karls I. nach dem Sieg der Parlamentarier im Jahr zuvor.

Hevelius veröffentlicht »Selenographia«, eine Karte der Mondoberfläche mit Namen, die noch heute in Gebrauch sind.

1647

Masaniello führt in Neapel einen Volksaufstand gegen die Spanier an und handelt schließlich mit dem Adel einen Kompromiss aus, den das Volk als schändlich ablehnt. In einer Verschwörung wird Masaniello von wütenden Anhängern, die ihn des Verrats bezichtigen, umgebracht.

Napilut, der Tulpenmaler, erreicht den Gipfel seines Erfolgs. Ganz Amsterdam liegt ihm zu Füßen. Man spricht von einer eigenartigen Wirkung seiner Bilder.

1648

Nach den Ereignissen in England will Kardinal Mazarin in Frankreich das Parlament auflösen. Im August kommt es zum Aufstand der Massen, die mehr Freiheit und Demokratie fordern. Es ist die Zeit der Fronde.

Ende des Dreißigjährigen Krieges. Mit dem Westfälischen Frieden wird die Unabhängigkeit der Niederlande von Spanien und damit die Republik der Vereinigten Provinzen endgültig anerkannt.

1649

Das englische Parlament lässt Karl I. hinrichten und schafft das Oberhaus und die Monarchie ab. In England wird die Republik ausgerufen.

1650

Der anglikanische Bischof Ussher rechnet mit »unumstößlicher« Gewissheit das Datum der Erschaffung der Welt aus.

Die Schöpfung, behauptet er, hat im Jahre 4004 vor Christus stattgefunden.

Auf der Piazza Navona in Rom errichtet Bernini den Vierflüssebrunnen.

Eine Liebesgeschichte beginnt, auch wenn die ersten Sätze des Buches lauten:

Du bist für mein Leben wie das Salz für den Ozean.«

Doch er hörte es nicht.

Das Schiff war bereits zu weit entfernt, und sie konnten sich nur noch sehen. Zwei klar umrissene Gestalten in einer Menge undeutlicher Schatten.

»Du bist für mein Leben wie das Salz für den Ozean.«

Die ganze Nacht waren sie in ihrem Herzen gegoren, während des langen Abschieds waren sie ihr langsam in die Kehle gestiegen, und bei der letzten Umarmung hatten sie ihr auf der Zunge gelegen. Wie immer jedoch waren ihr die Worte nicht über die Lippen gekommen. Absentia wusste stets, was sie wollte, sie wusste genau, was sie zu sagen hatte und wie sie es zu sagen hatte, aber sie hielt inne, kurz bevor sie zu reden anfing. Und blieb stumm. Einfach so.

Absentia sprach wenig, doch wenn sie etwas sagte, dann waren es Perlen.

»Du bist für mein Leben wie das Salz für den Ozean.«

Herausgeschrien so laut sie konnte, aus der Tiefe ihres Herzens und eines unerbittlichen Schicksals, in der Verzweiflung, zum Warten verurteilt zu sein.

Die Den, ein Schiff der niederländischen Flotte, das größte, das die Ostindische Kompanie je besessen hatte, war vor wenigen Minuten ausgelaufen. Ein schwimmender Palast, aus tausend jahrhundertealten Eichen gezimmert, mit dreißig Kanonen, fünfzig Meter hohen Masten und verziert mit Holzfiguren, weicher fließend als sie die Wellen unter sich jemals erleben würden, verabschiedete sich mit knatternden Segeln vom Hafen, ein letzter Atemzug vor dem Verschwinden.

An Deck war gerade noch eine Hand voll winkender Matrosen auszumachen.

Im Hafen eine Hand voll Frauen: Verlobte, Freundinnen, Prostituierte, Geliebte, Töchter und Mütter, die zurückwinkten.

Doch nur eine weinte.

Sie sprach nicht viele Worte. Ihre Augen aber sprachen Bände.

Und das schönste Liebesbekenntnis waren ihre Tränen.

Mit den Augen folgte sie dem kleinen, bereits ein wenig verschwommenen Punkt auf seiner Reise, die unter günstigen Bedingungen ein Jahr dauern würde, unter widrigen Umständen vielleicht sogar zwei.

Zwei Jahre. So lange dauert die Geschichte dieses Buches.

»Du bist für mein Leben wie das Salz für den Ozean.«

Es war ein Aufschrei gegen den Himmel geworden, aufs Meer zurückgefallen, in die Wellen getaucht, vom Wasser verschluckt, im Abgrund versunken.

Es war die hartnäckigste Liebeserklärung, die dem Amsterdamer Hafen je zu Ohren gekommen war.

Es war das Versprechen ewigen Wartens.

Es war die endgültige Erklärung ihrer Zusammengehörigkeit. Sie waren füreinander geschaffen. Und nichts würde sie trennen können.

Es war ein Aufwiedersehen. Manche Jahre vergehen in einem Augenblick.

Es war ein Lebewohl. Manche Augenblicke vergehen nie.

An Euer Hochwohlgeboren
Carlos Ruiz de Azùa
Sekretär des Vizekönigs im Lande Ecuador

Hochverehrte Exzellenz,

ich danke Euch untertänigst für das Interesse, das Ihr meinem Projekt entgegengebracht habt, zu welchem ich, auf Eure gelehrte Geduld und erlauchte Aufmerksamkeit bauend, mit Freude einige nähere Ausführungen unterbreite, wie Ihr sie in Eurem Schreiben erbeten habt.

Tatsächlich enthielt mein voriger Brief nichts als wenige knappe Andeutungen; doch möchte ich mit den folgenden Zeilen Euer Hochwohlgeboren die Rolle illustrieren, die das edle Land Ecuador in meinem Projekt bekleiden könnte, sofern Seine Majestät dasselbe Interesse bekunden sollte, das Ihr freundlichst an den Tag gelegt habt.

Wie Ihr wisst, ist Euer Land von Gott begnadet, denn dortselbst hat Er die Linie der größten Erdausdehnung festgelegt, welche wir Äquator nennen. Die Tatsache, dass dieser unsichtbare Ring auch Euer Land berührt, zeugt von der einzigartigen historischen Rolle, die das Schicksal für Euer Volk vorgesehen hat, nämlich mittels des bescheidenen Professors, der Euch diese Zeilen schreibt, das Fundament für den Traum der Menschheit zu legen.

Das für das Projekt benötigte Areal ist nicht besonders groß, Euer Hochwohlgeboren, im Gegenteil: Verglichen mit dem erhabenen Zweck des Vorhabens ist es geradezu klein. Vorgesehen ist eine ein bis zwei Quadratkilometer große Fläche, die ohne irgendwelche Gewinnabsichten die größte Windmühle der Welt dauerhaft aufnehmen soll.

Tatsächlich handelt es sich bei der vorgesehen Konstruktion nicht um eine herkömmliche Windmühle, denn alle Mühlen nutzen die Kräfte der Natur, um sie auf ein Mühlrad zu übertragen. Dieser Aspekt fehlt bei unserer »Mühle«, die im Grunde eher einer riesigen Papierwindmühle gleicht. Aus den Erzählungen unserer Reisenden und Abgesandten scheint allerdings hervorzugehen, dass Eurem Volk Windmühlen jeder Art gänzlich unbekannt sind.

Um diesem Umstand zu begegnen, erlaube ich mir, Euer Hochwohlgeboren eine vorläufige Zeichnung der beschriebenen Konstruktion beizulegen. Ein detaillierter Projektplan wird folgen, sobald Ihr mich einer Antwort für würdig befunden haben werdet. Selbstverständlich wird unsere Windmühle vollkommen andere Maße aufweisen. Selbst eine zwanzig- oder dreißigfache Vergrößerung könnte den rechten Eindruck ihrer tatsächlichen Ausmaße nicht wirklich vermitteln.

Der Name des Projektes lautet »Gegenwindmühle«.

In geduldiger Erwartung Eurer erlauchten Antwort
bin und verbleibe ich in tiefer Verneigung

Euer Exzellenz
geneigtester und treuuntertänigster
Diener der Zeit und Professor
Witt Van der Kalm

Amsterdam, den 7. März 1650

Am Stadtrand von Amsterdam.

»Bald beginnt die Saison wieder.«

»Noch ein paar Tage, ja.«

»Dann beginnt auch Ihr wieder zu arbeiten, nicht wahr?«

»Ach, Doktor Claudius, ich höre nie auf.«

»Natürlich. Und doch weiß jeder, dass Ihr nur malt, wenn sie blühen.«

»Nicht ganz. Ich beginne zu malen, wenn im Norden die erste Tulpe aufblüht, und mache Schluss, wenn mitten im Sommer das letzte Blütenblatt fällt.«

»Aber seltsam ist das schon, findet Ihr nicht, Meister Napilut?«

»Malen heißt, anderen mitzuteilen, was man gelernt hat. Emotionen zu beschreiben. Doch um das tun zu können, muss man sie zunächst einmal erleben. Um reden zu können, muss man zuhören können.«

»Und wem hört Ihr zu?«

»Der Stille, Doktor Claudius. Der Stille.«

Am Stadtrand von Amsterdam gehen zwei wundersame Gestalten langsam nebeneinander her.

Ein Wissenschaftler und ein Maler.

Von dem Maler wissen wir, dass er nur malt, wenn die Tulpen blühen. Und dass er blaue Augen und schwarze Haare hat. Und von dem Wissenschaftler?

»Doch sagt, Doktor Claudius, wie steht es eigentlich um Eure Arbeit?«

»Im Großen und Ganzen gut, danke. Nur müsst Ihr wissen, Meister Napilut, ich bin keine dreißig mehr wie Ihr und auch nicht so erfolgreich. Eure Arbeit entsteht immer wieder neu, mit jedem Bild. Die meine hingegen endet nie.«

Eine Kartoffelnase gen Himmel gereckt. Er lauscht auf das Rauschen der Luft, auf den Atem der Welt, auf den Hauch des Himmels, auf das, was die Menschen Wind nennen. Anschauen kannst du ihn nicht, berühren kannst du ihn nicht und voraussehen kannst du ihn auch nicht.

Aber lieben kannst du ihn.

Und er, Doktor Claudius, studiert ihn seit Jahren, seit sieben, um genau zu sein. Er studiert die Zeichen, die der Wind hinterlässt, er klassifiziert die Spuren seiner ewigen Wanderschaft, das, was die Menschen Wolken nennen.

»Der Wind treibt sein Spiel mit der Logik. Stets sieht man ihn am Werke: Gewaltig wie die Rache oder sanft wie das Leben bringt er uns den Frühling oder fegt die vertrockneten Blätter hinweg. Doch nicht einmal Ihr könntet ihn malen.«

»Nicht einmal ich könnte ihn malen …«

»Bei der Klassifizierung von Blumen geht es um unwiderlegbare Tatsachen: Die Natur wählt ein paar Muster, die sie unendlich wiederholt, die aber auf einige Grundformen zurückzuführen sind. Das gilt selbstverständlich für alle Blumen, Tiere, Pflanzen und lebenden Organismen, sogar für Muscheln. Ach, Ihr solltet Euch einmal *Das Große Buch der treibenden Meeresperlen – der Muscheln* ansehen. Ein Wunderwerk. Mein Wirkungskreis hingegen ist immens, nahezu unendlich. Ich bin fast ein wenig erschöpft.«

»Wann habt Ihr damit angefangen, Doktor Claudius?«

»Vor sieben Jahren. Seitdem geht es tagaus, tagein darum, herauszunehmen und hinzuzufügen, zu unterstreichen, zu gruppieren, zu überarbeiten.«

»Wie soll Euer Werk heißen?«

»*Das Buch des Tageshimmels oder Systematisches Verzeichnis der Wolken*.«

»Ein schöner Titel.«

»Seht Ihr die einzelne Wolke dort? Das ist ein *Einsamer Tropfen*. Und die Gruppe daneben? Das ist eine *Salzige Herde*. Alle kenne ich sie, alle, jede Einzelne. Nur …«

»Nur?«

»Nur dass jeden Tag ein paar neue entstehen und einige nie wiederkehren.«

»Sterben sie?«

»Nein, Wolken sterben nie.«

Zwei wundersame Gestalten, würde man sagen.

Ein Wissenschaftler und ein Maler.

Von dem Wissenschaftler wissen wir, dass er Wolken klassifiziert, dass er eine Kartoffelnase hat, dass er klein und komisch und gut ist.

Und von dem Maler?

Er malt die Schönheit, aber nur, wenn sie blüht.

Er legte den Federhalter nieder,
streute Löschpulver auf die Tinte,
pustete darüber, las von neuem,
faltete das Blatt zusammen,
steckte es in den Umschlag,
nahm den Siegellack,
erhitzte ihn über der Kerze,
ließ vier Tropfen auf den Umschlag fallen,
und ohne sie erkalten zu lassen,
drückte er sein Adelswappen hinein.

W. K.
Witt Van der Kalm

Dann setzte er sich.
Erschöpft.
Insgesamt fünfzig musste er schreiben.
Fünfzig.
Es war wirklich ein grandioses Projekt!

Napilut hatte sie zufällig entdeckt. In einer Gegend, in der es nach Bier und Heringen roch, und das waren noch die angenehmsten Gerüche. Der Gestank von Urin und Erbrochenem, von Ruß, ranzigen Speisen, Schimmel und Schweiß stieg direkt ins Hirn, ohne erst den Umweg über die Nase zu nehmen.

Während er durch die Darkestraat schlenderte, das Armenviertel der Stadt, hatte er sie gesehen, wie man einen Diamanten in einem Felsen entdeckt. Der Felsen schmutzig, grau, rußgeschwärzt. Der Diamant edel und rein.

In seinem Viertel um die Jodenbreestraat herum, nicht weit entfernt vom großen Amstelkanal, aß man weißes Brot, oft mit Zitronenschale und Rosinen darin. Hier aber gab es nicht einmal das grobe aus Buchweizen und Haferschrot: Die armen Leute buken ihr Brot aus Kastanienmehl oder bekämpften den Hunger gar mit Fladen aus Eichelmehl. In Napiluts Viertel stand frisches Fleisch täglich auf dem Speiseplan, und auch an geräuchertem fehlte es nie. Fleisch und Süßspeisen wurden mit Trockenobst zubereitet, vor allem mit Pflaumen, Rosinen und Feigen, und die regionale Spezialität war Erbsensuppe mit Pflaumen oder auch Rinderzunge in einer Soße aus grünen Äpfeln.

In der Darkestraat geschah es nun, dass der Reichtum der Armut begegnete. Dass der Maler auf seine Blume traf. Blumen wachsen überall, wo es Erde gibt und Wasser und Sonne.

Sie hieß Absentia, hatte einen weißen Teint, grüne Augen und blonde Haare. Eine wunderschöne Wildblume. Da Napilut sie zufällig entdeckt hatte, sollte man meinen, dass es keine Vorsehung gibt. Und doch gibt es die Vorsehung, ganz bestimmt. Nur dass sie in diesem Moment, als Napilut seinen Blick so sanft wie Schnee auf Absentias abwesende Augen senkte, nur dass sie in diesem zauberhaften Moment gerade schlief. Ja. Manchmal schläft die Vorsehung. Und so entstehen aus dem Schicksalsfaden plötzlich ganz unvorhergesehene Muster. Erst wenn die Ordnung schläft, erwacht der Traum des Wahnsinns zum Leben.

Wie alt sie genau war, wusste Absentia nicht, aber im siebzehnten Jahrhundert kannten nur die Wenigsten ihr exaktes Geburtsdatum. Bei den Armen jedenfalls. Für sie war die Zeit ein Gegner, den es zu bekämpfen galt, während sie für die Reichen ein Kalender war, dem es zu folgen galt. Absentia war von unbestimmtem Alter, heiratsfähig, könnte man sagen, also unter zwanzig. Sie arbeitete als Wäscherin für wohlhabende Familien. Zu Hause waren sie nur noch zu viert, und sie war die Älteste und die einzige Frau in einem Haushalt ohne echte Männer und ohne jede Hoffnung. So musste sie für ihren Lebensunterhalt aufkommen, und sie tat es, so gut sie konnte.

Mit Gelegenheitsarbeiten konnte sie immer wieder ein paar Stuiver zusammenkratzen, genau wie ihr Vater. Nur dass sein Verdienst in Bier und Schnaps umgesetzt wurde, ihrer aber in Nahrung für sich und ihre Brüder.

Gerade war sie dabei, in einer großen Wanne Wäsche zu waschen, als stampfe sie Trauben, den Rock über die Knie gerafft, die Brüste schaukelnd unter der groben Leinenbluse, und bei jedem Tritt in den Trog spritzte die Seifenlauge auf.

Sie wusch die Wäsche, und Napilut kam vorbei.

Meister Napilut, der Maler, der berühmte Tulpenmaler, wer weiß, was der hier zu suchen hat, ein Liebhaber des Schönen in dieser schmutzigen, ungesunden, verrufenen, anrüchigen Gegend, wer weiß, sie jedenfalls stampfte ungerührt weiter,

»Verdammter Dreck, überall nur Dreck«, *Was machst du da?,* ich mag dir nicht mal zuhören, du lächerlicher Wicht, *Wie heißt du?,* ich weiß genau, dass du sowieso nur Augen für meine Beine hast, ihr seid doch alle gleich, meine Füße sind Eisklumpen, *He, ich sprech mit dir,* noch eine halbe Stunde, dann bin ich fertig, wieso der sich genau hierhin setzen muss, was es da groß zu starren gibt, er starrt mir auf den Busen, als hätte er noch nie einen gesehen, na, dem werd ich was erzählen.

»Sagt, habt Ihr keine Frau?«

Schweigen.

Er antwortet nicht, was guckt der bloß so, was findet der an mir, noch eine letzte Anstrengung, bevor ich vor Kälte und Anstrengung tot umfalle, jetzt kriegt der was zu hören.

Sie hält inne.

Verschränkt die Arme über der Brust.

Schaut ihm direkt in die Augen, ins Herz des Gesichts, mitten in seinen Blick.

»Sagt, habt Ihr keine Frau?«

»Doch.«

»Dann geht gefälligst zu der.«

»Ich geh schon.«

Gut, das wär's. Dann kann ich jetzt ausspülen. Es wird mühsam sein, das ganze Zeug aufzuhängen. Und bei dem Himmel ein weiteres Stück Arbeit, es trocken zu bekommen. Jetzt steig ich erst mal aus der Wanne, Gott, bin ich verschwitzt, ein bisschen Asche, eine Zitronenschale, und der Kerl steht immer noch da. Ganz schöner Dickkopf. Rührt sich nicht von der Stelle. Jetzt hör mir mal gut zu, Freundchen.

»Wenn Ihr eine Frau habt, dann könnt Ihr doch die begaffen.«

»Stimmt.«

»Ihr betrachtet aber mich.«

»Stimmt.«

Pause. Absentia wusste stets, was sie wollte, sie wusste genau, was sie zu sagen hatte und wie sie es zu sagen hatte. Nur dass die Worte…

»Hört zu, Herr…«

»Hör du zu. Wie viel verdienst du, wenn du dieses ganze Zeug wäschst?«

»Was geht Euch das an?«

»Ich habe zuerst gefragt. Wie viel verdienst du damit?«

»Zwanzig Stuiver.«

»Für die ganze Wäsche?«

»Zwanzig Stuiver, habe ich gesagt.«

»Ich biete dir vierzig.«

»Und was soll ich dafür tun?«

»Nichts.«

»Was?«

»Nichts.«

Schweigen. Nach einer Weile fährt Napilut fort:

»Ich bezahle dich fürs Stillhalten. Kannst du ruhig sitzen?«

»Ich weiß nicht. Das habe ich noch nie versucht. Ich bewege immer die Füße oder die Finger oder die Beine. Doch was wollt Ihr mit meinem… was war es noch?«

»Stillhalten? Malen.«

»Wie bitte?«

»Ich male. Zeichne. Studiere. Übertrage.«

»Ach so, Ihr seid Maler. Alles Halunken. Nur den Frauen unter die Röcke gucken.«

»Ich sehe in die Tiefe.«

»Umso schlimmer. Hört zu, Stillhalten…«

»Wie lange brauchst du, um die Wäsche hier zu waschen, aufzuhängen, zu falten und wieder abzugeben?«

»Insgesamt einen halben Tag.«

»Einen halben Tag Modell sitzen, und du bekommst von mir sechzig Stuiver.«

»Sechzig Stuiver? Da müsst Ihr ein reicher Maler sein.«

»Sehr reich.«

»Was besitzt Ihr alles?«

»Ich besitze alle Blumen. Ich rühme sie, ich besinge sie, ich mache sie lebendig, unsterblich, vollkommen.«

»Und was habt Ihr mit mir vor?«

»Nichts anderes. Ich werde dich nicht anrühren, außer mit dem Blick. Ich werde dich nicht streicheln, außer mit dem Licht.«

»Ihr werdet mich nie anfassen? Schwört.«

»Ich schwöre.«

Er hat geschworen. Absentia fährt fort.

»Worauf schwört Ihr? Seid Ihr verheiratet?«

»Ja.«

»Dann schwört auf Eure Frau!«

»Ich schwöre.«

Er hat geschworen. Napilut hat auf seine Frau geschworen. Nur dass es die gar nicht mehr gibt. Vor zwei Jahren ist sie gestorben.

»Wann geht es los?«

»Wenn die Saison beginnt.«

»Und wann beginnt die Saison?«

»In ein paar Tagen.«

»Wer sagt Euch, wann sie beginnt?«

»Die erste Tulpe, die im Norden aufblüht. Damit fängt alles an.«

»Eure Arbeit?«

»Nein, Eure Schönheit.«

Professor Witt Van der Kalm war der langsamste Mensch der Welt. Seit kurzem mit einer reichen Frau verheiratet, widmete er sich zwei Dingen: der Ruhe und seinem Traum. Die Ruhe hatte er in den Knochen, im Blut, sie war sein Schicksal. An seinem Traum hingegen arbeitete er langsam und systematisch.

Er war fest davon überzeugt, dass sich die allgegenwärtige Hast der Welt verringern, dass sich das Tempo der Zeit verlangsamen ließ. Aufbauend auf seine Kenntnisse der Meeresströmungen, auf seine astronomischen, physikalischen und mathematischen Studien und vor allem auf die wertvollen Hinweise von Doktor Claudius, des Windexperten und Wolkenklassifizierers, hatte er ein Projekt entworfen. Er schrieb nun alle Länder an, die auf dem Äquator lagen. Fünfzig dieser Riesendinger, dieser Gegenwindmühlen, müssten reichen, um zu beweisen, dass die Erde, wenn sie bei ihrer Umdrehung auf einen Widerstand stieß…

»Ich bin ihm begegnet – wusstet Ihr das?«
»Ja, ich weiß. Alle wissen das.«

Er war der genaueste Mensch der Welt. Von einer minutiösen Genauigkeit. Fanatisch. Exzessiv. Sein ganzes Leben hatte im Zeichen der Genauigkeit gestanden, seine Zeit war so präzise eingeteilt wie ein Kalender, sein Tagesablauf vorgezeichnet auf dem Millimeterpapier des Schicksals.

»Es war vor genau fünf Jahren, sieben Monaten, zwölf Tagen und fünf Stunden, dass ich ihm begegnete.«

»Ich weiß, Herr Van der Clock.«

Er sprach mit Meister Napilut, seinem Freund und Ratgeber.

»Aber wenn es um eine Frau geht, weshalb sagt Ihr dann, Ihr seid *ihm* begegnet?«

»Weil die Gestalt die einer Frau war. In ihrem Blick aber bin ich Amor selbst begegnet.«

Noch ein paar Schritte. Dann:

»Soll ich Euch von ihr erzählen?«

»Das habt Ihr bereits getan, Herr Van der Clock.«

»Ein Detail habe ich Euch verschwiegen.«

»Ich höre.«

Die Genauigkeit ließ ihn gesund bleiben, er überlebte dank der mechanischen Präzision der Dinge, die ihn umgaben.

Van der Clock war der pünktlichste Mensch der Welt und folgerichtig der berühmteste Uhrmacher der Stadt.

Ja, er war ein Uhrmacher, aber im siebzehnten Jahrhundert war ein Uhrmacher nicht allein damit beschäftigt, Uhren zu verkaufen. Als eine seltene Mischung aus Künstler und Handwerker konstruierte er die Uhren, die er verkaufte, selbst. Und über seine Zeitzählmaschinen hinaus verkaufte er Genauigkeit, reparierte er das Wirrsal seiner Mitmenschen, linderte er die Ungenauigkeit der Welt, kurz: brachte alles in Ordnung, was irgendwie schief gegangen war. Zum Beispiel verpasste Verabredungen.

Seine eigene würde nicht dazugehören. Er hatte eine wichtige Verabredung.

Und er würde pünktlich sein. Perfekt. Präzise.

»Bei Sonnenaufgang, am Morgen ihrer Abfahrt, der dritte, an dem wir vereint waren, näherte sie sich meinem Ohr. Ihr Atem duftete noch immer nach unseren Küssen, und ihre Haut, ach …«

»Wenn Seelen geschlechtslos sind, wie kann Amor da ein Geschlecht haben?«

»Ihr hättet ihre Haut sehen sollen …«

»Samtweich?«

»Sie trug noch den Abdruck unserer Umarmungen … Ihr Atem war Poesie, kondensiert zu einer Stimme, die hauchte: ›*Denkt daran, Herr Clock: Zu früh zu kommen ist wie zu spät zu kommen.*‹ Dann hob sie ihre Hand zu meinem Gesicht, und der Duft ihrer Haut, ach …«

»Ihr hättet ihre Haut sehen sollen. Das habt Ihr bereits gesagt.«

»Ihr müsst Euch Narzissen und Freesien vorstellen, Primeln und Jasmin, das ist der Duft ihrer Haut. Sie legte mir die Hand ans Kinn und drehte es sanft zu sich hin. Ihr Atem wurde zu Musik, und sie sagte:

Denkt daran, ich werde da sein, das schwöre ich. In jenem Augenblick werde ich da sein, aber ich werde nicht auf Euch warten. Seid Ihr in genau dem Moment dort, so werde ich Euch für immer angehören.«

»Wie lange ist das noch hin?«

»Ein Jahr, vier Monate, siebzehn Tage und neunzehn Stunden.«

»Und was habt Ihr geantwortet?«

»Ich habe geantwortet: ›Sagt das noch einmal, noch einmal, mein duftender Atem, meine Mondenhaut, sagt es noch einmal mit den gleichen Worten, mit derselben Silberflöte Eurer Stimme sagt es noch einmal.‹«

»Und sie?«

»›*Ich schwöre.*‹ Das ist das Einzige, was sie sagte. ›*Ich schwöre.*‹«

Pause.

»Es war das erste Mal, dass sie schwor. Es war das letzte Mal, dass ich sie sah.«

Von allen Blumen liebte er die Tulpen.

Nun, er liebte die Tulpen könnte heißen, er ziehe sie den anderen Blumen vor.

Nein. Napilut, der Meister von Farbe und Licht, liebte die Tulpen *mit verzweifelter Hingabe.* Ganz allmählich hatte er angefangen, sie zu lieben, wie das bei echten Liebesgeschichten so ist. An die Liebe auf den ersten Blick hatte er sowieso nie geglaubt. Sie betört die Sinne wie die Tuberose, deren Duft dir zwar in die Nase steigt und alle anderen Sinneswahrnehmungen überdeckt, doch sobald du dich entfernst, verfliegt er, ohne die geringste Spur zu hinterlassen.

Zu offensichtliche Liebe ist flüchtig. Wahre Liebe ist nicht horizontal wie das Meer, sondern vertikal wie ein Vulkan. Deshalb muss wahre Liebe vor der Welt sorgsam verborgen werden.

»Doktor Claudius, wenn Worte schweben könnten, würden sie dann eine ähnliche Anziehungskraft auf uns ausüben?«

»Sie wären in jedem Fall sehr schön, Meister Napilut.«

Die Stimme ein zartes Weiß, die Kartoffelnase.

»Nein, Schönheit ist etwas, das gesucht werden muss. Die Perle ist zwischen zwei Muschelhälften eingeschlossen und liegt tief unten im Meer. Sie ist das Symbol wahrer Liebe. Man muss sie in der Tiefe suchen, denn wahre Liebe ist nicht an der Oberfläche zu finden. Sie muss sorgfältig bewahrt werden.«

»Ob man jemals eine Wolke bewahren kann?«

»Wenn Ihr sie liebt, schon.«

»Aber wie?«

»Zeichnet sie, Doktor Claudius.«

»Ich kann nicht zeichnen.«

Napilut nahm ein Blatt Papier und malte mit einem breiten Pinsel einen blauen Untergrund darauf. Dann bat er Doktor Claudius, ein Glas Wasser in die Hand zu nehmen, die Augen zu schließen, an eine Wolke zu denken, sie zu lieben, ganz stark, sie auf dem Höhepunkt des Gefühls vor sich zu sehen und das Wasser aus dem Glas auf den blauen Himmel zu gießen.

»Jetzt!«

Doktor Claudius tat, was von ihm verlangt wurde, ohne zu wissen, wie, wo und vor allem warum. Ein paar Sekunden verharrte er unbeweglich, mit geschlossenen Augen und dem umgekippten Glas in der Hand, einen halben Meter von dem Papier entfernt. Er hielt einfach so inne, weil er nicht wusste, was er sonst hätte tun sollen.

»Jetzt könnt Ihr die Augen öffnen. Seht.«

Stille.

»Das ist ja unglaublich, Meister Napilut! Einfach fantastisch! Eine Wolke der Familie *Luftschäfchen,* Gattung *Vom Winde gestreichelt.* Eine perfekte Reproduktion der Wolke Nr. 98/B aus dem *Großen Buch des Tageshimmels.*«

»Seht Ihr? Es ist gar nicht so schwer, Doktor Claudius. Wenn Ihr etwas liebt, könnt Ihr es immer auch malen.«

»Wie wunderbar, vielen Dank. So werde ich meine Studien illustrieren, und Euch werde ich das Ergebnis widmen. Tausend Dank, Meister Napilut, tausend Dank.«

»Es wird mir ein Vergnügen sein, Euch das Blau vorzubereiten, Doktor Claudius.«

Pause. Dann:

»…«

»Sagt nur?«

»Macht Ihr das mit den Tulpen auch so?«

»Nein, das ist etwas anderes. Dazu brauche ich mehr Zeit. Reine Liebe besteht aus Details, und Details brauchen Zeit.«

Von allen Blumen liebte er die Tulpen.

Er liebte sie so sehr, dass er sie sogar mit geschlossenen Augen malte. Erst im Frühling öffnete er sie wieder, als würden auch seine Augen in dieser Jahreszeit erblühen.

»Schon Antworten?«
»Aber ich habe doch gerade erst die Anfragen losgeschickt …«

Die Zeit braucht ihre Zeit, um zu antworten. So können die Menschen sie an Geschwindigkeit übertreffen. Nur sind manche Menschen eben langsam, sehr, sehr langsam. Und daher geht ihnen alles zu schnell.

»Nicht eine einzige?«

»Nein. Aber es eilt ja nicht …«

Die Langsamkeit wird zum Maßstab für Normalität, und als Folge davon wird drumherum alles schneller.

Die Sonne geht zu schnell auf, die Kutsche wartet ungeduldig, die Schulden sind überfällig, die Messe hat längst begonnen, das Essen ist schon kalt, nicht du bist zu langsam, die Vorlesung an der Universität wartet nur noch auf dich, der morgens geschlüpfte Schmetterling ist abends schon tot, deine Frau hat den Rock bereits gehoben und die Beine gespreizt, nicht du bist zu langsam, die Arbeit ist nicht fertig geworden, die Freunde erwarten dich schon lange, während du noch zu Hause bist, die Blume ist längst aufgeblüht, das Blütenblatt abgefallen, gerade willst du in sie eindringen, da hörst du sie schon stöhnen, zu schnell, hier wäre mehr Ruhe vonnöten, vielleicht tut sie nur so, um Zeit zu gewinnen, nicht du bist zu langsam, im Handumdrehen ist es Abend, ja Nacht geworden, sie sieht dich an und sagt: Noch immer nichts? Das braucht Zeit, es ist spät geworden, stockdunkel, dass man nie entsprechend vorbereitet ist, man müsste mit Kerzen in der Tasche verreisen und sich die Ohren zustopfen, von Kindesbeinen an, wenn dir gesagt wird, los, beweg dich, mach schon, beeil dich, schnell, ganz schnell, wachse, geschwind, man müsste das Hirn verschließen, solche Worte verbieten, denn nicht du bist zu langsam. Vielmehr ist die Welt zu schnell.

»Und was habt Ihr jetzt vor, mein lieber Witt?«

»Ich werde warten, Doktor Claudius, ich werde warten.«

»Sagt, sind Eure Briefe tatsächlich so wichtig?«

»Ach, Ihr habt ja keine Ahnung, lieber Freund …«

Langsam. »Ihr habt ja keine Ahnung, lieber Freund«, gesagt von einem Mann, der leidet, verpflichtet dazu, ihm ohne Eile zuzuhören.

»Wenn ich Euch verspreche, Euer Geheimnis nicht zu verraten, könntet Ihr dann nicht andeuten, ohne Daten, Namen, Personen, Gegenstände, Berechnungen zu nennen, könntet Ihr nicht skizzieren …«

»Nein, das ist unmöglich.«

»Professor Van der Kalm, ich bin Euer Freund. Darf ich Euch darauf aufmerksam machen, dass ich seit Monaten Eure Fragen beantworte zu den Meeresströmungen und den Äquatorialwinden, zur Geschwindigkeit des Niederschlags und zur Reibungsenergie, dem Gegenstück der Bewegung, der Menge aktiver Reaktion, die nötig ist, um …«

»… die Zeit anzuhalten.«

Langsam.

»Wie bitte?«

»Um die Zeit anzuhalten.«

Langsam. Ganz langsam. Ein Rätsel.

»Darum geht es? Das ist das Projekt, von dem wir immerfort reden?«

Er hat eine Stimme, zart wie eine Wolke, der Doktor Claudius.

»Das ist der Traum, den Ihr verwirklichen wollt? Das ist die Tollheit, der Ihr hinterher seid?«

Sein Blick ist erstaunt wie der Himmel des Nordens.

»Ja. Die Zeit anhalten. Ihr einen anderen Rhythmus geben. Sie bezwingen. Steuern. Kontrollieren. Kurz: sie langsamer, menschlicher machen.«

Das muss ganz langsam gesagt werden. Noch langsamer.

Sie verlangsamen. Sie dem menschlichen Rhythmus folgen lassen statt dem der Schöpfung, der Himmelsbewegungen, der Planetenkonstellationen. Das muss langsam gesagt werden. Denn Langsamkeit und Sanftheit sind Polarsterne ein und desselben Himmels.

Das Wunder einer frühen Liebe.
Ist der Anfänge denn nie ein Ende?

Sie trat ein.

Aufgeregt war sie, doch sie zeigte es nicht.

Es war wie mit den Worten. Die kannte sie, beherrschte sie, legte sie sich zurecht, ließ sie aber nicht hinaus.

Das hier hatte sie noch nie getan.

Still zu halten und sich anblicken zu lassen. Das hatte sie noch nie getan.

Ein wenig unwohl fühlte sie sich, unterschwellig nervös fühlte sie sich bei der Vorstellung, sich anblicken zu lassen.

Auf keinen Fall würde sie zulassen, dass er sie verstand oder durchschaute.

Mit den Worten war es wie mit den Gedanken: Die hielt sie tief in ihrem Herzen verborgen. Die Blicke des Tulpenmalers würden sich auf sie legen, ohne auf ihr liegen zu bleiben, ihre Gleichgültigkeit würde sie neutralisieren, ihre Überlegenheit würde sie zurückweisen, und ihre Vernunft würde sie auslöschen, sollten sie sich als zu klebrig erweisen.

»Schön, dass du gekommen bist.«

»Wo sind meine Stuiver?«

»Erst die Arbeit.«

»Eins muss klar sein: Sobald Ihr mich anfasst, schreie ich. Bei der leisesten Berührung bin ich weg!«

»Keine Angst. Mich interessiert deine Schönheit, nicht deine Person.«

Je mehr sie darüber nachdachte, desto mehr hasste sie das Spinnengewebe des Schweigens, das sich über ihren Körper legen würde. In drei Stunden würde sie sich zu Tode gelangweilt haben, denn an Stille war sie nicht gewöhnt und an Reglosigkeit erst recht nicht.

»Wo soll ich mich hinsetzen?«

»Wer sagt denn, dass du dich setzen sollst?«

»Gut. Wohin soll ich gehen?«

»Dort, in die Nische neben dem Fenster.«

»Wer ist die alte Frau da im Halbdunkel?«

»Meine Assistentin.«

»Warum sieht sie nicht her?«

»Sie sieht alles.«

»Wie heißt sie?«

»Wie die Farben.«

Vier Schritte. Unsicher, dennoch scheinbar fest. Fest, um ihre Verlegenheit zu verbergen.

Wir befinden uns in einem großen Raum, Napiluts Atelier. Vier Fenster am Ende der linken Wand, ein roter Stuhl davor, und an der Wand gegenüber die Staffelei mit der Leinwand. Weiß. Daneben eine offene Tür. Sie führt ins Nebenzimmer, das voll gestopft ist mit Radierungen, Zeichnungen und Aquarellen, mit Studien, Notizen, Sätzen und Regelwerken, mit Büchern und einer Voliere, mit getrockneten Blumen, Landschaftsbildern von flämischen Kollegen und Porträts aus Italien, mit dem massigen Schreibtisch aus dunklem Nussbaum, dem Kamin, den rußgeschwärzten Wänden, den drei Stühlen aus der Sammlung der Witwe Tulp, die er eingetauscht hatte gegen den Querschnitt einer Semper Augustus, einem Tulpenbild, das er ihrem verstorbenen Ehemann gewidmet hatte, dem großen, durch Rembrandts Darstellung einer seiner berühmten Anatomiestunden unsterblich gewordenen Arzt. Doch nun sind sie leer, die Stühle, denn Napilut, seine Assistentin und Absentia befinden sich im linken Raum, der heller ist und auf den Kanal und die Jodenbreestraat hinausgeht, zu dem die Leute von draußen hinaufschauen und denken: Da steht er nun und malt, da erzählt er von der Schönheit, da verdichtet er den Frühling in einer Blume, da blüht er auf wie seine Tulpen, fast hört man sie dort draußen, jene, die nachts hinaufschauen zum flackernden Kerzenschein hinter den Fenstern, die Betrunkenen, die von allem die Nase voll haben, die Freunde, die ihn auffordern, mitzukommen in die Taverne, die Dirnen, die auf ihn warten, die Dichter, die ihn beneiden, die Händler, die um ihn buhlen, die Parfumverkäufer, die ihn am liebsten unter der Erde sähen, und die Gewürzhändler, die sich fragen, wie er das bloß macht.

»Hier?«

»Ja.«

»Im Stehen?«

»Im Stehen.«

»Also hat die Saison begonnen.«

»Ja, heute ist die erste Tulpe aufgeblüht.«

»Wie soll ich die Hände halten?«

»Über dem Kopf verschränkt.«

»So?«

»Genau.«

»Und die Füße?«

»Dicht nebeneinander. Bist du barfuß?«

»Ja.«

»Gut. Jetzt bleib so.«

»Drei Stunden lang?«

»Nein, nach jeder Stunde darfst du ein paar Minuten ausruhen.«

»Und was soll ich sonst noch tun?«

»Schweigen.«

Wunderbar. Ich hasse es, mich ansehen zu lassen, vom Reden ganz zu schweigen.

»Sagtet Ihr schweigen, Meister Napilut?«

»Schweigen. Die Schönheit nähert sich leise. Geräusche sind für die Poesie wie der Wind für das Meer. Dein Körper ist still, das Leben pulsiert im Atem.«

Absentia verharrt so. Die Hände auf dem Kopf, froh, nicht sprechen zu müssen. Doch eine letzte Frage. Zu der Sache mit dem Leben, das im Atem pulsiert.

»Meister Napilut, atmen Blumen auch?«

»Ja.«

»Ja?«

»Wenn du dich näherst, spürst du ihren Atem. Man nennt ihn Duft.«

Das Dobire ist eine der rund zweihundert Tavernen von Amsterdam. Viel anderes kann man bei dieser Kälte ja nicht machen. Hier trifft man sich ohne feste Tage, genaue Uhrzeiten, konkrete Verpflichtungen. Eben deshalb trifft man sich hier immer wieder. Das Dobire ist wie ein Schwarzes Loch im Universum dieser Stadt, ein Magnet für den Strudel von Rauch, Bier, Gesprächen, Huren, Händeln, geräucherten Sardinen, Schwarzbrot, Aquavit, stinkendem Atem, Pfeifen, Kerzen, Schmähungen, die wie in einem heftigen Konfettisturm oder einem Tumult von Gedanken durcheinander wirbeln.

Der Letzte, der kommt, ist Van der Kalm. Witt Van der Kalm. Die Langsamkeit in Person. Groß, mager, elegant. Er wird empfangen von einem Humpen Bier, Doktor Claudius, Meister Napilut und einer Frage.

»Antworten?«

»Keine …«

Langsam, er redet langsam. Dann gibt er sich einen Ruck.

»Keine. Aber immerhin habe ich heute den letzten Brief fertig gestellt, den fünfzigsten. Soeben habe ich ihn abgeschickt.«

Er kramt ein Taschentuch hervor und wischt sich den Schweiß von der Stirn.

»Aber Ihr seid doch gar nicht verschwitzt«, bemerkt Napilut.

»Stimmt. Aber wenn ich an die Mühe von heute denke …«

Er wischt sich über die Stirn, faltet das Taschentuch zusammen, zupft sich die Halskrause zurecht.

Es ist wunderbar, ihn anzuschauen, Van der Kalm, Professor für Physik und Mathematik im Dienste der menschlichen Zeitlichkeit. Doch hören wir, was Claudius zu sagen hat.

»Während wir auf Euch gewartet haben, habe ich mit Meister Napilut über Euer Projekt gesprochen. Ihr könntet ein wenig mehr darüber erzählen.«

»Seit etwa einem Jahr rumort es in mir. Ich kann an nichts anderes mehr denken. Wenn meine Berechnungen stimmen ...«

»Denkt Ihr tatsächlich an fünfzig Windmühlen?«, fragt Napilut.

»Ja, fünfzig. Aber groß müssen sie sein, sehr groß, riesengroß. Ich würde sie eher *Gegenwindmühlen* nennen oder eventuell, um ihren Zweck anzudeuten, *Verlangsamer.*«

»Und die sollen den Bauch der Erde umspannen, nicht wahr?« Doktor Claudius war das, mit einer noch zarteren Stimme als sonst und einem noch runderen Bauch als dem der Erde.

»Genau.«

»Warum?« Es ist noch einmal Napilut, der fragt.

Van der Kalm beugt sich zu ihm hinüber, nimmt ihn beiseite, wirft einen kurzen Blick auf Doktor Claudius, der den Rest kennt, richtet seine Augen wieder auf Napilut und flüstert:

»Eure Bilder sollen ein Geheimnis bergen. Das hat mir der Gewürzhändler gesagt. Nun, auch ich habe eines. Ich werde es Euch anvertrauen, wenn Ihr mir Eures offenbart.«

»Ein Geheimnis?«

»Ja. Hinter dem *Napilut-Effekt* soll ein Geheimnis stecken.«

»Es handelt sich einfach um eine besondere Oberflächenbehandlung nach dem Malen.«

»Man sagt, es stecke mehr dahinter.«

»Erzählt mir von Eurem Plan. Was sollen die *Gegenwindmühlen* und wieso ausgerechnet am Äquator?«

»Das verrate ich Euch, wenn Ihr Euch offenbart.«

Das Geheimnis war einfach.

Meister Napilut war ganz hervorragend, der größte Tulpenmaler in ganz Amsterdam und auch der einzige. Nicht der einzige Blumenmaler, nein, denn in Holland, Geldern, Seeland, Utrecht, Friesland, Overijssel und Groningen gab es zahlreiche Maler, die Blumen malten.

Großer Reichtum floss in die Kassen der Kaufleute, die Ostindische Kompanie bescherte vielen Familien hohe Einkünfte, die spanische Flotte war geschlagen, das nahe gelegene England gedemütigt.

Zahlreiche Händler pflegten ihr Geld in Bilder zu investieren, und natürlich gab es eine große Auswahl, je nach Geschmack und Geldbeutel. Das vornehmste und angesehenste Genre war das Porträt, und der unbestrittene Meister auf diesem Gebiet war Rembrandt.

Gleich darauf kam die Landschaftsmalerei, dann Interieurs und schließlich Stillleben. Es gab praktisch keine Wohnung, die ein Zimmer mit dem hellen Licht des Nordens hatte und nicht mindestens ein Bild darin. Und häufig waren es Blumen.

Der gängige Geschmack verlangte nach gemischten Sträußen. Iris und Mohnblumen, Tuberosen und Feldblumen, Tulpen, Rosen, Anemonen, Margeriten, Hyazinthen, Primeln, Narzissen und Alpenveilchen.

Nichts davon aber war echt: Es waren vorgetäuschte Arrangements. Wie sollen Blumen zur selben Zeit blühen, wenn die Natur sie über die Monate verteilt hat? Lügenbilder. Die Schönheit gründet in der Pracht der Blüte, die nicht bei allen Blumen gleichzeitig erfolgt. Als malte man alle Frauen der Welt im selben Alter. Totaler Betrug. Schlimme Sache. Verrat an der Natur.

Napilut malte nur Tulpen, und nur, wenn sie blühten. War das sein Geheimnis? Van der Kalm wollte um den Bauch der Erde herum fünfzig *Verlangsamer* aufstellen. War das der Wahnsinn? Claudius hatte den Kopf in den Wolken. War das die beste Art, mit den Füßen fest auf der Erde zu stehen?

Napilut wollte die Wahrheit nur darstellen, wenn sie sich offenbarte. Nach und nach war er zu der Entscheidung gekommen, das Lebendige der Zeit nur dann zu malen, wenn es in der Natur sichtbar wurde. Stück um Stück. Als stelle man eine Welle nach der anderen dar, und siehe, es entsteht allmählich das Meer.

Napilut. Was für ein eigenartiger Mensch. In Antwerpen hatte er begonnen, in der Werkstatt des Meisters Jan Toutt, und von Anfang an hatten sich zwei besondere Fähigkeiten gezeigt: die Genauigkeit der Beobachtung und die Ausdauer in ihrer Wiedergabe. Mit den Jahren war in ihm ein ausgesprochener Sinn für Farbe herangereift und ein sicheres Gefühl für Komposition.

Seine Blumenbilder waren in ganz Antwerpen gefragt, sodass sein Meister, der sich kaum mehr als solcher betrachten konnte, ihm schließlich riet, sich auf eigene Füße zu stellen.

»Du bist mein fähigster Schüler.«

»Ich weiß.«

Bescheiden war er nicht gerade, denn der Erfolg ließ ihn exzentrisch werden und seiner selbst noch sicherer als seiner Bilder.

»Du wirst mir fehlen.«

»Ihr mir auch, Meister.«

Irgendwann kommt der magische Moment. Bei ihm bestand

er in der Entdeckung dessen, was die Leute den »Napilut-Strich« nannten und der eine schöne Blume in eine lebendige Blume verwandelte. Und eine lebendige Blume in ein Wunder.

Wer malt, weiß, dass es nach Vollendung eines Bildes immer noch einen letzten Pinselstrich gibt. Bei einem Porträt zum Beispiel kann man nur eines tun: die Augen anschauen. Die Pinselspitze vorsichtig in die weiße Farbe tauchen. Sich wieder den Augen zuwenden.

Tick.

Tick.

Fertig. Da, in der Mitte der Pupille, im Zentrum des Blicks, ein winziger Widerschein. Das Abbild wird zur Person, die Person bekommt eine Seele.

Auch Gott muss es so gemacht haben am Anfang der Schöpfung. Der Lebenshauch hat ein Zeichen hinterlassen: das Sonnenlicht, welches sich in den Augen spiegelt.

Als Napilut in die größere und reichere Stadt umzog, war er dreiundzwanzig Jahre alt. Ein weiteres würde er brauchen, um zu heiraten, zehn bis zum endgültigen Erfolg. Er verdiente viel Geld, traf die Mächtigen, verkehrte mit den Gebildeten, studierte die Natur, vervollkommnete seine Technik. Seine Farben waren anders als alle anderen Farben, sein Blau war die Essenz von Lapislazuli, sein Karminrot weicher als Samt, sein Grün leuchtender als der Sommer.

Die Leute begannen, vom Napilut-Effekt zu reden. Neidische Kollegen bezichtigten ihn der Hexerei, verzückte Kunden zahlten immer mehr. Es war der letzte Pinselstrich, der den Effekt herbeiführte. Es war der Firnis. Um diesen zuzubereiten, zerstampfte Napilut Perlen der Südsee, sie wurden fein zerstoßen zu unsichtbarem Pulver, das Werk, wie man meinen könnte, einer Fee. Da war er, der magische Schimmer. Da war er, der Napilut-Effekt.

Es waren die Jahre des Erfolgs, und sie erlaubten ihm jede Verrücktheit, die ihm in den Sinn kam.

Es hieß, er gebe mehr aus, als er verdiene.

Es hieß, er unterhalte unschickliche Verhältnisse.

Es hieß, er schreibe eigenartige Briefe an Gott.

Es hieß, eines Tages habe er zwei rote Tulpen nicht etwa auf eine Leinwand gemalt, sondern auf den Körper einer Frau. Seiner Frau. Er hatte sie geliebt wie die schönste Blume der Welt, die gesamte Zeit, die sie miteinander verbracht hatten. Denn, das muss leider gesagt werden, eines Tages war sie auf und davon gegangen mit dem dunklen Schnitter, der alle Seelen daran erinnert, dass sie nur vorübergehend auf dieser Erde weilen. Die Leute nannten ihn Krankheit, Cholera, Rache, Tod, den abgelaufenen Vertrag, die Fratze des Lebens, die Niedertracht des Schicksals, die Pest, den Verrat der Zeit. In Wirklichkeit war es der Große Schlaf. So nannte er es. »Großer Schlaf.« Damals entdeckte er die künstlerische Beschränkung auf das Wesentliche, und je mehr er wegnahm, desto eher streifte er das Sublime. Keine reichen Arrangements mehr, nur noch einfache Linien, keine Farbenvielfalt mehr, nur noch eine schmale Palette, nicht mehr alle Blumen, nur noch Tulpen. Den ganzen Winter lang studierte er die Tulpen, versenkte sich in die Struktur ihrer Blätter, probierte neue Farbmischungen aus, beweinte seine verlorene Liebe, sezierte Zwiebeln, untersuchte Staubgefäße und Stempel, zeichnete mit penibler Sorgfalt die Flecken auf den Blütenblättern ab, betrachtete die bleichen Sonnenuntergänge des Nordens, traf sich mit einer Prostituierten im Dobire, begann ein Verzeichnis aller bekannten Tulpensorten zu erstellen, nahm Kontakt nach Frankreich, in die Toskana und zur Türkei auf, um sämtliches Wissen über diese exotischen und fernen Blumen zusammenzutragen, berauschte sich an Bier und Melancholie, bestellte die schönsten Farben und die seltensten Pulver, fand keine Liebe bei der Prostituierten, nur körperliche Befriedigung, während die Seele auf dem Trockenen blieb, malte unzählige Aquarelle, erfasste die Tulpen von allen Seiten, wie ein vollkommenes Projekt der

Natur, drang nicht in sie ein, nahm nur ihren Mund, entdeckte die Herkunft der Wildtulpen, die aus den Tälern zwischen China und Indien stammten und mit der Ausbreitung des Osmanischen Reichs nach Konstantinopel gelangt waren, denn Liebe macht man nur, wenn man sich liebt, alles andere ist nichts als Lust, die arme Verwandte des Glücks, freundete sich an mit dem berühmtesten Botaniker der Niederlande, Jan Grouw, vertiefte sich mit ihm in das Studium der Jahreszeiten, der Saatzyklen, der Auswirkungen der Gezeiten und erkannte die Unmöglichkeit, die Launen der Natur vorherzusehen, und somit die Unergründlichkeit des Schicksals.

Der Frühling kam, und er malte nur Tulpen, wunderschöne Tulpen, voller Zauber, tat allen seine Ansicht von der »falschen Gleichzeitigkeit« kund, wenn man all die verschiedenen Blumen zusammen malte, entwickelte die Theorie vom »zeitlos Wahren«, indem er ausschließlich Tulpen malte und das nur dann, wenn sie tatsächlich blühten. Er gewann neue Auftraggeber, verlor einige Bewunderer, den ein oder anderen Kunden, der weiterhin vielfältige und reiche und bunte Arrangements bevorzugte, doch seine klare Stellungnahme machte ihn nur noch bewunderungswürdiger, noch berühmter, noch mystischer. Tatsächlich war er der erste Künstler in einer Welt von Kunsthandwerkern.

Der Unterschied? Er liebte sie, seine Blumen. Und jedes seiner Bilder war eine Liebeserklärung.

»Doktor Claudius?«
»Ja, Professor Van der Kalm?«

Da gehen sie nebeneinander her, zwischen dem Ufer der Keizersgracht und dem Ende der Welt.

»Würdet Ihr an meinem Experiment mitwirken?«

»Wenn Ihr glaubt, ich könnte Euch behilflich sein, gerne.«

»Die Frage ist: Um wie viel?«

»Um wie viel was?«

»Um wie viel man die Zeit verlangsamen kann.«

Es waren die Flamen, welche die Technik der Ölmalerei vervollkommnet hatten. Vervollkommnet, nicht erfunden, wie Vasari behauptet hat. Die Technik bestand im schichtweisen Auftrag von Lasuren: Die Maler benutzten extrem transparente Farben, und mit jeder Schicht steigerte sich die Intensität, versprach die Leuchtkraft, für immer erhalten zu bleiben, wurde der Eintritt in die Ewigkeit verheißen. Italien, um einen Vergleich zu ziehen, strebte nach unsterblichen Künstlern, die Niederlande nach unsterblichen Werken. Die Italiener nutzten das Licht, um den Raum zu betonen. Den Flamen diente es dazu, seine Reflexe auf den Gegenständen festzuhalten, vom größten bis hin zum allerkleinsten. Und die Vielschichtigkeit der Lasuren, deren Pigmente in einer durchsichtigen Flüssigkeit auf Ölbasis gelöst wurden, war das Erfolgsgeheimnis der flämischen Malerei.

Meister Napilut brachte jedoch nicht mehr die Geduld des Anfangs auf. Fast wie eine Krankheit breitete es sich in ihm aus: »Reduktion«, die bedingungslose Suche nach dem Wesen, ohne Ablenkung durch Details. Sanft und unmerklich wie jede Krankheit begann es, in ihn einzudringen, leise zu wachsen, sich einzuschleichen in seine Art zu sehen und in seine Art zu malen. Wie der Wahnsinn in jemandes Art zu leben.

Inzwischen kannte er alle Tulpen, konnte sie vor seinem inneren Auge aufsteigen lassen, konnte sie malen, ohne sie vor sich zu sehen, konnte sie sich im Profil vorstellen, von oben, von unten, geöffnet, geschlossen, erblüht, finster, melancholisch, mutig, verliebt, gewalttätig, absurd, zart, demütig, leidenschaftlich, herrschaftlich, anmaßend, alt, respektlos, todkrank, weinend. Diese Letzten an den Tränen erkennbar.

Jene, welche die Menschen Tau nennen.

Meister Napilut verfügte nicht über die Hand voll Assistenten, die sich die Maler seines Ranges normalerweise leisteten, ebenso wie seine Werkstatt nicht das ganze Jahr über Bilder produzierte. Nun mag sich der Leser fragen, wer denn die Leinwände vorbereitete und die Farbpulver mischte. Blau, eine Frau mit dem Namen einer Farbe. Eine ältere Frau, dunkel gekleidet, stets im Halbschatten, kaum zu sehen. Nur die Geräusche ihrer Arbeit verrieten ihre Anwesenheit, das rhythmische Schlagen des Stößels in dem Mörser aus weißem Marmor, das eintönig hämmernde Lied, das den Lapislazuli zu blauem Pulver zerstampfte, die teuerste aller Farben. Die Frau sprach nur, wenn sie gefragt wurde, und ihr Name konnte von Mal zu Mal wechseln, je nach Farbe.

»Weiß.«

War das nun ihr Name oder die verlangte Farbe? Das ist unwichtig. Das war unwichtig. Die Stimme ihres Meisters garantierte ihr das tägliche Brot, das Dach über dem Kopf, das Auskommen. Ihre Sorgfalt, ihre Konzentration beim Zuschneiden der Leinentupfer, mit denen sie das Öl für die verschiedenen Präparate filterte, entfettete und säuberte, waren einzigartig. Und wenn man ihr zusah, wie sie Gips, Sand oder Brot hinzufügte, wartete, bis sie alle Unreinheiten aufgesaugt hatten, bis sich das Öl mit Sauerstoff anreicherte, um es dann mit dem frisch gestoßenen Pulver zu vermischen, so fein wie Puder, und wie sie so lange rührte, bis die perfekte Konsistenz erreicht war, um das Ganze dann in ein Glas zu gießen, in jenes dort, jenes bestimmte, jenes, in dem sich schon immer diese Farbe befunden hatte, und wie sie wartete, dass der Meister die Farbe mit dem Spachtel auf seine Palette übertrug und sie schließlich benutzte, während sie ihren Duft wahrnahm, ihren Geruch, ihren Gestank, die Flüche und das Schweigen, bis zur nächsten Farbe, dann war es das alles, was sie einzigartig machte.

»Scharlachrot.«

Und wie sie alles kleinlich und präzise wahrnahm. Trotz des Dunkels, unabhängig von Tag und Nacht, von Sonne und Mond, von der Anzahl der brennenden Kerzen. Inneres und äußeres Dunkel. Sie vermochte die Gegenwart zu *erspüren,* über die Vergangenheit *hinwegzufliegen,* die Zukunft zu *lesen. Lesen,* obwohl ihre Augen sie im Stich gelassen hatten. Denn die Zukunft hat ihr eigenes Alphabet. Und Blau kannte es genau. Obwohl sie blind war.

Blind.

Schwärze innen, Schwärze außen. Doch wenn die Zukunft zu dir spricht, tut sie es in einem weißen Blitz. Den die Menschen mit offenen Augen nicht wahrnehmen können, weil sie so damit beschäftigt sind, mit den Augen zu sehen.

»Grün.«

Fast sind sie zu hören, die beiden.

Fast sind sie zu sehen, die drei.

Wann immer Absentia konnte, lief sie dorthin.
Dort ist ein Ort.
Des Geistes und der Erde.
Er bezeichnet die Grenze zwischen Abschied und Warten. Zwischen Land und Meer. Dort ist nicht der Hafen, sondern ein Eckchen aus Sand und Dünen und Wind nahe des Ortes, wo Schiffe ankommen und ablegen. Nur ein wenig versteckter. Geschützter. Dort gibt es keine Matrosen, die dir an den Hintern grapschen, keine Männer, die dir den Weg verstellen, keine Betrunkenen, die dich beschimpfen, keine Huren, die dich provozieren. Von dort ist das Meer zu sehen, und das genügt. Es ist wie ein Hafen, nur ohne Anker, Boote, Schiffe, Händler, Piraten, Besoffene, Amtspersonen, Boten, Todkranke, Hurensöhne, Maulhelden von Kapitänen, Waren, Schreie, Flüche, Pferde, Karren, Tresore, Lageraufseher, Heringe, Verträge, Geld, Vergeltungen, Gewalttaten, Unwahrheiten, Schiffsjungen, Gefangene, festgelegte Zukunft, besiegeltes Schicksal, Abschiede, Lügen, Krankheiten, Münzen, Messer, biblische Helden, Fische, Narben, abgestandene Gerüche.
Wie ein Hafen, aber ohne all diese Dinge.
Wie ein Hafen, aber ein klarerer, saubererer, stillerer Anblick.
Wie ein Hafen, aber noch etwas mehr.
Die Empfindung des Wartens.
Die Den, das größte Schiff der Ostindischen Kompanie, war

vor zwei Monaten ausgelaufen. Mehr als ein Schiff war es ein schwimmender Wald, mit einem Rumpf, der höher war als ein dreistöckiges Haus. Um vom Bug zum Heck der Den zu gelangen, reichten hundert Schritte nicht aus, und am Ende musstest du dich irgendwo anlehnen, weil dir ganz schwindlig wurde. Zu den Masten musste man über fünfzig Meter hochschauen, sie streiften schon fast den Bauch der Wolken. Drei Jahre waren vonnöten gewesen, um dieses schwimmende Lächeln zu bauen, drei Lebensjahre von Zimmermännern, Schmieden, Segelmachern, Sägearbeitern, Schnitzern, Malern, Glasern, Seilern, alle aufgeregt wie Ameisen auf einem Stück Brot. Dieses Schiff, der Stolz Hollands, war oft von Gott gesegnet worden, und doch befürchteten jetzt viele eine Katastrophe. Vor zwei Monaten war die Den ausgelaufen, um mit einem Bauch voller Reichtümer zurückzukehren, Waren, die sich zu Geld machen ließen. Vor zwei Monaten waren hundert hoffnungsfrohe Matrosen in See gestochen, ohne zu wissen, wann sie wiederkommen würden. Vor zwei Monaten hatte ein Mädchen, das schöner war als der Mond, ihr verzweifeltes Liebeslied in den Wind geschrien: »Du bist für mein Leben wie das Salz für den Ozean.«

Unter Tränen, die salziger waren als das Meer.

Da steht sie nun, Absentia, beim Stelldichein am Ort der vergeblichen Erwartung. Ewig werde ich auf dich warten. So wie ich dich ewig lieben werde. Du bist nicht wie die anderen Matrosen, du bist nicht wie die anderen Männer. Du wolltest einen Kuss, kaum dass wir uns kennen gelernt hatten, doch ich habe Nein gesagt. Drei Tage später habe ich mich mit dir getroffen, und du hast mir im Mondschein gesagt, dass du in See stechen würdest, und hast mich gebeten, mir einen Kuss geben zu dürfen. Und ich habe Ja gesagt. Mit geschlossenen Augen habe ich darauf gewartet, deine Lippen auf den meinen zu spüren, doch vergeblich. Über meine Brust sind sie geglitten und über meine Hüften und unter meinen Rock, und dort habe ich deine Zunge gespürt. Ein versteckter Kuss und ein Satz, den ich nicht verstanden habe: »Dein Körper, dein Mund.« Nach all den ekelhaften Männern, die versucht haben, mir Gewalt anzutun, nach den Jahren im Waisenhaus, als mein Vater im Gefängnis saß, und nach jenem widerlichen Lehrer, nach dem scharfen Geruch all der Körper, die haben wollen, ohne zu geben, die nur wollen, dass du saugst, was du dann ausspuckst, nach all diesen Mündern, aus denen eine Sprache kommt, die schlimmer ist als das Zeug, das sie hinunterwürgen, Heringe und Roggen, Bier und Tabak, Egoismus und Aggressivität, nach all diesen Männern, die meinen Mund benutzt haben, um ihn mit ihrer eiligen, ranzigen Zunge zu füllen, hast du meine leicht geöffneten Lippen nicht einmal berührt, hast nichts von mir verlangt, hast mir nur eine feuchte Liebkosung zwischen meinen steifen Beinen geschenkt, einen unerwarteten Kuss, nicht mehr und ohne etwas zu verlangen. Ein Kuss wie eine leise Botschaft.

»Ich werde wiederkommen.«

Hast du gesagt.

»Ich werde auf dich warten«, habe ich nicht geantwortet.

»Das liegt am Prinzip der umgekehrten Proportionalität.«
»Genau.«

Mitten auf den Feldern, bei starkem Wind und einem Himmel in Frühlingsfarben, zwei schwarz gekleidete Gestalten bei einer Windmühle. Weiß.

»Deshalb werden wir es jetzt tun.«

»Genau.«

»Seid Ihr sicher, Doktor Claudius, dass uns hier niemand sieht?«

»Absolut sicher, Professor Van der Kalm. Ich habe diese Windmühle doch gerade wegen ihrer Entfernung von der Stadt ausgewählt.«

»Eine weitere Formulierung des Prinzips der umgekehrten Proportionalität.«

»?«

»Je größer die Entfernung von der Stadt, desto geringer die Wahrscheinlichkeit, gesehen zu werden.«

»Genau.«

Pause. Dann Van der Kalms langsame Stimme.

»Zieht den Gürtel am rechten Bein etwas enger …«

»Gut.«

Pause.

Dort stehen sie, die beiden Forscher.

Der eine spezialisiert auf Wind und Wolken, der andere auf Physik, Mathematik und die Wissenschaft des Unwahrscheinlichen.

Der eine klassifiziert das Nichtklassifizierbare.

Der andere verlangsamt die Zeit.

Auf das Prinzip der umgekehrten Proportionalität vertrauend, untersuchen sie die auf die Materie wirkende Kraft, um die Qualität von Professor Witt Van der Kalms Projekt zu überprüfen.

Der Maßmesser ist ein relativ kleiner, unscheinbarer Gegenstand, doch ein heller Kopf erkennt in diesem pseudowissenschaftlichen Instrument sofort seine außergewöhnliche Daseinsberechtigung. Es ist ein vollkommen leerer Metallwürfel. Ohne Seitenflächen, nur mit Kanten, die seine Form nachzeichnen. Dass nur sein Umriss zu sehen ist, bildet eine notwendige Grundbedingung fürs Funktionieren: In seinem Innern befindet sich eine glatt geschliffene Steinkugel, deren Durchmesser genau mit der Kantenlänge des Würfels übereinstimmt. Die Kugel, vom Hufschmied in Handarbeit zu vollendeter Form getrieben, zeigt eine weiße Linie. Eigentlich handelt es sich um einen ganz normalen Stein, wie man ihn am Meer finden kann, die weiße Linie aber wird der Maßstab der Verschiebung sein.

Sieben Tage vor dem Experiment hatte Doktor Claudius ihn gesehen und gefragt:

»Wozu diese weiße Linie?«

»Das ist der Äquator.«

»Ich finde, es sieht aus, als habe das Meer eine Spur seiner Tränen hinterlassen.«

»Es ist aber der Äquator …«

»Komisch, ich wusste gar nicht, dass der Äquator eine weiße Träne ist.«

»Aber Doktor Claudius, wenn der Äquator eine Träne wäre, was wären dann die beiden Pole?«

»Zwei geschlossene Augen, Professor Van der Kalm.«

Doch wenden wir uns wieder dem Experiment und dem Maßmesser zu, den der Professor höchstpersönlich in der

Hand halten wird. Genau vor sein Gesicht wird er ihn halten, um die Wirkung der Kraft auf die Materie und des Windes auf die Erde zu überprüfen.

Aufbauend auf dem Prinzip der umgekehrten Proportionalität, stützt sich die zentrale These auf die Tatsache, dass, wenn es schon nicht möglich ist, den Wind auf einen festen Gegenstand zu lenken, man doch das Verhältnis umdrehen und damit die gleiche Wirkung erzielen kann.

Also schickt sich Doktor Claudius jetzt an, Professor Witt Van der Kalm an einen Windmühlenflügel zu binden.

Vier straff gespannte, im Boden verankerte Taue hindern die Windmühlenflügel daran, sich zu drehen. An dem Flügel, der zur Erde zeigt, können wir den Professor sehen, den Maßmesser in der Hand.

Seine Schultern, seine Oberarme, der Rumpf, die Hüften, die Beine und die Füße sind am Windmühlenflügel festgezurrt, und zwar mit Gurten vom selben Hufschmied, der auch die Kugel glatt geschliffen hat.

Den Maßmesser wird er sich vors Gesicht halten. Dank des Prinzips der konstanten Sichtbarkeit wird er sich, selbst wenn er auf dem Kopf steht, mit den drei grundlegenden Fragen seines Experiments beschäftigen können.

Die erste: Wird der Wind die Kugel bewegen?

Die zweite: Wie viel Kraft ist vonnöten, um sie zu bewegen, und um wie viel Grad wird sie sich drehen?

Die dritte: Wird er es schaffen, sich nicht zu übergeben, wenn er kopfüber hängt?

»Wenn Ihr wollt, Doktor Claudius …«

Langsam sagt er es, ganz langsam.

»Wenn Ihr so weit seid, Professor.«

Ein feines Stimmchen, in merkwürdigem Kontrast zum pockennarbigen Gesicht und zur Kartoffelnase.

»Jetzt, falls der Wind dem Mittelwert Eurer Berechnungen entspricht …«

»Das tut er, Professor. Sagt ›los‹.«

»Um des wissenschaftlichen Prinzips im Verhältnis zwischen Wind und Erde willen … (gemach, wenn er sich konzentriert, verlangsamt er seine Rede), um der Bestätigung meiner Aussagen willen … (er spricht immer langsam, wenn seine Rede länger ist als eine Zeile) und um der genauen Definition des Verschiebungsgrades willen (Pause) los!«

Zack. Zack. Zack. Und los. Mit kurzen Hieben sind die Taue durchtrennt, welche die Windmühlenflügel gehalten haben.

Ohne Bremse beginnt die Windmühle langsam, sich um sich selbst zu drehen. Wundervoll, diese Beständigkeit der Mühle im Kontrast zum wirbelnden Wind. Erstaunlich diese Bewegung, die immer dieselbe bleibt, der vollkommene Kreis der Ewigkeit.

»Schneller!«

Es ist der letzte verständliche Ausruf von Professor Van der Kalm, bevor seine Worte in unartikulierte Laute umschlagen, denn der Wind nimmt zu, und die Laute in Angst, denn der Wind wird immer stärker, und die Angst in Entsetzen, denn der Wind ist übermächtig, und das Entsetzen in flehende Schreie zunächst, dann entsetzliche Flüche, ihn endlich herunterzulassen. Doch der Wind ist nicht mehr zu bremsen. Stehen bleiben. Doch der Wind ist ein Schuft. Halt. Doch der Wind ist ein Verräter. Aufhören, habe ich gesagt. Doch die Worte entziehen sich jeder Kontrolle, und heraus kommt nur das Entsetzen der Unmöglichkeit. Keiner hat darüber nachgedacht, wie man die Flügel wieder anhalten kann, wenn sie sich erst einmal drehen. Und weit und breit ist niemand zu sehen. Kein Bauer, kein Landarbeiter, nichts.

»Keine Sorge, Professor, ich hole Hilfe.«

»AAAhhh …«

»Ich komme sofort wieder, bewahrt die Ruhe.«

»EEEhhh …«

»Ich eile schon, in Kürze ist das Problem behoben.«

»OOOhhh...«

Und während Doktor Claudius losläuft, um Hilfe zu holen, dreht sich Professor Van der Kalm immer weiter und verliert die Ruhe, das Gleichgewicht, seine Würde, das Ziel des Experiments und das Prinzip der umgekehrten Proportionalität.

Das Einzige, was ihm bleibt, ist der Maßmesser, eine Sicherheitsnadel, die den Kosmos wissenschaftlicher Überlegungen zusammenhält.

Ein Strudel, die Welt dreht sich, der Kopf platzt, der Magen in der Kehle, die Stimme panisch, der Körper gegen den Windmühlenflügel gepresst wie eine getrocknete Blume in ein Buch, vor ihm eine Landschaft, unbewegt, ungerührt und fern. Dann nichts mehr. Als hätte jemand den Stecker der Welt herausgezogen. Als wäre die Welt ein Film, und jemand hätte den Projektor ausgeschaltet. Als hätte der Wind aus Barmherzigkeit den Atem angehalten.

Kopfüber werden sie ihn vorfinden, Doktor Claudius und die beiden Landarbeiter, die er in einem nahe gelegenen Bauernhof aufgetrieben hat, bewusstlos werden sie ihn vorfinden, ruhig gestellt von einem gnädigen Schicksal, das vorzeitig die heilsame Ohnmacht geschickt hat.

Drei Gestalten im Gegenlicht, eine von ihnen klein, mit hohem Hut und wolkenförmiger Nase, betrachten das Ergebnis an der Zentrifuge: einen langen, schwarzen Lappen, der schlapp an einem Windmühlenflügel baumelt, versehrt von der Bewegung an sich.

Er, der sie doch stoppen wollte.

Er, der sie stoppen wird.

Das erste Bild war fertig.

Eine einzige Tulpe.

Geschlossen. Eine Knospe, die erblühen wird.

Zwei Tage Arbeit, zwei Sitzungen von je drei Stunden. Ein Bild, das anders ist als die übrigen.

Eine steife Tulpe, wenig ausdrucksvoll, verschleiert, von ferne gesehen.

»Blau, was meinst du?«

Die Meinung einer Blinden. Doch das ist es nicht.

»Viel Rot habt Ihr nicht benutzt, Meister.«

Eine Antwort, die betroffen macht. Nicht, weil die Frau mit dem Namen einer Farbe die Farben sieht, sondern weil sie stets im Bilde ist. Sie weiß, wie oft der Maler seinen Pinsel in das Karminrot getaucht hat, wie viel Scharlachrot er verlangt hat, wie viel Schwarz und Braun für den Hintergrund und wie viel Grün für die Blätter. Sie kennt die Pulvermengen und säubert die Palette sorgsam von den verkrusteten Farben. Sie erschließt das Bild aus den Farbverhältnissen, der Dringlichkeit seiner Frage, des Tones seiner Stimme, aufgrund von tausend Finessen, Details, Bemerkungen. Außerdem sieht sie es. Sie sieht es, weil sie es sich vorstellt.

»Und du, Absentia? Was meinst du?«

Schweigen.

»Komm her, schau es dir an.«

»Schön, Herr.«

»Nein, nicht wirklich. Siehst du diesen Schleier?«

»Schleier?«

»Ja, Schleier. Das bist du.«

»Ich? Und was soll ich tun, Herr?«

»Zieh dich aus.«

»Mich ausziehen? Niemals, Herr. Dieser Körper ist gemacht, um den Blick meines Geliebten zu erfreuen. Nie könnte ich …«

»Nur die Schultern, die Arme, den Hals und die Brüste bis zu den Hüften.«

»Die Brüste, Herr, sind gemacht, um …«

»Zu nähren. Und du wirst meine Kunst nähren.«

»Aber, Herr …«

»Ich biete dir das Doppelte. Hundertzwanzig Stuiver. Weiß, ich brauche Weiß!«

»Ja, Meister. Bleiweiß oder Zinkweiß?«

»Bleiweiß. Absentia, geh zurück auf deinen Platz. Und zieh dich aus.«

»Nein, Herr.«

»Ich male deine Schönheit. Gönnst du sie niemandem?«

»Nur meinem Geliebten, Herr.«

»Also gut. Am Ende der Saison wird dieses Bild dir gehören. Es ist sehr viel wert, aber wenn du mir deine Schönheit schenkst, werde ich sie dir zurückgeben. Du kannst es deinem Geliebten schenken, und wenn er die Blume anschaut, wird er dich anschauen.«

Absentia überlegt.

Weiß ist fast fertig mit der Farbe. Sie weiß, sie wird Licht werden, Reflex, Tropfen, Perle. Sie wird den Schleier wegziehen. Die Blume zum Leben erwecken. Der berühmte Napilut-Strich. Sie weiß es, denn sie stellt es sich vor. Das ist wie Beten. Man braucht Gott nicht zu sehen, um mit ihm zu sprechen. Es genügt, ihn sich vorzustellen.

»Gut, Herr. Aber nicht wegen des Geldes, sondern wegen

Eures Versprechens. Das Bild soll meinem Geliebten, meine Schönheit einzig ihm gehören.«

»Und dein Geheimnis einzig mir.«

»Ja, darum bitte ich, Herr. Ich bin nicht verheiratet, ich gehöre nicht zu diesen losen Frauen. Meine niedere Herkunft und meine Armut haben mich nicht dessen beraubt, was nicht für Geld zu kaufen ist: Würde.«

»So streif nun deine Bluse ab.«

Zögernd, verlegen und verschämt hebt Absentia ihre grobe Leinenbluse und enthüllt die Kraft ihrer Schultern, die Eleganz ihres Halses, den sanften Schwung ihrer Arme, das Gedicht ihrer Brüste. Weiß. Wie der Pinsel, der sich auf die Leinwand senkt. Und am Ansatz der Blütenblätter feine Streifen andeutet, als berge die Knospe einen Frühling.

»Der Kopf.«

»Wie bitte, Herr?«

»Den Kopf etwas höher, stolz, vornehm. Nicht verstecken sollst du dich, gefallen sollst du dir. Den Blick fester, genauer, entschlossener. Glänze wie die Sonne, sei kein schüchterner Mond.«

»So, Herr?«

»Perlweiß und Meerblau. Was meinst du, Blau?«

»Das Licht kommt von innen, Meister. Doch der Mond weiß das nicht.«

Das Bild veränderte sich. Manchmal reicht ein einziges Streichholz, um einen Raum zu erleuchten. Die Tulpe in ihrer Knospe offenbarte jetzt ihre innere Schönheit. Was für ein langer Weg, von den asiatischen Gebirgen nach Holland, im Namen der Schönheit. Für die Muselmanen war sie die heilige Blume, denn auf Türkisch heißt sie *Lale,* und diese Buchstaben sind dieselben wie im Namen Gottes, *Allah.* Außerdem war sie Symbol der Demut, denn wenn sie in voller Blüte stand, neigte sie den Kopf vor der Sonne.

»Neige nie deinen Kopf, Absentia.«

Ihr solltet nicht so viel arbeiten, Meister Napilut.«

»Ihr wisst doch, Doktor Claudius, dass ich nur diese fünf Monate zum Malen habe.«

»Geld gereicht der Welt mehr zum Schaden denn zum Nutzen, und Reichtum fördert die Weisheit nicht.«

»Wie könnt Ihr entscheiden, was richtig und was falsch ist?«

»Seht. Das *Schwarze Register der Tausend Sünden*, in alphabethischer Reihenfolge. Es ist vom großen Prediger Hoom Jacob Hondius.«

»Seid Ihr gläubig, Doktor Claudius?«

»Mmm…«

»Mmm?«

»Wenn ich die Wolken durchstoße und Gott dahinter entdecke, werde ich glauben. Ich bin ein Mann der Wissenschaft. Ich glaube an die Methode, an die Disziplin.«

»Dann werdet Ihr ihn niemals finden, denn Gott ist nicht hinter den Dingen, sondern in ihnen. Hier, jetzt, überall.«

»Hier? Jetzt? Gott? Daran glaubt Ihr?«

»Ich glaube mehr an Gott, denn er ist das Leben, als an die Kirche, denn sie ist die Regel.«

»Dann ist es also Gott, der die Blumen erblühen lässt, Meister Napilut?«

»Ähm, ja.«

»Gibt es im Paradies denn auch Blumen? Und wenn ja, welche Sorten blühen dort?«

»Im Paradies?… Blumen?«

»Und wann blühen sie? Gibt es Tulpen im Paradies?«

»Tulpen? Da müsste ich Gott mal fragen.«

»Zu viele Wolken, heute.«

Das war das Geheimnis.
Er liebte sie.

Er liebte sie, indem er sie anschaute.

Seine Augen senkten sich auf ihren Körper und liebkosten ihn wie ein sanfter Pinsel sich auf eine Leinwand senkt.

Langsam war diese Liebe erwacht, ganz allmählich.

Das zweite Bild zeigte eine Tulpe, die ein wenig geöffnet war; aber immer noch zu Beginn ihrer Blüte.

Das dritte war ein einfaches Arrangement aus drei Tulpen, von denen die letzte noch vollendet werden musste.

Als er das vierte begonnen hatte, ging Napilut plötzlich auf Absentia zu. Sie saß neben dem Fenster in einem weiten Rock, der bis auf den Boden reichte, wo ihre elfenbeinfarbene Gazebluse lag, die Hände auf den Knien, die Handflächen nach oben, der Kopf ins Profil gedreht, die Brüste prall und ohne Bewusstsein von ihrer plastischen Schönheit, die Haare verwuschelt, aber im Nacken zusammengefasst, um die stolze Eleganz ihres Halses freizugeben. Napilut neigte sich zu ihrem Ohr hinab und flüsterte:

»Lass deine Schönheit zur Schönheit des Frühlings werden, Absentia. Lass sie ganz sein, vollkommen, absolut.«

Absentia begriff nicht und blieb unbeweglich sitzen, wer weiß, was für Gedanken ihm durch den Kopf schießen mochten, diesem verrückten Maler, der Blumen erschafft, indem er den Körper einer Frau abmalt.

»Tu es, jetzt.«

Sie begriff noch immer nicht.

Absentias Blick wanderte zu den geschlossenen Lidern von Blau, die ihren Blick nicht erwidern konnte, außer mit dem Gefühl.

»Zieh dich aus«, sagte Blau.

Einfach so. Lakonisch. Kurz. Weniger ein Rat unter Frauen, als eine Arbeitsanweisung an ein Instrument der Schönheit.

Ausziehen? Nein, wollte sie sagen, sie trug nichts unter dem Rock, niemand sollte sie nackt sehen, und zwischen den Beinen bewahrte sie noch immer jenen Kuss, auf den sie für immer warten würde. Jenen Kuss.

Nein, wollte sie sagen, doch die Stimme von Napilut, der zur Staffelei zurückgekehrt war und nach der Palette und einem mittleren Pinsel griff, fuhr fort.

»Zeig mir, wie der Frühling blüht.«

Der Frühling? War sie also eine Blume, und sollte sie sich zeigen?

Ja, vorläufig eine Blume, unfähig zum Widerstand und fähig nur zu verlocken.

Insekten anzulocken, Schmetterlinge, den Wind und diesen schwarzen, wenig liebenswürdigen Käfer Napilut.

Schnell, denn sie wollte nicht darüber nachdenken, streifte sie den Rock ab und schloss die Augen. Blieb so bis zur nächsten Anweisung.

»Nicht von vorn, Absentia. Dreh die Beine nach rechts, beide. Und halte sie geschlossen, so, genau.«

Sie tat es.

»Die Füße im Profil. Gut, stell den rechten auf die Zehenspitzen. Vornehm, genau. Stütz den Ellenbogen aufs Knie und das Kinn in die Handfläche.«

Sie tat es.

»Perfekt. Bleib so.«

Das war das Geheimnis. Er liebte sie.

Doch er hatte nicht den Mut, es ihr zu sagen. Er liebte sie, hatte aber nicht den Mut, es einzugestehen. Nicht einmal sich selbst.

Er hatte bei seiner Zukunft geschworen, dass es nach seiner Frau keine andere Frau in seinem Leben geben würde. Keine.

Sie war gestorben, die Liebe war gestorben.

Die Bilder waren seine einzige Sprache, die Tulpen seine einzigen Liebesbriefe.

Man sollte niemals bei der Zukunft schwören. Denn die Zukunft ist ein Spiegel. Und ändert sich, wie wir uns ändern.

Ab und zu tritt jemand Neues in unsere Geschichte ein. Diesmal ist es Van der Lens, ein Maler, der zum Malen ein Vergrößerungsglas benutzt und ultrafeine Pinsel, die bisweilen nur aus einem einzigen Haar bestehen. Weshalb? Weil er nur Elemente des Mikrokosmos malt. Habt ihr je einen Marienkäfer betrachtet, die Symmetrie seiner beiden Körperhälften? Habt ihr je die Beine einer Fliege gezählt, die Geographie einer Muschel studiert, euch in den Zauber von Libellenflügeln versenkt?

Er, Van der Lens, tat es.

Er hat den Mikrokosmos zum Mittelpunkt seiner Studien gemacht. Das wichtigste Hilfsmittel waren seine Kristalllinsen, mit denen er das jeweilige Objekt zehn- oder sogar zwanzigmal vergrößern und so in jene unbekannte Welt vordringen konnte, in der das Detail über das Ganze triumphiert. Dank seiner Lupen konnte er die winzigen Einzelheiten auf die Leinwand übertragen. Zwischen die Leinwand und den Blick schob sich eine ganz neue Betrachtungsweise, als nähme man eine Musik von einem kilometerweit entfernten Orchester wahr, die Töne vom Winde verweht und durch die Entfernung verblasst, als habe die Erinnerung die Oberhand über die Gegenwart gewonnen. Und diese Musik muss man sich plötzlich verstärkt vorstellen, nicht mehr weit entfernt oder verschwommen, sondern als sei man mittendrin, als sei das Ohr mitten im Orchester, im Herzen der Musik, denn auch die Musik hat ein Herz, und das ist sicher nicht die Partitur, sondern wenn es trommelt, ist es das Schlagwerk, wenn es zirpt, ist es die Harfe, wenn es schmachtet, ist es die Geige, wenn es seufzt, ist es die Klarinette, und wenn es liebt, sind es alle zusammen, ein einziges Jubeln, und wir mittendrin, benommen von diesem Klang, den wir nie zuvor wahrgenommen haben, betroffen von der Unmittelbarkeit der Töne, den heiligen Schwingungen, die uns umgeben, berühren, versinken lassen. Ja. Genauso.

All das ist das Vergrößerungsglas.

Im Handumdrehen werden die Dinge riesengroß, man braucht es nur zwischen das Auge und die Leinwand zu legen. Und mit kalter Präzision in die Welt der Details einzutreten. Van der Lens interessierte sich für nichts als den Mikrokosmos. Nicht für Kunst, nicht für Komposition, nicht für den Ausdruck von Gefühlen, nicht für die Romantik des Augenblicks. Für nichts als die Erfassung des Details. Die Beine einer Mücke, die Augen einer Wanze, die Behaarung eines Schmetterlings, die Musterung einer außergewöhnlichen Muschel, die Durchsichtigkeit eines Libellenflügels, die Schleimspur einer Schnecke, den Stachel eines Skorpions, die sanfte Bewegung einer Miesmuschel, den scheelen Blick eines Käfers.

Van der Lens war so perfekt, so verdammt genau, dass alle Maler ihm die letzten Pinselstriche überlassen wollten. Ihre Blumenkompositionen wurden wahrhaftiger mit einem fliegenden Insekt, mit einer Hornisse auf einem Blütenblatt oder mit zwei Schmetterlingsflügeln im Hintergrund. Van der Lens interessierte es nicht, wohin er seine fantastische Welt malte, solange er das nötige Geld verdiente, um sie weiter beobachten zu können. Er brauchte keine Anerkennung, ihm reichte die Vollkommenheit der Natur und seine technische Präzision in ihrer Wiedergabe. Das war alles. »Bisweilen erobern Könige riesige Reiche und schaffen es nicht, das Herz einer Frau zu erobern«, sagte er oft und schloss dann zuverlässig mit der immer gleichen Bemerkung. »Interessantes Detail, das.«

Immer endete er so.

»Interessantes Detail.«

Van der Lens arbeitete für sich selbst, auch wenn er für andere arbeitete. In der festen Überzeugung, dass sich das große Glück und die kleinen Antworten nur im Detail und nie im Ganzen finden. Er malte für viele Maler, doch für Napiluts Tulpen hatte er eine besondere Vorliebe, originell, wie sie waren, und jenseits der Konventionen seiner Zeit. Napiluts Bilder waren einfacher als die der anderen Blumenmaler, mit großflächigen, leeren, dunklen Hintergründen, gegen die seine Insekten sich in ihrer Vollkommenheit zur Schau stellen konnten. Auch ein interessantes Detail, das.

*Sehr geehrter lieber Gott,
hier schreibt Napilut, ein Euch tief ergebener Liebender.*

Natürlich weiß ich, lieber Gott, dass ich direkt mit Euch sprechen könnte, doch der Wunsch, mich klar auszudrücken, und das Bedürfnis, meine verworrenen Gedanken zu ordnen, lassen es ratsam erscheinen, Euch einen Brief zu schreiben. Wisst, dass die vielen Jahre in der strengen Bibliothek, die Ihr uns zur Verfügung gestellt habt, nämlich der Natur, meinen Glauben geformt und jeden Zweifel ausgeräumt haben. Damit nicht genug: Ihr seid der ständige Bezugspunkt meiner Gedanken und meine Gewissheit an langen Herbstabenden.

Dieser felsenfeste Glaube erlaubt es mir nun, mich mit einigen Fragen zu beschäftigen, die keineswegs mit Zweifeln an der Lehre, sondern schlichtweg mit der menschlichen Natur zusammenhängen.

Ihr habt es so vorgesehen, lieber Gott, dass jeder von uns eine genau festgelegte Zeit auf dieser Erde weilt, wie bei einem Mietvertrag, von dem nur Ihr wisst, wann er abläuft.

Ich glaube, ich kann mir die wunderbare Belohnung für jene vorstellen, die Euer Wort lesen und Eure Lehren befolgen. Das Paradies muss ein herrlicher Ort sein, wo unaufhörlich Lobgesänge erklingen und die Klänge von Harfen und Flöten die Wege bereiten, auf denen unsere Lieder und Eure Liebe wandeln. Der Messias, den Ihr uns geschickt habt, der Christus aus Nazareth, hat jedoch nicht viel vom Leben nach dem Leben gesprochen, und im Evangelium habe ich nur einen la-

konischen Satz gefunden: »In meines Vaters Hause sind viele Wohnungen.«

Oft, lieber Gott, habe ich an Eure vielen Wohnungen gedacht, und dann stelle ich mir blaue Berge vor, türkisfarbene Hügel, glasklare Wasserfälle und einen Regen von Silberfäden.

Eine Frage, die ich mir häufig stelle, ist jedoch: Gibt es im Paradies Tiere?

Verzeiht, lieber Gott, aber wenn es welche dort gibt, kommen sie auch in die Hölle? Und nach welchen Grundsätzen? Ist es so, dass treue Hunde ins Paradies kommen und aggressive in die Hölle? Oder Delfine ins Paradies und Schwertfische in die Hölle? Schwalben ins Paradies, Hühner ins Fegefeuer und Regenwürmer in die Hölle? Kommen sie wegen ihrer Rasse in die Hölle oder wegen der Verhaltensweisen der einzelnen Geschöpfe?

Doch offen gestanden, lieber Gott, der Ihr die unendliche Geduld und Güte besitzt, diesen allzu menschlichen Brief zu lesen, der Zweifel, der mich mehr als jeder andere plagt, ist folgender:

Gibt es im Paradies Blumen?

Und wenn ja, geht es nach Arten oder nach Farben? Und falls es Tulpen im Paradies gibt, sind Pflanzen mit Dornen und Stacheln in der Hölle? Oder ist es so, dass im Paradies nur seltene, unbekannte Blumenarten zu finden sind, etwa seltene Tulpen wie die Semper Augustus, die schönste und rarste, und für die Hölle die gewöhnlichen einfarbigen Tulpen bleiben?

Und wie riecht es dort? Und wenn es Blumen gibt, blühen sie jeweils zu ihrer Zeit, oder herrscht vielleicht ewiger Frühling? Und wenn man sie zertrampelt, gehen sie dann kaputt wie auf der Erde, oder richten sie sich wieder zu voller Pracht auf, als sei nichts geschehen?

Vergebt, lieber Gott, diese irdischen Dummheiten, doch bedenkt man, dass sowohl der Himmel als auch die Erde Eure

Werke sind, so muss ich doch annehmen, dass es keine Frage ohne Antwort gibt.

Mit unerschütterlichem Glauben und felsenfester Treue werde ich auf eine direkte Antwort von Euch warten.

In meinem Herzen höre ich nie auf, Euch zu lieben.

Euer tief ergebener
Napilut.

Post Scriptum: Verzeiht, Allmächtiger, dass dieser Brief dermaßen lang geworden ist. Leider habe ich kein weibliches Wesen mehr, dem ich schreiben kann, denn meine Frau ist vor zwei Jahren gestorben. Ich brauche die Liebe zum Leben.

Könnt Ihr etwas tun?

Er war eher faszinierend als schön, der Meister Napilut.

Groß, schlank, lange Haare, strubbelig ins Gesicht fallend, das so kantig war wie sein Charakter. Alle Kraft schien in seinen Augen gebündelt, zwei blaue Leuchtfeuer, die mit ihrem Blick alles durchbohrten.

Er war stets schwarz gekleidet, und manchmal umrahmte sein Gesicht eine große Halskrause, keine steife wie die spanische, die Professor Witt Van der Kalms langes, mageres Gesicht umschloss, eher ein Mittelding zwischen einem bestickten Kragen und einer holländischen Krause und mit der gleichen Spitze, die auch die Manschetten schmückte. Er hatte weder Schnauz- noch Spitzbart. Oft hüllte er sich in einen weiten Mantel, der seine Gestalt noch geheimnisvoller machte.

Nie trug er einen Hut, im Gegensatz zu Doktor Claudius mit seiner schwarzen Wolke.

Er besaß keine guten Manieren und hatte überhaupt nichts Vornehmes an sich. Er hasste Farcen, Repräsentationen, leere Komplimente.

Mit den Höchsten des Landes hätte er verkehren können, sogar der Statthalter hatte ihn mehrmals zum Essen eingeladen, die Malergilde hatte ihm verschiedene Ehrentitel verliehen, und die Fürsten ganz Europas rissen sich darum, mindestens eines seiner Bilder zu besitzen. Doch er? Keine Reaktion. Schlimmer als Rembrandt.

Er wusste, dass es in der Blumenmalerei niemand mit ihm aufnehmen konnte. Er wusste, dass keiner so malte wie er.

Das lag sicher nicht am berühmten Napilut-Strich, diesem weißen Punkt, der an Tauperlen denken ließ, auch wenn dort keine waren, und auch nicht am berühmten Napilut-Effekt, den alle anderen Maler zu imitieren suchten und der die Kunden so begeisterte, nicht an dieser perlmutternen Patina, die seinen Gemälden sternengleiche Reflexe verlieh und die Menschen, die seine Bilder betrachteten, in Begeisterung versetzte.

Napiluts Geheimnis war, dass er liebte, wenn er malte. In den letzten zehn Jahren, seit er seine eigene Werkstatt aufgemacht und begonnen hatte, ausschließlich Tulpen darzustellen, hatte er seine Frau in Liebe betrachtet, hatte sie unbewusst in seiner Malerei eingefangen, hatte sich ihr Bild so fest eingeprägt, dass es sich in seinen Blumen, in seinen Farben widerspiegelte.

Für Euch, die Ihr im einundzwanzigsten Jahrhundert lebt und an die Allgegenwart der Fotografie gewöhnt seid, mag das nichts Besonderes sein, wir aus dem siebzehnten Jahrhundert aber müssen bestimmte Alchemien erst einmal erfinden. Genau, Alchemien. Wir haben keine Ärzte, sondern Drogisten. Wir haben keine Chemie, sondern Salben, Pulver und Kräuter. Wir haben keine Sicherheiten, sondern Hoffnungen.

Euch aus dem einundzwanzigsten Jahrhundert ist alles bekannt, für uns aus dem siebzehnten Jahrhundert ist alles eine Entdeckung. Für Euch wäre der Anblick eines endlosen Tulpenfeldes mit ausschließlich gelben oder roten Tulpen etwas Wunderschönes, für uns wäre er etwas Gemeines. Unsere kleinen Gärten sind, dem Geschmack der Zeit entsprechend, streng symmetrisch angeordnet, und auf den Beeten wachsen nur wenige Tulpen. Ihr mögt sie millionenfach, wir mögen sie einzeln.

Einzeln. Jede für sich.

Für Euch aus dem einundzwanzigsten Jahrhundert ist die Tulpe immun, wie die Menschen immun sind gegen Pest, Pocken oder Tuberkulose. Heutzutage ist sie geradlinig, einfach, rein. Für uns aus dem siebzehnten Jahrhundert war die Tulpe krank, und diese Mosaikkrankheit, die niemand zu heilen wusste, ließ sie ausfransen, aufflammen, wuchern, aus der Reihe fallen. Diese glühenden Streifen, diese Blütenblätter, so weit geöffnet wie der Sommer, diese welligen Ränder gibt es heute nicht mehr. Und es wird sie nie mehr geben.

Die Botanik hat gewonnen. Der Virus, der die Formen verrückt spielen ließ, ist verschwunden. Was Ihr aus dem einundzwanzigsten Jahrhundert für Fortschritt haltet, ist für uns aus dem siebzehnten ein Verlust. Weniges wird bleiben, was von unserer Treue zu dieser Blume zeugt. Die Bilder unserer Maler, die Studien unserer Gärtner, die Erzählungen unserer Dichter.

Wie dem auch sei.

Kehren wir zu Napilut und seiner Kunst zurück.

Er war bereits am siebten Bild, und an diesem Tag betrat Absentia das Atelier, das Herz der Malerei, die Werkstatt des Geheimnisses mit großer Selbstsicherheit. Sie blieb neben dem roten Stuhl stehen, wie immer. Sie wartete auf Anweisungen. Den Befehl, sich auszuziehen. Doch Napilut stand bereits hinter der Leinwand, die Palette in der Hand, den Blick in ihre Augen versenkt. Zum ersten Mal sieht sie ihn an, ohne die Augen niederzuschlagen. Sie sagte nichts. Wartete nicht auf seinen Befehl. Band ihren Rock auf, ließ ihn zu Boden gleiten, den Blick fest auf seine Augen gerichtet, hob die Bluse, entblößte ihre Brüste, weiße zunehmende Monde, keine spanische Wand, keine verschämten Blicke, wer provoziert hier wen?, zwei grüne Augen in zwei blaue Augen und ein Gedanke im Kopf, wenn ich dir so gefalle, bitteschön, wenn du mir so gefällst, zeige dich, verräterische Augen, solange du mich nur anschaust, gehöre ich einem anderen, solange es mir genügt, deine Schönheit einzufangen, sei der Rest für den, der ihn sich nimmt. Augen, die sich schließen, ein zuckendes Lid, ein neuer Anfang. Nackt steht sie da. Schönheit kommt tatsächlich von innen. Nicht nur, dass sie sich nicht hatte auffordern lassen, sie hatte es einfach getan. Bewusst. Verschwörerisch.

»Gelb.«

Und Gelb, die einzige Assistentin, die zusehen darf, ohne zu sehen, beginnt das tägliche Ritual der Farbzubereitung.

»Setz dich, Absentia.«

Drei Wochen waren vergangen, seit sie sich zum ersten Mal begegnet waren.

Die ersten Bilder zeigten wunderschöne Tulpen, aber alle noch geschlossen. Von unten, von oben, zur Seite geneigt, wachsend, aufblühend, fast geöffnet, eine Komposition aus drei Knospen, ein Dialog zwischen einer Violetten und einer Bizarren, dieses Bild aber schien anders zu werden. Die ersten Striche zeigten eine Blüte, die sich dem Betrachter entgegenneigte, geöffnet. Viel ist am Anfang nicht zu sehen, wenn ein Bild entsteht.

»Karminrot …«

Auf der Palette mit Gelb gemischt, ergibt das Orange für die Schattierungen. Sechs Blütenblätter in voller Pracht.

»Öffne dich, Absentia.«

Doch sie bleibt reglos sitzen.

»Öffne dich, habe ich gesagt.«

Doch sie begreift nicht.

»Komm, heb deine Arme wie zwei Linien zum Himmel, nein, nicht ganz so hoch, zwischen den Horizont und deinen Kopf.«

Sie tut es.

»Gut. Jetzt leg den Kopf in den Nacken, zeig mir deinen Hals und das Kinn, genau, und öffne die Beine.«

Doch sie bleibt reglos sitzen.

»Los, öffne sie.«

Nein. Das tut sie nicht.

»Nun mach schon, verdammt, gib mir alles, gib mir deinen Sommer, blühe, Absentia, strecke dich aus, öffne deine verdammten Beine.«

Nichts.

»Was denkst du, dass ich sie dir wegnehmen will? Gelb, geh sie ihr bedecken.«

Eine blinde Frau erhebt sich mit einer Bewegung, die Sehenden ungewöhnlich erscheint, sie weiß, wo Absentia ist, wo Napilut ist, wo das Fenster ist, sie kennt den ganzen Raum, jede Leinwand, jede Vase, jedes Glas, jeden Mörser, jeden Pinsel, sie weiß, wo die rote Tulpe steht, die dem Maler als Vorbild für das vorhergehende Bild gedient hat, sie geht hin, pflückt vorsichtig ein Blütenblatt ab, bringt es zu Absentia, die noch immer erstaunt die Arme gen Himmel streckt, rein wie zwei Sonnenstrahlen, den Körper nach hinten geneigt wie eine schwere Vergangenheit, während Gelb sich nähert und ihr leise etwas ins Ohr flüstert, wer weiß was, es ist nur zu sehen, wie das Blütenblatt vom Bauchnabel zum Unterbauch gleitet, den die Hand von Gelb besser sieht als jeder Blick, und dass sie es dort liegen lässt, zwischen ihren Beinen, die sich jetzt öffnen.

»Noch weiter, alles, ich möchte den Sommer in voller Blüte.«

Und alle Blätter öffnen sich, alle Schüchternheiten, weit wie die Arme, wie das Vertrauen, wie das Zugehörigkeitsgefühl, wie das Erstaunen, eine Frau zu sein, die einen Mann inspiriert, der Blumen malt.

Bei der Tulpe auf dem Bild sehen die beiden untersten Blütenblätter aus wie Schmetterlingsflügel, während die Beine dort, wo sie sich treffen, ein Tulpenherz haben. Es ist nicht ganz klar, ob es Absentia genügt, um sich zu bedecken, oder ob sie beschlossen hat, ihre Schönheit zu enthüllen. Nur eine Stimme ist zu hören:

»Weinrot.«

Was für eine merkwürdige Blume.

Es könnte eine Semper Augustus sein, doch sie wird schöner. Noch schöner. Wunderschön.

»Um wie viel hat es sich bewegt?«
»Um so viel.«

In dem Holzhaus an der Cecigracht, im Arbeitszimmer von Professor Van der Kalm, das voll gestopft ist mit Globen, Windströmungstafeln, Armillarsphären nach dem ptolemäischen System, eigenartigen Instrumenten zur Erklärung astronomischer Theorien und Planetarien nach der heliozentrischen Theorie von Kopernikus, inmitten von unzähligen Büchern, unter denen noch einmal Kopernikus hervorsticht mit *De revolutionibus orbium coelestium libri VI*, dann zwei Werke von Tycho Brahe, *Astronomiae instauratae mechanica* und *Physica coelestis tradita commentariis de motibus stellae Martis ex observationibus,* Keplers *Prodromus dissertationum cosmographicarum, continens mysterium cosmographicum,* aber auch kleinere Werke wie *Oscillatorium* (der Dinge) und *De motu corporum* und sein eigenes, bisher nur aus dem Titel bestehendes *Prodromus dissertationum* (über die unmäßige Geschwindigkeit der Zeit), in diesem Arbeitszimmer, umgeben von den sonderlichsten Gegenständen, befindet sich ein ganz besonders merkwürdiges Instrument: der Maßmesser.

»Etwa fünfundvierzig?«

»Fast. Fast fünfundvierzig.«

»Erstaunlich!«

»Erstaunlich.«

Das erste Stimmchen gehört Doktor Claudius.

Die zweite, langsamere, Professor Witt Van der Kalm.

Sie sind dabei, die Ergebnisse ihres Experiments auszuwerten, jenes, das auf dem Prinzip der umgekehrten Proportionalität beruht. Sie betrachten den Maßmesser, den leeren Würfel mit der Kugel darin. Er sieht noch genauso aus wie nach dem Experiment. Doktor Claudius war es an jenem Tag nicht leicht gefallen, ihn an sich zu nehmen, denn Professor Van der Kalms Hände hatten sich an den Würfel geklammert wie ein Anker an den Meeresboden. Völlig verstört durch die unvorhergesehene Rotation und unfähig, irgendetwas anderes zu tun, als zu schreien oder sich zu übergeben, hatte er sich auf das einzig fassbare Objekt vor seinen Augen konzentriert: den Maßmesser. Geklammert an sein Experiment: der Polarstern seiner Zentrifuge. Der Beweis seiner Theorie. Die Bestätigung, dass sein Modell der Erde unter konstanter Windeinwirkung die ursprüngliche Lage verändern würde. Der Beweis würde die weiße Linie sein, dieser Äquator, der über die Erde gestreift worden war wie ein durchsichtiger Ring über den Finger eines Engels. Der Beweis für die Exaktheit seiner Theorie würde darin bestehen, dass die weiße Linie, die ursprünglich auf die vertikale Seite des Würfels ausgerichtet war, verschoben sein würde.

»Um fünfundvierzig«, sagt das feine Stimmchen.

»Fast. Es müssen zwei- oder dreiundvierzig sein.«

Fast fünfundvierzig Grad. Ein ungeheures Stück, wenn man es auf den riesigen Lehmball namens Erde überträgt.

Das heißt, genau ein Viertel. Ein ungeheures Stück. Wieso ein Viertel? Wegen der Winde.

Wenn sich die Drehung der Erde im Vergleich zu ihrer normalen Bahn um fünfundvierzig Grad verschiebt, nur weil die Winde die Drehung in der üblichen Richtung verstärken, müsste sie nach der Theorie der umgekehrten Proportionalität um genauso viel Grad langsamer werden, wenn die Winde von der anderen Seite blasen. Fünfundvierzig plus fünfundvierzig macht neunzig. Ein Viertel von dreihundertsechzig Grad.

Das ist die Theorie von Professor Witt Van der Kalm. Nach dem bekannten und bewiesenen Prinzip des aktiven Widerstands auf bewegte Körper müsste es genügen, der Kraft der Winde den passenden Widerstand entgegenzusetzen, um den gewünschten Effekt zu erreichen: die Verlangsamung der Bewegung. Ja, das ist sie, seine glänzende, seine geniale Theorie: unverkennbare Weisheit, aufgeklärte Genialität der Wissenschaft. Fünfzig Gegenwindmühlen, strategisch auf dem Äquator angeordnet, würden einen enormen Widerstand entwickeln, die Erdumdrehung bremsen, die Rotation des Planeten verlangsamen.

»Um fünfundvierzig Prozent!«

Ruft ein Stimmchen, fein wie eine Wolke.

Den Planeten zu verlangsamen hieße aber, ihm mehr Zeit für die Drehung um sich selbst abzutrotzen. Da ist sie, die gezähmte Zeit. Gezähmt dank einer einfachen, kleinen Idee, die an den Windwiderstand anknüpft und dazu bestimmt ist, die Geschichte der Menschheit zu verändern. Wenn die Kette der Gegenwindmühlen bereits morgens voll in Aktion tritt, wenn es draußen noch dunkel ist, obwohl es draußen immer dunkel ist, nur dass die Dunkelheit zeitweise von der Sonne verborgen wird, sagen wir also, um sechs Uhr früh, dann wären nach acht Stunden dank der Verlangsamung der Erdumdrehung erst sechs Stunden vergangen.

»Einfach genial«, flüsterte die ruhige, langsame Stimme des Mannes mit dem Albtraum der Eile.

»Das heißt«, lächelte Claudius, »dass der Tag nicht mehr vierundzwanzig Stunden hätte, sondern … sondern …«

Wolken zu klassifizieren war schließlich keine Frage der Mathematik, sondern der Liebe.

»Dreißig Stunden! Donnerwetter, was für ein Tag!«

»Wie viel länger könnten wir schlafen?«

»Zehn Stunden statt acht!«

»Und fürs Essen hätten wir …«

»... drei Stunden statt zwei!«

»Das ist ja fantastisch, Professor! Es wird keine Verspätungen mehr geben, die Kutschen werden stets pünktlich sein ...«

»Die Frauen werden nicht mehr schimpfen, weil das Essen kalt wird ...«

»... und nicht mehr verlangen, wir sollten eher nach Hause kommen, da es ja keine Eile mehr gibt.«

»Wir werden mehr Zeit zum Lesen haben, zum Lernen, Schreiben, Lieben, Trinken ...«

»Zum Trinken, mein Freund, zum Trinken. Lasst uns feiern gehen, ich will mich betrinken wie noch nie.«

»Aber Professor ...«

»Kein Aber. Heute ist ein großer Tag. Bier in Strömen für alle, Schaum über unsere Trinksprüche ...«

»Aber Professor ...«

»Was denn?«

»Ihr seid Abstinenzler.«

»Ach ja! Dann eben Wein. Gehen wir, Doktor Claudius. Oder wollt Ihr lieber Aquavit?«

»Nach dem ersten Glas werdet Ihr stockbesoffen sein.«

»Das muss sein wie eine Runde an den Windmühlenflügeln. Sich betrinken muss sehr ähnlich sein.«

Dann fügt er hinzu:

»Aber langsam ...«

»Wie bitte?«

»Wir müssen langsam vorgehen. Wir haben keine Eile, die haben wir ja praktisch besiegt.«

Der Traum kam und war eine unerwartete Antwort. Ein windzerzaustes Farbenmeer wogte vor seinen Augen, langsamer als ein Weizenfeld im Juni und sanfter als der feine Sand von Dünen in der Wüste. Eine sternenklare Vision, unvorstellbar, wundersam. Blaue Wellen, die auf gelbe Strömungen stoßen, weiße, diamantene Bächlein, die in blutrote Kreise eindringen. Doch von nahem, von ganz nahem, sind es Tulpen. Millionen von Blütenkelchen, die sich im Herzen des geträumten Meeres gleichzeitig bewegen. Denn hier im Traum gibt es keine Materie, sondern nur Licht. Hier im Paradies genügt es, sich etwas vorzustellen, um es zu erschaffen. Licht erschafft Licht. Alle Konturen sind leicht verschwommen, mit schwacher Elektrizität aufgeladen, denn Lichtmoleküle vibrieren stärker als die Moleküle der Materie und sind immer bereit, sich in etwas anderes zu verwandeln. In der Wirklichkeit, auf der Erde, muss man eine Jahreszeit abwarten, bis eine Blüte zur Frucht wird; hier aber, im Traum und im Paradies, verwandelt sich alles in einem einzigen Augenblick. Millionen von Tulpen könnten sich schließen und zu orangefarbenen Aprikosen oder roten Granatäpfeln, zu saftiggrünen Äpfeln oder goldenen Pfirsichen werden, oder sie könnten aufgehen und sich in bunte Schmetterlinge verwandeln und alle zusammen fortfliegen. Oder sie könnten weiterwogen, wie sie es gerade tun, um dem schlafenden Maler eine Antwort zu geben.

Nie hatte er solche Schönheit geschaut, nie solchen Zauber verspürt. Das lag wohl daran, dass es kein normaler Traum war, sondern ein Brief.

Die Antwort auf eine Frage.

Napilut schrak auf. Ja, es gibt Blumen im Paradies.

Ja, einen Brief an Gott zu schreiben heißt, eine Antwort zu erhalten.

Er konnte nicht mehr einschlafen.

Absentia war dort seit einer Stunde.

Dort war die Stelle. Die Stelle des Wartens.

Zwei Monate waren vergangen, und sie hatte keine Ahnung, wann er wiederkommen würde. Er.

Der ersehnte Geliebte, der nicht kam. Der einzige Mann, der ihren Körper nicht benutzt hatte.

Ein ganzes Jahr lang würde sie auf ihn warten, sogar zwei oder drei, wenn die Reise sich schwierig gestaltete. Für immer, wenn er gar nicht wiederkommen würde.

Wie dem auch sei.

Sie blickte aufs Meer hinaus und hätte gern in ihm gelesen, wie man einen Brief liest. Wellen statt Worte.

Van der Clock hingegen, der genaueste Uhrmacher der Welt, war gerade erst gekommen. Der nahe gelegene Hafen war nur gut, um Geschäfte zu machen. Er hatte gerade eines abgeschlossen und konnte sich jetzt eine Ruhepause gönnen.

Eine Pause. Das Millimeterformat des Wartens.

Eine Pause ist der Seufzer eines Kindes im ewigen Nordwind des Wartens.

Seltsam, an dieser abgelegenen Stelle, so fern von der Welt und so nahe am Hafen, ein junges Mädchen zu sehen, das reglos aufs Meer hinausschaut.

»Was macht denn ein Fräulein wie Ihr an diesem Ort?«

Nichts.

»Entschuldigt, ich möchte nicht stören, aber auch ich bin allein gekommen. Darf ich wissen, wie Ihr heißt?«

Nichts.

»Angenehm. Ich bin der Uhrmacher Lance Van der Clock, besitze die bizarrste Uhrensammlung des Landes, teile die Zeit in gleichmäßige Stücke, gemeinhin Stunden genannt, zähle sie, repariere sie und verkaufe sie an die Leute. Im Grunde sammle ich Augenblicke. Und Ihr?«

Zunächst nichts, ein Schweigen, das fast an Ungezogenheit grenzt. Schließlich dreht Absentia langsam ihr Gesicht nach rechts, wo eine menschliche Uhr mit Armen statt Zeigern sie anschaut, wie die Zeit die Menschen anschaut: neugierig. Und sie antwortet, aber es ist ein Hauch im Wind, wenn sie spricht:

»Ich warte.«

Und während sie das sagt, tritt eine Träne in ihr Auge.

»Salzig.«

»Nein, süß.«

»Tränen sind salzig wie das Meer, denn sie bergen denselben Zauber.«

»Die salzige ist schon aus dem anderen Auge getreten. Diese ist süß.«

»Süß?«

»Ja, die süßen sind Tränen des Glücks.«

Oh, oh. Van der Clock weiß nicht, was er sagen soll. Tränen sind Tränen, und Tränen sind salzig. Er schweigt eine Weile, dann hebt er von neuem an.

»Worauf wartet Ihr denn, Fräulein?«

»Auf die Liebe.«

»Ich habe sie getroffen.«

Dass man nie auf eine solche Antwort vorbereitet war. Dass einer sagen konnte, er habe sie getroffen, die Liebe.

»Sie ist bereits fort.«

»Ja, aber sie wird wiederkommen.«

»Kennt Ihr das Datum ihrer Wiederkehr?«

»In einem Jahr, zwei Monaten, vier Tagen, drei Stunden und einundzwanzig Minuten.«

Genau. So ist es, jeden Augenblick zu leben.

»Woher wisst Ihr das?«

»Man hat es mir gesagt.«

»Er?«

»Nein, sie.«

Das musste ja kommen, früher oder später. Wie die Worte der Menschen doch immer wieder trügen.

»Seid Ihr davon wirklich überzeugt, Herr?«

»Felsenfest. Sie hat mir gesagt, sie komme. Warten wird sie nicht. Sie wird kommen, aber ich muss pünktlich sein. Ich, der ich in jedem Zimmer eine Uhr habe, in jeder Jacke, in jedem Moment. Vor sechs Jahren hat sie das gesagt, und jeden Tag, jede Stunde, jede Minute denke ich daran. An das Wiedersehen. An den Moment, an dem wir uns von neuem begegnen, an dem sich unsere Leben von neuem überschneiden werden, wie in den drei Nächten vor sechs Jahren.«

»Vor sechs Jahren?«

»Wisst Ihr, Fräulein… Fräulein?«

»Absentia.«

»Angenehm, Van der Clock. Wisst Ihr, die Liebe sät in jeden von uns einen Samen, und je tiefer er liegt, desto länger braucht er, um aufzugehen, aber um so schöner und größer und einzigartiger ist seine Frucht. Alles nur eine Frage der Disziplin. Es genügt, die Augenblicke zu ordnen, die Tage durchzuplanen, zu wissen, das Leben ist ein Berg und die Verabredung der angestrebte Gipfel. So bereitet das Warten dem Herzen nicht solchen Schmerz. Doch Ihr, sprecht, auf wen wartet Ihr?«

»Auf meinen Geliebten, das sagte ich schon.«

»Und wann wird er wiederkommen?«

Sie zuckt mit den Schultern.

»Sagt, wann wird er wiederkommen?«

Keine Antwort. Sie schaut wieder aufs Meer hinaus.

Jetzt quillt eine Träne aus dem anderen Auge. Sie sagt:

»Salzig.«

»Salzig, wie alle Tränen.«

»Nein, salzig wie die Sehnsucht. Ich weiß nicht, wann er wiederkommen wird. Vielleicht in einem Jahr, vielleicht in zwei ...«

»Aber wie könnt Ihr dann warten?«

»Ich weiß nicht.«

»Seht, für mich wäre das undenkbar. Ein Datum ist eine Sicherheit, eine Nummer, ein Punkt. Doch ohne Anhaltspunkt, meine Kleine, wie könnt Ihr leben, ohne zu wissen, wann? Er könnte Euch vergessen, er könnte Euch einer anderen Frau wegen verlassen, er könnte niemals wiederkommen. Warum ist er abgereist?«

»Er ist Matrose.«

»Dann, meine Liebe, seid Ihr bereits betrogen.«

»Betrogen?«

»Mit der erstbesten Hure im erstbesten Hafen, in den sein Schiff eingelaufen ist.«

»Nein. Er liebt mich. Er wird wiederkommen.«

»Und was wird ihn dazu bringen, zu Euch zurückzukehren?«

»Ein Versprechen.«

Ein Mann, der zurückkehrt, weil er sich an ein Versprechen gebunden fühlt.

Auf dieser Seite der Welt wartet eine Frau, ohne zu wissen, wann, und ein Mann reiht Minuten aneinander.

Auf der anderen Seite wird ein Matrose vom Wind gen Osten getrieben, und eine Prinzessin mit den Augen der Liebe weiß, dass ihr Geliebter zur Verabredung erscheinen wird.

Auf dieser Seite der Welt weint eine Frau eine süße und eine salzige Träne, während ein Mann auf die Uhr blickt. Auf eine seltsame, einzigartige Uhr. Denn genau in einem Jahr, zwei Monaten, vier Tagen, drei Stunden und fünfzehn Minuten wird sie stehen bleiben. Dann wird er sie nicht mehr brauchen, denn genau ab diesem Moment wird er in der Ewigkeit leben. Für immer.

Du erhältst eine Antwort, noch bevor du die Frage gestellt hast. Warum hat der Mond keine Wolken?

Es ist Nacht, und es ist kalt.

Es ist Frühling, doch hier im siebzehnten Jahrhundert ist es bitterkalt. Ihr aus dem einundzwanzigsten Jahrhundert mit euren allgegenwärtigen Heiz-, Klima- und Belüftungsanlagen könnt euch gar nicht vorstellen, wie es uns hier ergeht. Im Winter gefriert das Wasser zu Eis, die Kanäle werden zu Straßen, auf denen man sich trifft und redet, auf denen die Kinder spielen, schlittern, hinfallen, aber immer ist es kalt. Die Kälte ist kein äußerer Feind wie bei euch, wo man sich bedecken, sich leicht schützen kann. Für uns ist die Kälte ein innerer Feind, wir tragen ihn in uns. Kein Kaminfeuer, das wärmt, kein Wacholderschnaps, der tröstet. Es ist eine Lausekälte. Du wirst sie nicht mehr los. Es ist eine weiße Kälte. Wie unser Himmel. Wie unsere Kirchen. Ein vollkommen makelloses Weiß. Die Verherrlichung eines bildhaften Gottes überlassen wir den Katholiken der Gegenreformation, ihren Malern die prächtigen biblischen Szenen. Unsere Kirchen sind weiß wie der Winterhimmel. Und diese reine, weiße Seele hüllen wir in das Schwarz unserer Kleider. Ganz schwarz, vollkommen schwarz, mit Ausnahme der Halskrausen und Manschetten. Unsere Stuben sind sauber, unsere Straßen sorgfältig gefegt, sogar unsere Fassaden werden gereinigt. Wir leben an einem verdammten Ort, im Schlamm der Welt, an einem Meer, das die Erde zu erobern versucht, indem es sie überschwemmt. Wir leben unterhalb des Meeresspiegels, wir, die größten Seefahrer der Welt, die wir uns das Meer untertan gemacht haben. Doch den Eintritt in das Reich der Größe bezahlen wir mit weißer Kälte. Bewusst versuchen wir, sie hin und wieder zu vergessen, verlieben uns in eine bunte Blume, in eine einsame Wolke am Himmel, in ein Bild, das die Seele einfängt, um Unsterblichkeit zu erlangen, in eine Landschaft, die von dem erzählt, was wir nicht haben, in ein Buch, das die Unendlichkeit erfasst.

Dort steht er, dort, der Mann der Wissenschaft, der sich dem Fortschritt der Forschung widmet und gleichzeitig die Wunder der himmlischen Palette genießt. Dort steht er vor seiner Haustür, betrachtet einen der seltenen Sterne des nördlichen Himmels und wird beim Anblick des Mondes plötzlich von einer Frage, Antwort bereits inbegriffen, überfallen.

»Warum hat der Mond keine Wolken?«

Schön sieht er aus mit seinem aufgeblähten Mantel und seiner Knollennase. Mit seinen verknautschten Gedanken und seinen Fragen.

»Warum hat der Mond, ob zunehmend oder abnehmend, ob lächelnd, voll oder verschlafen, keine, nicht eine einzige, nicht den Hauch einer Wolke?«

Und die prompte, wissenschaftlich fundierte Antwort: Das muss am Vitalfluidum liegen. Es muss der vollkommene Mangel an Letalfluidum sein, der ihm die Klarheit verleiht. Wir Menschen hier auf der Erde sind von einem negativen Fluidum umgeben, das uns Kriege, Krankheiten, Seuchen und unerklärliche Tode beschert. Wenn also der Mond nie von Wolken umgeben ist, während die Erde stets von unzähligen bedeckt wird, könnte das nicht daran liegen, dass die Wolken sind, wo der Mensch ist?

Die Menschen, aus dem Vitalfluidum hervorgegangen, leben seit Jahrhunderten auf der Erde und produzieren unablässig Energie, die in den verschiedensten Formen als Wasserdampf frei wird, aufgrund der Bevölkerungsdichte zunächst zu Dunst kondensiert, dann zu Nebel und schließlich zu Wolken. Ja genau, das muss die Antwort sein: Es gibt Wolken, weil es Leben gibt. Und das Leben gibt es, weil es Menschen gibt. Und um es zu Ende zu denken, spiegelt sich damit das menschliche Leben in den Wolken wider. Also müsste man sie, wenn man genau sein wollte, nach ihren Vitalfunktionen klassifizieren. Das hieße, die nimbologische Enzyklopädie komplett neu zu entwerfen, die ganze Arbeit der letzten sieben Jahre, aber es wird leicht sein, denn ich kenne sie alle, die Wolken, und brauche sie nur neu zu klassifizieren, indem ich den Regungen der Menschen nachspüre. Wie ist es nur möglich, dass ich nicht eher darauf gekommen bin? Zahlreiche Namen von Wolken werde ich ändern, aber sie, werden sie weiter ihre Gestalt ändern?

Am folgenden Tag saß er unter einem Baum, das weiße Buch mit den blauen Aufzeichnungen vor sich, bereit für die neue Klassifizierung. Er schrieb immer mit blauer Tinte, der Doktor Claudius, als schreibe er mit der Farbe des Himmels. Er schaute, beobachtete, schrieb. Und schrieb. Und fragte. Wen? Den unvermeidlichen Professor Witt Van der Kalm natürlich. Dort stand er, elegant wie immer, die hoch gewachsene Gestalt in ein schwarzes Wams mit gerade geschnittenen, spitz zulaufenden Schößen bekleidet. Seine Hose war nicht weit wie die von Doktor Claudius (die aussah wie ein Wolkengebilde, schwarze Wolken, welche seine Beine umwallten), sondern lag eng an und betonte seine spindeldürre Figur. Sie endete unter dem Knie in einem glänzenden Band, von dem ein weiter schwarzer Spitzenvolant über die Waden hinabfiel. Seine Haare waren nicht lang, und er trug eine steife Halskrause, die ihm Prestige und Würde verleihen sollte, ganz im Gegensatz zu Doktor Claudius, der sein Gesicht nicht von einem seelenlosen weißen Kreis eingerahmt wissen wollte, auch um seine Nase nicht zu betonen.

»Habe ich Euch eigentlich schon mal gesagt, dass Eure Nase…«

»…ganz bestimmt keiner Kartoffel ähnelt, Professor. Die Kartoffel wächst unter der Erde und ist extrem ungeeignet, als Vergleich für Nasen herzuhalten.«

»Warum?«

»Na, weil sie nicht vornehm ist, sondern getränkt mit negativem Fluidum, so unter der Erde. Die Schöpfung besteht aus Materie und Geist, nicht wahr?«

»Genau, so wie unsere Körper unsere Seelen beherbergen.«

»So wie die Erde die Produkte der Verwesung enthält und der Himmel das Leben und die Freiheit.«

»Und ... die Kartoffelnase?«

»Das Vitalfluidum übt eine deutliche Anziehung auf alle Naturkräfte aus: Die Bäume wachsen nach oben, die Ähre krönt das Getreide, die Blütenblätter die Blume und der Kopf unseren Körper. Die Erde ist voller Vulkane, der Himmel nur voller Dämpfe. Die Erde braucht den Regen, die Wolken aber brauchen die Menschen nicht.«

»Interessant ... und die Nase?«

»Die besten Tiere sind jene, die im Vitalfluidum leben, etwa die Vögel. Die schlechtesten jene, die auf der Erde leben, wie die Schlangen.«

»Und die Hühner?«

»Die Hühner *können* fliegen, nutzen diese Möglichkeit bloß nicht; trotzdem haben sie ziemlich viel Vitalfluidum.«

»Und die Schweine?«

»Scheußliche Viecher. Haben viel zu kurze Beine und unterliegen damit viel zu stark dem negativen Fluidum der Erde. Außerdem fressen sie Kartoffeln.«

»Ah, endlich!«

»Seht, Professor, das wichtigste unserer fünf Sinnesorgane ist das Auge, denn es befindet sich am weitesten oben. Der Geruchs- und der Gehörsinn sind ebenbürtig. Etwas weiter unten kommt der Geschmackssinn, der am stärksten Gefahr läuft, über die Speisen Letalfluidum aufzunehmen.«

»Und das Geschlecht?«

»Das liegt auf halber Strecke, gut für die Fortpflanzung der Menschheit, aber negativ, weil vitaler Samen verloren geht.«

»Es liegt genau in der Mitte zwischen Kopf und Füßen, daran hatte ich noch gar nicht gedacht. Meint Ihr, ich könnte mein Vitalfluidum stärken?«

»Natürlich, Professor. Taubenbrühe, Fasanenflügel, Wachteleier, Entenbrust. Oder auch Gamsmilch, Hochgebirgshonig. Vermeidet Karotten, Spargel, Kartoffeln und alle Gemüse, die unter der Erde wachsen, esst stattdessen Artischocken, Stangensellerie und Karden. Kirschen ja, Erdbeeren nein.«

»Vielen Dank, Doktor Claudius. Ich werde mich danach richten. Doch welche Form hat dann Eure Nase?«

»Familie der *Cumuli*, Gattung *Vollkommener Rundling.*«

Es war wunderbar, ihnen zuzusehen. Herrlich, ihren Gedankengängen zu folgen. Zugegeben, etwas komplex war sie schon, diese nimbologische Neuklassifizierung, die sich nicht mehr an objektiven Merkmalen wie den aufsteigenden Luftströmungen festmachte und die Wolkennamen nicht mehr antiken Texten und der wissenschaftlichen Fachsprache entnahm, sondern einer subjektiven, menschlichen Sprache, da ja die Wolken für den Himmel das sind, was die Menschen für die Erde sind. Es war streckenweise eine etwas undankbare Aufgabe für einen Mann der Wissenschaft wie Doktor Claudius, zumal das *Buch des Tageshimmels oder Systematisches Verzeichnis der Wolken* so gut wie vollendet war. Zugegeben, es musste um einiges ergänzt werden, ein paar praktisch verschwundene Wolken waren zu streichen, die Bebilderung zu vervollkommnen, denn trotz verschiedener Experimente gab es nur eine einzige interessante Illustration, nämlich die erste auf der Grundierung von Napilut. Um ehrlich zu sein, ähnelten die anderen weniger Wolken als Wassertropfen auf farbigem Untergrund oder ungeschickt verschüttetem Wasser. (Er hatte sogar mit Bier auf rotem Untergrund einen Sonnenuntergang versucht und dasselbe enttäuschende Ergebnis erhalten.)

Doch obwohl er mit diesem Buch, das er vor sieben Jahren begonnen hatte, nun fast zu Ende war, spürte er von neuem den Enthusiasmus der Anfänge, als noch niemand daran glaubte, dass er dieses unendlich mühselige, aufwändige Projekt bewältigen würde, als noch niemand bereit war, dem Irrsinn der Vernunft Tribut zu zollen.

Das Irrationale zu klassifizieren.

Poesie und Irrsinn gehen Hand in Hand.

Mit Hilfe seines besten Freundes Witt Van der Kalm (wie viel Geduld vonnöten war, um mit seiner Langsamkeit Schritt zu halten!) begann er ganz von vorn, verbrachte er viele weitere Tage draußen, unter dem Arm das provisorische Buch, das in Wirklichkeit ein riesiger Haufen loser Blätter war, Notizen, Zeichnungen, Anmerkungen und Zitate aus anderen berühmten Büchern wie *De nimbo uno et trino* von De Cumbulis und das antike *Nubilum* des Persers Alhazen, einem Astronomen des elften Jahrhunderts.

Doch jeden Tag dieselbe Frage, für jeden von ihnen eine andere.

»Werdet Ihr dieses Buch je zu Ende bringen, Doktor Claudius?«

»Haben die Wolken eine Seele, Professor?«

Amsterdamer Gesprächsfetzen – Teile eines großen Mosaiks.

»Meister Napilut, beginnt Ihr Eure Bilder mit dem Hintergrund?«

»Nein, ich beginne mit dem Gegenstand, mit dem, was mich am meisten interessiert. Der Hintergrund kommt zum Schluss.«

»Ein Glück.«

»Wieso?«

»Auch die Wolken heben sich klar von ihrem Hintergrund ab, dem Himmel.«

»Der Himmel ein Hintergrund, wie schön.«

»Habt Ihr je einen Berg gesehen, Professor Van der Kalm?«

»Ja.«

»Ich meine einen echten? Habt Ihr schon mal einen gesehen?«

»Einen echten erst einmal. Aber ich habe viele Landschaftsbilder gesehen, viele Radierungen, und viel von den Bergen gehört.«

»Aber einen echten?«

»Einmal.«

»Und … war er von Wolken umgeben?«

»Ja, oben am Gipfel.«

»War das im Winter?«

»Ja.«

»Dann war ihm wohl kalt. Die Wolken waren seine Mütze.«

»Professor Claudius, gibt es *Gebetswolken*?«

»Ja, Meister Napilut. Sie sind ziemlich selten, gehören zur Familie der *Hyperonten* und erscheinen meist früh morgens oder abends bei Sonnenuntergang.«

»Und woran sind sie zu erkennen?«

»Auf den ersten Blick sind sie leicht mit den *Blütenwolken* zu verwechseln, mystische Wolken, die an die Eleganz von Rosen, Tulpen, Iris oder einfach Kelchblättern erinnern. Sind die Blütenblätter länglich und hängen ein wenig herab, keine Sorge, dann sind es *Blätterwolken.* Zuweilen sind sie dicht beieinander zu sehen, auch am Himmel: Wo Blumen sind, da sind auch Blätter. Doch kommen wir auf die *Gebetswolken* zurück. Da gibt es verschiedene Arten, etwa die *Gebetsbouquets.* Ähnlich wie Wörter zusammen einen Satz ergeben, bilden verschiedene, sich übereinander aufbauende Dämpfe ein *Bouquet.* Die sind von allen *Gebetswolken* am einfachsten auszumachen. Die seltensten sind die *Reinen Gebete.* Ihre auffälligste Eigenschaft ist die Durchsichtigkeit, und sie sind kreisrund. Nach einer orientalischen Legende bilden sie sich, wenn ein Engel einem Menschen hilft; nach anderen, noch älteren Überlieferungen, wenn eine Seele mit Gott spricht.«

»Ich habe ihm einmal geschrieben.«

»An den Himmel?«

»Nein, auf ein Stück Papier.«

»Ich habe keine Antwort in Wolkenform entdeckt.«

»Sagt, Doktor Claudius, wenn ich eine Wolke von der Form *Reines Gebet* sehe, wie kann ich da sicher sein, dass ich sie richtig identifiziert habe?«

»Aufgrund eines tiefen Glücksgefühls. Wegen der Aufheiterung des Gemüts.«

»Gibt es auch melancholische Wolken?«

»Oh, natürlich. Die meisten, würde ich sagen.«

»Wirklich?«

»Sie heißen *Wasserlose Tränen*, zu Ehren jener Gemütsverfassung, die verzehrt wie ein Sonnenuntergang, ohne sichtbare Tränen jedoch.«

»Dann kenne ich sie genau.«

»Sind Wolken stets lebendig?«

»Ja.«

»Schlafen sie?«

»Ja.«

»Und wo?«

»Sie kommen auf die Erde herab.«

»Und wie heißen sie?«

»Nebel.«

»Blau, bist du sicher, dass er mich liebt?«

»Absentia, bist du sicher, dass er zurückkehrt?«

»Ich hoffe es.«

»Ich bin sicher.«

»Dass er zurückkehrt?«

»Nein. Dass er dich liebt.«

»Einmal habe ich eine Wolke gesehen, die im Sterben lag.«

»Was war das?«

»Dunst.«

»Also war es Nebel, der dabei war aufzuwachen.«

»Wie?«

»So ist das. Erst steigen sie ganz langsam auf, und dann sind sie plötzlich am Himmel, in der Form, die sie vor dem Schlafengehen hatten.«

»Wie viele Wolken gibt es, Doktor Claudius?«

»So viele, wie es Engel auf der Erde gibt, Herr Van der Clock.«

»Ich glaube nicht an Engel.«

»Ich dachte, Ihr hättet einen getroffen?«
»Das war eine Prinzessin.«

»Wie viele Wolken gibt es am Himmel, Doktor Claudius?«
»Wie viele Menschen gibt es auf der Erde, Herr Van der Clock?«
»Man bräuchte sie nur zu zählen, auf der Erde. Aber am Himmel? Wie soll man sie da zählen?«
»Man bräuchte sie nur zu lieben, am Himmel.«

»Ich habe noch nie einen Berg ohne Wolken gesehen.«
»Nie?«
»Nie.«
»Habt Ihr schon mal einen Frühling ohne Blumen gesehen?«

Trotz der strengen Klassifizierung hatte Napilut die engen Grenzen des zeitgenössischen Marktes überwunden und sich einen ganz eigenen geschaffen. Weit entfernt von selbstgenügsamer Virtuosität, war er in das Leben der Blumen selbst eingedrungen und hatte sich ihres Wesens bemächtigt. Dass seine Bilder so schön, so berühmt, so begehrt, auch so kritisiert, so geliebt, so oft vorgezeigt, so gefragt und so bewundert waren, lag nicht nur am durchscheinenden Effekt ihres Firnis, sondern auch am Duft, den sie verströmten und der ihre Unsterblichkeit bezeugte. Während echte Tulpen nach einer Woche verblühten, lebten die seinen weiter. Es war, als besäßen die Blumen eine Seele, und Napilut könnte sie sehen, sie darstellen, ja sie besitzen.

Die anderen Maler seiner Zeit ließen sich ganz auf die Wünsche ihrer Kunden ein, die bekanntlich gemischte Arrangements mit einer Fülle von Details verlangten, wie man es mit einem tüchtigen Handwerker, der kein Künstler ist, eben macht.

Ich hätte gerne drei Rosen, zwei Tulpen der Sorte Bizarden und drei blaue Iris. – Für die Iris müsst Ihr mehr bezahlen, denn das Lapislazulipulver ist teuer. – Dann nur eine Iris, außerdem zwei Schmetterlinge, eine Libelle und unten zwei Muscheln. – Und die Vase, wie wollt Ihr die? – Aus schwarzem Marmor mit feinen weißen Adern, wie beim italienischen. – Natürlich, Exzellenz, natürlich. – Und das Licht … – Ja? – Das Licht nicht allzu grell, eher diffus, so, dass alle Blumen gleichmäßig ausgeleuchtet sind, versteht Ihr? – Aber natürlich, diffuses Licht … – Das Bild soll nämlich neben dem Esstisch hängen, zwischen dem Adelsporträt und einem Landschaftsbild, genau über einem anderen Blumenbild, und es ist nicht besonders hell da. – Keine Sorge, die Blumen werden alle perfekt zu sehen sein. – Gut, hier ist eine Anzahlung. Fast ist es, als könnten wir sie verhandeln hören, die Maler und ihre Kunden, als könnten wir ihnen beim Kaufen und Verkaufen der Bilder zusehen, fast ist es, als sähen wir Napilut, der sagt: so oder gar nicht, aber …, kein Aber: Mein Stil ist meine Art, die Dinge zu sehen, und das Geld ist für meine Feinfühligkeit, nicht für meine Technik. Fast ist es, als sähen wir ihn dabei.

Napilut malte die ewige Gegenwart der Tulpen, ihr mystisches Geheimnis, die ständige Metamorphose. Es lag ihm nichts daran, zu gefallen, es ging ihm nur um die Kunst. Er musste sich des Lebens selbst bemächtigen. Was für ein Mangel an Demut. Was für eine Sünde, dieser Stolz! Meister Napilut war der gewandteste und vielseitigste Maler der Niederlande, vielleicht sogar Europas. Er hätte Landschaften malen können, Porträts, Himmel, Bäume, Schiffe, Frauen, Häuser, biblische Szenen, Akte, alles, doch er zog es vor, seine Arbeit auf eine Sache zu konzentrieren, auf eine einzige Sache. Die Tulpen? Nein, nicht die Tulpen, sondern das Leben in ihnen.

Die Zeit ihrer Schönheit wurde zur Zeit seines Bildes. Ihr Duft streifte die Ewigkeit. So würde der Tod überwunden. Und Absentia würde die Quelle des Duftes sein.

Der schnellste unter den Schülern des Meisters Jan Toutt in Antwerpen war er gewesen, der junge Napilut, und leicht hätte er mit jedem anderen Motiv Erfolg haben können. Er hatte sich die östlichste Blume auserwählt, die einfachste, die sinnlichste, die reinste, die reichste. Als würde ein Dichter seine Gedichte mit nur sechs Buchstaben des Alphabeths schreiben – so viele Blütenblätter besitzt eine Tulpe. Und als könnten diese Gedichte, winzige Teilchen einer brüchigen Musik, Atome der Schönheit, von jedem Raster befreit, die verliebten Gemüter bezaubern.

Für Napilut war Malen dasselbe wie Sehen. Für ihn gab es nicht den geringsten Unterschied zwischen Glauben und Lieben. Er malte mit Beharrlichkeit, Angst, Wut, äußerster Präzision, ausufernder Ekstase, exzessiver Sensibilität, schicksalhafter Begabung, wilder Unrast.

Seine Bilder, kritisiert und geliebt, waren ein wichtiger Bezugspunkt. Und seine Bewunderer sahen diese ewige Schönheit und genossen die innere Poesie, die seine Tulpen, und nur die seinen, ausstrahlten. Beim Malen hatte sich stets das Bild seiner geliebten Frau über die Blumen gelegt, die Kurven ihres Körpers über die sanft geschwungen Blütenblätter, die Tränen über den Tautropfen.

Nun malte er zum ersten Mal nach der Wirklichkeit und übertrug die bittersüße Schönheit von Absentias Körper auf seine Bilder. Nun musste er zum ersten Mal sich selbst übertreffen.

Der berühmteste, angesehenste, bewundertste Blumenmaler des siebzehnten Jahrhunderts erfand die Malerei noch einmal neu, die neue Kunst, durch malen zu lieben und durch lieben zu malen.

Dort steht er, dort, vor seiner safrangelben Leinwand, die eine Tulpe von unten zeigt, einen Stängel, der sich nach oben streckt, sich gleich darauf ein wenig biegt, um den runden Blütenboden zu zeigen wie ein Gesäß, und die Blütenblätter öffnen sich wie die Federn eines Paradiesvogels, wie die Spitzen der Krone einer Königin.

Vor ihm kniet Absentia, nackt, vornüber gebeugt wie eine geschlossene Muschel, in einer Dreivierteldrehung zum Meister, der sie von schräg hinten betrachtet, das Gesäß dem Betrachter zugewandt, die Arme im Nacken verschränkt.

Unbeweglich, nicht unbewegt.

Plötzlich hört Meister Napilut auf zu malen, geht hinüber zum Tisch, an dem Blau auf die Anweisungen für die nächste Farbe wartet, nimmt ein Blatt Papier, das dritte, und schreibt noch einmal etwas auf.

Irgendetwas.

Ganz Einfaches.

Zum ersten Mal hatte er vor fünf Tagen etwas geschrieben, am Tag der Blume des Sommers, als die Beine sich wie der Himmel geöffnet hatten, nur noch von einem Blütenblatt bedeckt. Da hatte er geschrieben:

»Verströmst du weiterhin deine Schönheit vor meinen Augen, so werde ich mich verlieben.«

Den zweiten Zettel hatte er nachts geschrieben und ihr am nächsten Tag gegeben, sobald er sie gesehen und noch bevor sie sich ausgezogen hatte: »Ich denke an nichts anderes mehr als an dich. Dein Wesen übertrifft deine Person.« Dann hatte er noch hinzugefügt: »Ich schaue dich nicht an. Ich höre dir zu.«

Sie hatte ihn angeblickt und gelächelt. Sanft. Verlegen. Dann hatte sie den Zettel wieder zusammengefaltet und sich ausgezogen, die Musik stiller Schönheit aussendend, die Napiluts Ohren so bezauberte.

Bei diesem dritten Mal rollte der Meister das Zettelchen zu einem kleinen, weißen Zylinder zusammen und band ein weißes Bändchen darum. Es war eine Liebeserklärung, geschrieben mit einem gelben Pinsel, wie der Blütenstaub in der Lilie, wie die Sonne auf dem Schnee. Gelb auf Weiß. Er näherte sich ihr, die unbeweglich, stets konzentriert dasaß, und blieb hinter ihr stehen. Dann schob er das weiße Röllchen zwischen ihre Füße, die das Gesäß trugen, ließ sie – »still, Absentia, halt still« – seine Botschaft zwischen den Waden, den

Knien, den Schenkeln spüren, wo sie verweilte, gelenkt von einem Zeigefinger mit dem Geruch von Terpentin, Öl, Leinwand, Pinsel, Holz, Essenzen, Begehren, Warten, Illusion.

Auf dem Zettel stand:

»Du bist eine Muschel, so in dich verschlossen. Empfange meine Perle.«

»Blau, ich will die Nacht zum Malen.«

In einer schlafenden Stadt sticht eine weiße Leinwand gegen das schwarze Licht ab. Der Kanal vor Napiluts Haus war nicht mehr vereist, doch der Sommer ließ auf sich warten. Der Meister arbeitete unermüdlich, so besessen von der Malerei wie verliebt in die Schönheit.

Im Nebenzimmer, das als Ausstellungs- und Verkaufsraum diente, hatte der Kamin den ganzen Tag über gebrannt. Der Wind jagte eisige Schauer über die wenigen Passanten in der Jodenbreestraat.

»Zünde den Kamin drüben an.«

Auch im Atelier musste Feuer gemacht, dann Absentia geholt und schließlich mussten die dunklen Farben zubereitet werden. Brauntöne, Schwarz, Olivgrün, gebrannte Siena, Weinrot, Farben, auf die sich das Weiß wie ein Mantel aus Licht herabsenken würde. Während Napilut den Diener ins untere Stockwerk rief, um ihm zu erläutern, wo er Absentia finden würde, nahm Blau einen primitiven Feueranzünder zur Hand, ein zusammengewickeltes, teils in Wachs getränktes Stück Leinen, legte es in die Glut, bis es heiß genug war, um Feuer zu fangen, und ging dann hinüber, um mit dem Zunder das Feuer anzufachen. Im Dunkel ihres Dunkels entzündete sie ein Licht. In der Kälte ihres Lebens wärmte sie das der anderen. Sie konnte sich noch gut an ihre Kindheit erinnern, in einer Hütte ohne Fensterscheiben, als sie bei den Tieren geschlafen hatte, um sich zu wärmen und nicht vor Kälte zu sterben, und als sie mit steifen Fingern dieselben Handgriffe wie jetzt verrichtet hatte, nur dass sie ihr damals äußerst kompliziert erschienen waren, und wie sie vom Holzrahmen des einzigen Fensters den Stoff abgenommen hatten, der mit Terpentin getränkt worden war, damit er halbwegs durchsichtig wurde, und ihn durch den einzigen Luxus ihrer Wohnung ersetzt hatten: die Glasscheibe, von der alle gesagt hatten, wie schön das sei, nicht wirklich durchsichtig, aber klar, jedenfalls sehr schön und hell, und wie die ganze Familie bezaubert gewesen war von diesem einzigen Fenster mit einer Glasscheibe, durch die man alles beobachten konnte, als habe das Haus plötzlich gelernt zu sehen, als sei das Fenster zum Auge geworden, sie aber, die nichts sehen konnte, spürte, dass keine kalte Luft mehr hereinströmte und stellte sich das ganze Haus heller vor. An jenem Ort, der so schwarz war wie ihre Augen, verpestete der Ruß die Luft, und der Kamin war der einzige Berührungspunkt zwischen dem Inneren der Menschen und der Unendlichkeit des Himmels. Das Geräusch des Feuers war das Geräusch des Lichts, denn Licht setzt Wärme voraus, so wie Gott die Menschen voraussetzt und der Eine die anderen braucht. Blau erinnerte sich noch ganz genau, wie das Licht allmählich ausging, wenn das Prasseln zur Flamme wurde, die Flamme zu Glut und die Glut zu Asche. Ihre Bauernfamilie lebte ohne Möbel, nicht nur ohne Bett, sogar ohne Matratze, ohne Schrank oder Kommode, bis auf eine Truhe, ohne Stühle, die etwas für Reiche waren. Es gab keine Zinnteller, sondern Holzschüsseln, keine Wachskerzen, die sündhaft teuer waren, sondern welche aus Binsenmark, die sie selber herstellte, das noch grüne Rohr schnitt, in Wasser einweichte, schälte, auspresste und schließlich mit irgendeinem Fett bestrich, das gerade erhältlich war.

Eine Brille sahen ihre Hände zum ersten Mal in Napiluts Wohnung. Sie sahen ein Buch aus Papier, eine Öllampe, eine tickende Wanduhr, ein Tischtuch, ein Glas, eine Gabel, die ausgestopften Tiere von Meister Napilut, die für sie nur ein Laut waren, ein Rascheln, ein Augenblick. Sie sah exotische Muscheln, Globen, die von der Rundheit der Erde zeugten, venezianische Gläser, Samt und Seide aus dem Orient, den Duft von Gewürzen. All das sah sie mit den Händen, der Nase, den Ohren, dem Mund. Nur mit den Augen nicht.

Napilut hatte sie getroffen, als er zum ersten Mal sein neues Haus in der Jodenbreestraat betreten wollte. Sie bettelte um Almosen, nachdem sie alles verloren hatte und ihre elende Behausung mitsamt der ganzen Familie verbrannt war, während sie sich auf dem Heimweg verirrt hatte.

Mit feiner Intuition hatte sie Napilut gesehen und begriffen, dass er ein großer Mann sein musste, als er fragte:

»Und was gibst du mir dafür?«

Sie hatte geantwortet:

»Ich bringe Glück.«

»Und dir selbst?«

»Es genügt mir, Euch Glück zu bringen.«

»Du bist der erste Mensch, dem ich hier begegne, und du sitzt vor meinem Haus. Glaubst du an das Schicksal?«

»Ja, auch wenn ich seinen Plan nicht sehen kann.«

Die Sache mit dem Plan traf Napilut, der schon lange keinen mehr machte, sondern direkt auf die Leinwand malte.

»Hast du schon mal mit Farben gearbeitet?«

»Nein.«

»Weißt du, was eine Tulpe ist?«

»Nein.«

»Bist du bei einer Herrschaft in Stellung?«

»Nein.«

»Kannst du schweigen?«

»Ja.«

»Komm rein.«

Seitdem sah sie die Welt mit anderen Augen. Aus dem Hintergrund verfolgte sie die Gespräche mit Männern der Wissenschaft, mit Dichtern und Kaufleuten, und lernte so wichtige Dinge wie die neuesten astronomischen Theorien, den Einfluss des Mondes auf die Gezeiten, die Klassifizierbarkeit der Wolken, die alchemistischen Theorien, die Möglichkeit, die Zeit zu verlangsamen, die Fortdauer des Herzschlags, auch wenn man schlief, und dass der Atem eine vom Willen unabhängige Bewegung ist und manch einer glaubt, er halte die Seele im Körper fest. Sie erfuhr, dass Spanien nicht mehr über Holland herrscht, dass das Meer die Erde überflutet, dass Wasser bei Kälte fest wird und die Kanäle in Straßen verwandelt, dass es sich aber auch wie durch Zauberei in Dampf verwandelt, so wie die Menschen sich nachts in Träume verwandeln. Sie lernte, Farben zu unterscheiden, ohne sie zu sehen, und die Leinwände vorzubereiten, indem sie sich das Bild vorstellte, das Napilut malen würde. Sie lernte, dass es nicht nur die Wirklichkeit der Erscheinungen gibt, sondern dass sich hinter der Sinnenwelt noch eine andere, wirklichere Wirklichkeit verbirgt, dass die Intuition mächtiger ist als das Sehvermögen und die Einbildungskraft verlockender als die Logik. In den drei Jahren, die sie nun bei Napilut lebte, hatte sie die Stimmen um sich herum zu hören gelernt, die äußeren Stimmen und die innere, die erstaunlichste von allen. Nach und nach hatte sie entdeckt, dass die Wahrheit schon existierte, bevor der Mensch sie entdeckte, so wie die Erde rund war, noch bevor sie umsegelt wurde. Sie hatte herausgefunden, dass die Wahrheit so tief in jedem Menschen verborgen lag wie ein Diamant im Gestein. Sie hatte entdeckt, dass es nur einer einzigen, einfachen Sache bedurfte, um Verkrustungen zu reinigen: der Stille. Schweigen ließ mehr Zeit zum Denken. Denken ließ mehr Zeit zum Zuhören. Zuhören ließ die Liebe zur Reglosigkeit entstehen. Und die Reglosigkeit war der Weg zur Antwort.

Die Antwort umfasste Gegenwart, Vergangenheit und Zukunft. Sie sagte nie irgendetwas zu irgendjemandem, doch wenn sie jemanden »sah«, spürte sie seine Vergangenheit und ahnte seine Zukunft. In wenigen Jahren verwandelte sie die Dunkelheit ihrer Augen in das Licht der Wahrnehmung, in die Klarheit des Gefühls.

Sie kannte die Geschichte eines jeden, würde den Tod vieler vorhersehen, außer den von Napilut. Er würde sie sehen. Den ihren. Er hatte sie gewählt, wie man beim Kartenspiel eine Karte zieht, teils war es Zufall, teils Fügung des Schicksals. Er hatte sich ihrer angenommen, sie respektiert und vor der Grausamkeit des Lebens geschützt. Dafür leistete sie ihm Dienste, die auch der gewissenhafteste Assistent nicht hätte leisten können. Er vertraute ihr sein Geheimnis an, den berühmten »Napilut-Effekt«. Sie vergolt es ihm mit ewigem Schweigen. Sie war an seiner Seite gewesen, als seine Frau starb, sie war jetzt an seiner Seite, auf der Höhe seines Ruhms, und sie würde in der Dunkelheit der Einsamkeit an seiner Seite sein, denn so sieht es der Plan des Lebens vor: Glück und Trauer, Trubel und Verlassenheit, Erfolg und Melancholie. Bis zum Schluss würde sie ihm die lebendige Essenz seiner Kunst geben: die Farbe.

Sie, für die Farben Gerüche waren. Und in dieser Nacht rochen sie dunkel.

Der Diener, der sonst in der Küche arbeitete, kam nach einer halben Stunde mit Absentia zurück.

Sie war träge, verschlafen, verärgert.

»Ihr hattet gesagt, ich solle täglich einen halben Tag für Euch Modell sitzen. Was ist das nun für eine Grille?«

»Die Kunst, Absentia. Die Schönheit.«

»Aber es ist Nacht, Herr, und die Leute schlafen.«

»Am Tag scheint die Sonne. Doch in der Dunkelheit der Nacht scheint der Mond und lässt uns nie allein.«

»Und was soll ich jetzt machen?«

»Schau mich an. Das reicht. Setz dich einfach hin und schau mich an.«

Sie erwiderte nichts. Doch glücklich war sie nicht. Blau brachte eine Wachskerze und stellte sie neben den Schemel, um sie anzuleuchten. Merkwürdig, die Dunkelheit zu sehen mit einem Licht in der Hand. Absentia schloss die Augen und zog sich aus.

»Du brauchst dich nicht auszuziehen, Kleine.«

Sagte Napilut. Aber sie hörte es nicht.

Oder tat so, als hörte sie nicht.

Als ihre Kleider am Boden lagen, setzte sie sich auf den roten Sessel.

Das Licht der Kerze zeichnete ihre Konturen scharf gegen die Dunkelheit ab, doch der Meister hatte nur Augen für ihr Gesicht. Der Rest des Körpers verschwamm mit dem Hintergrund, schwarz in schwarz. Mit den verquollenen Augen des Schlafes sah sie Napilut an. Und schwieg, wie immer. Wer verzaubert, scheint mit der Zeit selbst verzaubert. Dieses Bild würde anders sein als die vorherigen. Nicht um bestimmte Einzelheiten ging es, sondern um einen Lichtstrahl. Diese Nacht hatte Napilut Absentia einfach sehen müssen, er musste sie bei sich haben, sie besitzen, während er sie betrachtete. Diese Nacht und dieses Bild waren der Beweis, dass er sie lieben wollte, indem er seine Liebe zelebrierte oder indem er in sie eindrang oder indem er sein Begehren im mystischen Akt des Malens sublimierte. Sich in einer Situation wie dieser zu verleugnen verlangte Absentia eine enorme innere Sicherheit ab und rief gleichzeitig tiefe Verzweiflung in ihr hervor, denn die Einsamkeit des Wartens tötet. Hier stand Napilut, direkt vor ihr, und legte ihr seine hingebungsvolle Liebe zu Füßen. Was sollte sie tun? Fehlte jemand? Nein, es fehlte etwas. Etwas, das ausblieb. Und dieses etwas war ihre Angst.

Heutzutage mag das schwer zu verstehen sein. Aber bei uns im siebzehnten Jahrhundert war es eine Verrücktheit. Regelrechte Verrücktheit. Unsere Gärten sind klein, haben aber viele Beete. Unser Geschmack verlangt nach symmetrischen, ordentlichen, präzisen Flächen. Wir sind präzise hier oben im Norden. Wir wehren uns gegen das Ungewisse mit dieser Präzision. Wir wehren uns gegen das Weiß des Himmels mit den Farben der Erde. Vor zwanzig Jahren haben wir wegen dieser Farben den Verstand verloren, und das muss für Euch aus dem einundzwanzigsten Jahrhundert schwer zu begreifen sein. Ihr müsstet hier sein und uns sehen, alle schwarz gekleidet. Ihr müsstet unsere Kirchen sehen, alle weiß getüncht. Ein fast graues Weiß wie die vereisten Kanäle, ein fast graues Weiß wie der Himmel, ein fast graues Weiß wie die Kälte, die sich auf unsere Schultern senkt, in die Knochen dringt und uns nicht mehr loslässt.

Ja, wir haben uns verliebt, angefangen mit ein paar Zwiebeln und einem Mahl bei einem Kaufmann, der sie geschenkt bekommen hatte, ohne etwas darüber zu wissen, und sie, um sie nicht fortzuwerfen, in seinen Gemüsegarten gepflanzt hatte, Tulpenzwiebeln aus Konstantinopel, bereits tausend Jahre zuvor in den Nahen Osten gekommen und von den dortigen Sultanen geliebt und gezüchtet wie Lotusblumen, nur einfacher, denn die Lotusblume ist die Frucht einer mystischen

Ehe von Tulpe und Seerose, wohingegen die Artischocke eine Lotusblume ist, die sich nicht so weit entwickelt hat, eine, die es nicht geschafft hat und Gemüse geblieben ist, so wie bestimmte Menschen Tiere bleiben, auch wenn alle eines Tages ihre Blütenblätter öffnen und zu Engeln werden, die Tulpe wiederum ist eine wilde, unberührbare Blume, die nur eine einzige Zwiebel hervorbringt, und wir wissen nicht, wie wir sie verändern und veredeln können, obwohl wir versucht haben, zwei Zwiebeln durchzuschneiden, sie zusammenzubinden und dann in die Erde zu setzen, aber gefruchtet hat es nichts, auch wenn wir sie mit Taubenmist gedüngt und mit Rotwein begossen haben, um ihre Farbe zu intensivieren, denn wir Holländer sind streng, präzise, calvinistisch, sauber, pünktlich, anspruchsvoll, hundertprozentig, ihr solltet uns mal sehen, wie wir den Verstand verlieren wegen einer Violetten, einer lilafarbenen Tulpe mit Weiß, wie wir alle Vernunft fahren lassen vor einer Bizarden, rot oder violett auf gelbem Grund, dahinschmelzen vor einer Lacken, violett mit breitem, weißem Rand, uns hinreißen lassen von einer Ducken, rot mit gelbem Rand. Ihr müsst uns bestrickt, geblendet, trunken vor Euch sehen. Die Farben der Tulpen sind intensiver als die aller anderen Blumen. Ein einfaches Rot wird zu einem leuchtenden Scharlachrot, das Violett spielt ins Bläulich-Schwarze. Die Farbabstufungen sind wie Flammen auf die Blütenblätter gemalt. Der Blütenboden ist immer weiß oder gelb, manchmal blau geädert, und keine Tulpe gleicht der anderen aufs Haar. Ein Mann kann zwei verschiedene Frauen mit den gleichen Küssen bedecken, aber die Tulpen haben sich selbst zu immer neuer und damit einzigartiger Schönheit verdammt. Ihr aus dem einundzwanzigsten Jahrhundert könnt sie nicht sehen, könnt diese Farben nicht mehr bestaunen, denn unsere Sorten sind von einem Virus befallen, einem Fieber, das auch uns Menschen befallen hat und das die Farben intensiver, die Abstufungen dramatischer, die Farbtöne entschiedener und die

Kombinationen auffälliger macht. Bei uns kann eine Zwiebel, die in einem Jahr eine Rozen hervorbringt, im nächsten Jahr eine Bizarden oder wieder einfarbig werden. Aus zwei vollkommen gleichen Zwiebeln können zwei ganz verschiedene Blumen werden, darin liegt die Magie der Natur, die Tollheit der Schöpfung. Und wir Menschen im Norden, die wir immer alles planen, sind auf diese ständige Mutation nicht vorbereitet und deshalb so fasziniert. Was Ihr eine Krankheit nennt, ist für uns ein Zauber.

Es geht zu Ende.

Etwas geht zu Ende.

Jeder von uns spürt das.

Nein, nicht alles gleichzeitig. Nicht wie die Milch, die plötzlich verfallen ist, als öffnete jemand die Tür des Lebens, blickte in die Welt und sagte: Verfallen. Einfach so. Abgelaufen.

Es geschieht in ganz verschiedenen Momenten, in verschiedenen Herzen, in verschiedenen Leben. Denn etwas entsteht, und anderes stirbt. So wie es Geschichten gibt, die beginnen, und andere, die zu Ende gehen. Es ist wie bei einer Flut, es ist wie mit einer unendlichen Anzahl von Wellen, jede mit ihrer eigenen Geschichte, jede mit ihrem eigenen Schicksal, nie alle gleichzeitig, jede für sich. Und jede Welle spürt es. Sie weiß es nicht, sie spürt es.

Dass es zu Ende geht.

In unserem Fall geht die Zeit des Malens zu Ende.

Und vielleicht eine Liebesgeschichte.

Sie geht zu Ende, doch niemand weiß es.

Nur einer spürt es. Derjenige, der liebt.

Im Atelier eines verrückten Malers, nach Tagen und Nächten, Farbe um Farbe, Leinwand um Leinwand, Firnis um Firnis, spürt er, dass sich eine grenzenlose Müdigkeit wie das bleiche Licht des Himmels auf alles niedersenkt. Die Kanäle draußen spiegeln die Lichtpunkte im Wasser wider, um das Gemüt zu erheitern, müde und zitternd, rot wie Blut, rosa wie der Frühling. Wie die Augen des Meisters, die zerstört sind von der Arbeit. Sein Magen ist zusammengeschrumpft, die Lippen sind weiß und trocken, die Beine zittern, die Essenzen der Ölfarben sind ins Hirn gedrungen, der Darm hat sich verhärtet, die Füße sind neben der Staffelei erstarrt. Eingeschlossen in einem Atelier und in einem Schicksal, spürt er, dass es zu Ende geht.

Absentia rührt sich nicht. Sie weiß inzwischen, dass sie einiges für diese Bilder bedeutet, alles für diesen Maler. Sie fühlt es, und sie erwidert es. Sie fühlt es, doch sie lehnt es ab. Sie wird auf die Rückkehr ihres Geliebten warten, und so sehr sie begehrt oder geliebt wird, sie wird diese Liebe nicht erwidern. Versprochen ist versprochen. Liebe ist Liebe. Sie hat die letzten Monate auf eine Weise verbracht, die sie sich nie hätte träumen lassen: Bezahlt für ihre Schönheit, vergütet für das, was sie ist. Auf jede erdenkliche Weise wurde sie gemalt, mit jedem erdenklichen Ausdruck, zurückhaltend oder anstößig, introvertiert oder sinnlich, banal oder obszön. Ohne sich je zu fragen warum. Ohne es je zu wollen. Ohne sich je über das Bild zu wundern, das nicht ihren Körper, sondern eine Blume darstellt. Absentia sah Napiluts Liebe nicht, doch sie spürte sie. Absentia wollte nicht, und hätte doch gerne nachgegeben.

Absentia wusste es nicht. Blau aber sah alles.

Was?

Draußen, ein paar Kilometer entfernt.

Doktor Claudius macht sich Notizen über eine seltsame Wolke, die er längst klassifiziert haben müsste, nur kann er sich nicht mehr erinnern, er zeichnet sie, doch sie will nicht stillhalten, verdammt, sie bewegt sich immerfort, Familie *Unruhige,* Gattung *Flüchtige Gedanken.* Neben ihm steht Professor Witt Van der Kalm, der im Gegensatz zu Doktor Claudius auf die Erde starrt.

Die Erde, diese gewaltige Masse, in die es Mühlen zu treiben heißt wie Nägel, um ihre Bewegung zu verlangsamen. Die Erde, diese Feindin des Menschen, dieses geballte Letalfluidum, das alle Menschen, die sie hervorgebracht hat, wieder verschlingt; dieser Mantel, der im Rhythmus der Jahreszeiten Farben, Stimmungen und Düfte wechselt und jetzt die letzte Szene ankündigt, den letzten Akt, das konkrete Zeichen, dass es zu Ende geht. Und er sieht es. Sieht, was Napilut spürt. Eine wilde Tulpe, einfarbig, nicht besonders edel, eine von denen, die verspätet erwachen, genau das Richtige für Van der Kalm, eine verspätete Blume im Blick des Mannes, der immer zu spät ist, geht ihrem Ende entgegen, zögert, widersteht, verweilt, um schließlich den letzten Windstoß ihrer kurzen Existenz zu atmen. Die anderen haben sich schon verabschiedet, haben sich vorgestellt auszuwandern, haben sich Flügel erträumt. So sterben Tulpen, so wandern sie am Ende ihrer Erdenzeit in die Sternenwelten, fliegen fort mit Flügeln aus Licht, die ihnen aus ihren beiden schönsten Blütenblättern erwachsen. Aus denen, die als letzte abfallen. Poesie der Blumen oder Zauber des Lebens? Die anderen Tulpen sind bereits fortgeflogen, diese eine aber ist noch da, sie ist in Ruhe geboren, in bewusster Muße, als die anderen schon neugierig die Erde durchstoßen hatten, sie schlummerte selig, als die Welt ihre bunten Freundinnen bestaunte. Langsam, schließlich ist genug Zeit zum Blühen. Doch nun ist die Zeit abgelaufen, und der Wind hilft ihr, in ein anderes Leben zu wechseln, denn das Leben kennt das Wort Ende nicht, so wie die Energie das Wort Müdigkeit nicht kennt und die Liebe das Wort Zeit. Da. Gerade fällt das letzte Blütenblatt, unglaublich langsam, körperlose Substanz, Verrat der Schwerkraft, kondensierte Leichtigkeit unter dem verlangsamten Blick Van der Kalms, der diese Reise nach unten, aber auch nach oben mitverfolgt. Die Seele zum Vitalfluidum, der Körper zum Letalfluidum. Sanfter als eine Schneeflocke ist dieses fallende Blütenblatt, poetischer als das Lächeln eines dreijährigen Mädchens, reiner als die erste Muttermilch, milder als der Duft der Frangipani, weicher als die Hüften von Absentia, langsamer als die Zeit, die verrinnt.

Langsam. Wie langsam es fällt.

Was bei den Menschen Tod heißt, ist bei den Blumen die Frucht.

Was ein Professor als langsamen Fall eines Blütenblattes erlebt, ist einem Maler das letzte Bild.

Selbst am Ende, spürt er das Ende. Kilometer entfernt spürt Napilut, wie der Atem aussetzt. Es ist vorbei, das letzte Blütenblatt ist abgefallen. Das letzte Bild beendet.

»Absentia, kleide dich an.«

Doch etwas fehlt, ein Letztes. Ein Liebesbrief. Wie er es immer gemacht hat, auch wenn er nie eine Antwort bekam. Auf ein Stück Papier schreibt er mit der letzten Farbe, die am Pinsel verblieben ist:

Ich werde den Verstand verlieren.

Napilut.

Absentia weiß, dass es für sie ist.

Nur traut sie sich nicht.

Es ihm zu sagen.

Sie wusste stets, was sie wollte, sie wusste genau, wie sie es zu sagen hatte, nur dass ihr die Worte im Hals stecken blieben. Sie traute sich einfach nicht, es ihm zu sagen.

Los, gib dir einen Ruck. Vielleicht siehst du ihn nie wieder. Sag es ihm. Es könnte das letzte Bild sein. Es könnte das letzte Mal sein.

»Hier, Absentia, das ist für dich.«

Es kommt nicht heraus. Es kommt nichts. Schweigen, nur eine Träne. Süß. Sie traut sich nicht, es ihm zu sagen.

Dass sie nicht lesen kann.

Die Erste, die kam, war Frau Amandes, die Gattin von Van der Tail, der französischer Herkunft und der eleganteste Schneider von Amsterdam war. Die große Neuheit der Zeit war der Atlasstoff mit seiner Eigenschaft, bei wechselnden Lichtverhältnissen in der Farbe zu changieren. Frau Amandes kleidete sich ausschließlich in Atlas, der Sonne ihrer Heimat zu Ehren. Ihre Mutter war nämlich Spanierin, ihr Vater Holländer. Sie hatte Züge von beidem. So hielten die Holländer ihre Kleidung für zu spanisch, die Spanier für zu holländisch. Nach Ansicht der Spanier schnürte das Korsett ihren Busen nicht stark genug ab, die Holländer fanden ihren Ausschnitt zu weit. Die Halskrause, die ihr Kinn stützte, war für die Spanier zu klein, für die Holländer zu steif. Der Reifrock, eine Rüstung aus Draht und Holz, der dem Rock nach spanischem Geschmack eine kegelförmige Form verlieh, war zwar inzwischen aus der Mode gekommen, doch der weite, plissierte Rock war für ihre maßvollen Landsleute noch immer zu auffällig. Kurz, sie wirkte wie ein Ast, der dem falschen Stamm aufgepfropft worden war.

Sie kam als Erste, denn sie liebte Farben, und ihr Mann verarbeitete Stoffe, ob Wolle oder Seide, ob Baumwolle oder Atlas, nur in einer einzigen Farbe, nämlich der, die gerade in Mode war: Schwarz. Frau Amandes liebte Farben, und niemand konnte so gut davon erzählen wie Napilut. Sie kam, um das schönste Bild zu kaufen, das mit den leuchtendsten Tulpen. Napiluts Agent hatte sie eingeladen, Van Gould, der mit ihrem Mann befreundet war. Sie ging in Napiluts Haus, stieg in den ersten Stock und trat in den rechten Raum, der voll gestopft war mit Bildern, Büchern, Helmen, Herbarien, Globen, Skulpturen und sonstigem Krimskrams. Der linke Raum voller Augenblicke, Zeiten des Wartens, Gedanken, Briefe, Farben, war geschlossen. Geschlossen für die Kundschaft. Geschlossen für die Welt.

Napilut selbst nahm nur widerstrebend an den Verhandlungen teil, doch von jedem Maler wurde irgendein klärender Kommentar erwartet, eine kurze philosophische Betrachtung, eine Anekdote, eine technische Erläuterung. Sein Agent war äußerst geschickt, doch was zählte, war der Charme des Künstlers.

Immer.

Sie kam als Erste, trat als Erste in den Raum. Das Einzige, was Napilut sagte, als er sie erblickte, wohlvertraut mit ihren finanziellen Möglichkeiten und ihrer Liebe zu den Farben, war:

»Dieses.«

Nicht mehr.

Statt barocke Umschreibungen zu bemühen, literarische Spitzfindigkeiten oder originelle Erklärungen, sagte er: »Dieses.« Und zeigte auf eins seiner vielen Gemälde, Frucht der in wenigen Monaten konzentrierten Arbeit eines ganzen Jahres. Die Reaktion von Frau Amandes war ungewöhnlich. Einzigartig.

Es sollte die Reaktion aller Kunden sein, die nach ihr kommen würden, um sich die Bilder anzusehen. Alle verband sie eine treffende, eindeutige, unerwartete, einzigartige Geste. Eine Geste, die der Eindringlichkeit von Napiluts Werken Ausdruck verlieh, ihrer Fähigkeit, die Seele dessen zu ergreifen, der sie ansah. Eine einfache Geste.

Kaum wahrnehmbar.

Es wiederholte sich am Tage darauf, als Herr Pauw kam, der Besitzer der Gartenvilla in Heemstade, der den »Vervielfacher« erfunden hatte. Das war ein merkwürdiges Instrument aus Holz und Spiegeln, mitten in den Beeten aufgestellt, um alles, was sich in direkter Umgebung befand, zu vervielfachen und auf diese Weise die Illusion von Fülle heraufzubeschwören, die es gar nicht gab. Von ferne sah ein Beet so aus, als sei es von Hunderten von Blumen bedeckt, aus der Nähe war es eine optische Täuschung. Obwohl er einer der mächtigsten Bürgermeister Amsterdams war, konnte er die Tulpenzwiebeln nicht beliebig vermehren, und so hatte er den Vervielfacher erfunden. Pauw liebte alle Blumen, und in seiner Wohnung hingen viele Blumenbilder. Und doch erkannte er, dass Napiluts Tulpen anders waren, dass sie einen unbekannten Zauber ausübten. Dieselbe, die identische Reaktion kam auch von ihm.

Am dritten Tag erschien Admiral Fleming, der Mann, der das Schiff der Engländer erobert hatte, über zentnerweise Gewürze, Pfeffer, Salz und Nelken, stolziert war und Gott für die unermesslichen Reichtümer gedankt hatte, die er den Holländern hatte zukommen lassen. Admiral Fleming war ein Mann mit unbewegtem Blick, ohne sichtbare Emotionen. Manch einer hielt ihn für zynisch, manch einer für kalt, manch einer hielt ihn für den Herrn der Meere, manch einer für erbarmungslos gegenüber der Mannschaft, anspruchsvoll gegenüber den Kapitänen, unbeugsam gegenüber den Matrosen, falsch gegenüber dem Schiffskaplan, zweideutig gegenüber seinen Leutnants, maßlos gegenüber den Marinesoldaten, korrekt gegenüber den Offizieren. Manch einer hielt ihn für den Herrn der Winde.

Admiral Fleming besaß eine herrliche Sammlung von Landschaftsbildern: blaugrüne Hügel, hundertjährige Eichen, bleierne Himmel, ruhige Flüsse, immer nur Land, schattige Blätter, römische Ruinen, mediterrane Felder, immer nur Land. Er, dessen Horizont das Meer war. Keine Herden, keine Schäfer, keine Häuser, keine Waffen, nichts Menschliches oder Tierisches. Immer nur Land. Dunkelblau, fast schwarz gekleidet, die Farbe der Meerestiefe, trat er vor Napiluts Bild, wie man vor eine Zielscheibe tritt. Doch wer trifft, wird manchmal selbst getroffen. Dieselbe Reglosigkeit, derselbe Blick, derselbe Schauder, dieselbe Reaktion wie die der anderen.

Am nächsten Tag kam der Botaniker Jan Grouw, der größte Pflanzenkenner Nordeuropas, der Mann, der mit Fürsten und ihren Gärtnern, mit Gewürzhändlern und Heilpflanzenverkäufern der halben Welt verkehrte.

Er trug einen grasgrünen Samtanzug mit weiter Hose, eine weiche Halskrause und Schnürschuhe mit eckigen Kappen und großen Schleifen aus demselben grasgrünen Samt, die so aussahen, als wüchsen auf seinen Füßen vier große Blätter. Seine Augen schienen zwei schwarze Punkte auf einer Zwiebel, seinem Kopf nämlich. Besser als irgendein anderer kannte er die leichten Abweichungen, in denen sich die verschiedenen Tulpenfamilien voneinander unterschieden, und so schlug seine Bewunderung vor dem Gemälde, das Napilut ihm vorgeschlagen hatte, in Worte um.

»Die Semper Augustus ist von königlicher Schönheit, sie ist die begehrteste, die seltenste. Doch Ihr, Meister Napilut, habt sie übertroffen: Ihr habt ihre Einzigartigkeit auf eine Weise verherrlicht, dass eine neue entstanden ist. Dieses Rot ist leuchtender als Rubine aus Birma, dieses Weiß reiner als Schnee; der feine Stengel ist eleganter, als die Natur ihn geschaffen hat, und die Blätter stellen die Schönheit der Blüte nicht in den Schatten, sondern heben sie hervor.«

Ein Botaniker als Poet, könnte man sagen.

»Wo Euer Talent den Stiel auf die Blütenkrone treffen lässt, spielt er ins Blaue; wo er sich ins Licht reckt, verwandelt ihr ihn in weißestes Weiß. Die Umrisse der sechs Blütenblätter sind schöner als jede Linie der Natur, und die Flecken sind

Spritzer von scharlachrotem Blut.« Dann verstummt er. Einen Moment. Dieselbe identische Reaktion. Exakt derselbe Augenblick.

Tags darauf erschien die Witwe von Doktor Tulp, dem bekanntesten Arzt von Amsterdam, des Mannes, den Rembrandt in seiner berühmten Anatomiestunde porträtiert hatte, des Mannes, der die Tulpe zum Wahrzeichen seines Lebens gemacht hatte, des Mannes, der eigentlich Claes Pietersz geheißen, seinen ursprünglichen Namen aber durch den seiner Lieblingsblume ersetzt hatte, des Mannes, dessen Hauseingang nicht mit einem Adelswappen, sondern mit dem Symbol der Tulpe geschmückt war. Frau Hellma, verwitwete Tulp, war überzeugt, diese Blumen zu lieben sei die beste Art, ihren Mann zu lieben, und überhaupt die einzige Möglichkeit, mit ihm zu sprechen, denn das tat sie, wenn sie eine Tulpe sah, ob echt oder gemalt: Sie sprach.

Mit einer Blume sprechen. Marotte der Liebe zu einem Mann, der in einer anderen als der Sphäre der Körper weilte.

Mit einem Bild sprechen.

Napilut steht ein wenig abseits, schweigsam wie immer, sein Agent ist still und ganz Ohr, und Blau weiß, weil sie spürt. Verhalten beobachten sie diese Frau mit der weißen Haube, die ihre Haare verbirgt, mit einem schwarzen Seidenmantel, der einen knöchellangen Rock verbirgt, einem Schal, der ihre Schultern verbirgt und ihre Hüften, die in der Taille von einer goldenen Schärpe umgürtet sind, mit diesem Körper, der ihr Herz verbirgt, dessen ihr Mann sich angenommen und es von einer merkwürdigen Arrhythmie, des *Timor solitudinis,* geheilt hatte, mit Kräutern, Infusionen, Massagen und Küssen, bis er, der sie doch geheilt hatte, später der Grund dafür war, dass sie an *Melancholia perennis* erkrankte und mit diesem Gefühl von Leere zurückblieb, das jede vergangene Liebe als Erinnerung hinterlässt.

»Auch hier sehe ich dich, mein Geliebter, hinter dieser Blume. Ich sehe dich in jedem Augenblick, und diese Blume ist ein ewiger Augenblick. Ich bitte dich, sprich weiterhin zu mir durch deine Düfte, deine Farben, deine Muster. Und wisse, dass ich dir zuhöre, denn die Liebe liebt die Stille.«

Sie weinte, als sie das sagte: Die Liebe liebt die Stille.

»Geliebter Schatz, nie hast du mich verlassen, so wie ich dich nie verlassen werde. Frühling um Frühling wirst du wiederkehren. Und Frühling um Frühling werde ich da sein und dich erwarten. Solange es Jahreszeiten gibt. Solange die Sonne der Zeit am Himmel steht.«

Dann tupfte sie sich die Nase ab, die Wangen, die Lippen. Die Augen nicht. Sie sah Napilut an und fragte:

»Wie viel kostet dieser ewige Augenblick?«

Napiluts geschäftstüchtiger Agent sprang auf, verbeugte sich ehrerbietig und rief:

»Zweihundert Gulden, Frau Hellma Tulp.«

»Ich zahle das Doppelte.«

Sie wollte schon gehen, als sie sich noch einmal umdrehte. Sie trat vor das Bild und blieb einen Augenblick schweigend stehen. Dann folgte die Reaktion der anderen.

Sie stieg die Treppe hinunter, und man hörte sie murmeln:

»Dieses Bild spricht…«

Am nächsten Tag kam Van der Clock. Er hatte einen Termin für fünf Uhr nachmittags. Um fünf vor fünf war alles bereit. Fünf unendliche Minuten geschah nichts, bis es um Punkt fünf an die Tür klopfte. Nach exakt einer Minute stand Van der Clock vor Napilut, der, da er ihn besser kannte als die anderen Kunden, eine Weile mit ihm plauderte. Zu früh zu kommen sei wie zu spät zu kommen, hatte Suri gesagt. »Wie lange braucht Ihr, um so ein Bild zu malen?« »Auf die Zeit kommt es nicht an.« »Na gut. Aber wenn man nun außer der Fläche des Bildes auch die benötigte Zeit berechnen wollte…« »Dann müsste man dazu zählen, wie lange man für seine Studien benötigt hat, für Skizzen, Stiche, Radierungen, Analysen, die Zubereitung der Farben, es zählt ja nicht nur die Zeit fürs Malen.« »Verstehe.« »Wie lange noch?« »Genau ein Jahr. Kann ich Eure Werke sehen?« »Ich habe bereits eins für Euch ausgesucht.« »Welches?« »Dieses.« Er zog das schwarze Seidentuch von der Staffelei. Das bei Nacht gemalte Bild mit den starken Kontrasten. Der Hintergrund war undeutlich, dunkel, das Profil der Tulpe aber hob sich klar und deutlich vom Mondlicht ab, und in diesem winzigen Ausschnitt des Lebens waren alle Farben, Schattierungen, Essenzen und Düfte der Tulpen konzentriert.

»Das Leben ist dunkel. Unser einziges Licht ist die Zeit.«

Das war der Kommentar des Uhrmachers, der sein Leben auf die Zeit gegründet hatte.

Dreißig Sekunden, dann war sie da. Die Reaktion der anderen. Auch bei ihm.

Bis zu diesem Moment waren Bilder, die Bilder der ganzen Welt, mit den Augen betrachtet, mit dem Blick studiert, durch die Iris analysiert worden. Doch in dieser Woche Mitte Juni, in der Mitte des siebzehnten Jahrhunderts, geschah etwas Seltsames. Beim Anblick von Napiluts Tulpen, nach wenigen Sekunden, weitete sich jede Nase.

Mal dauerte es einen Augenblick, mal eine Minute, und die Nase weitete sich, die Nasenflügel blähten sich, man atmete ihn ein.

Den Duft von Napiluts Tulpen. Unglaublich.

Die Leute begannen mit den Augen, doch der Eindruck war so stark, dass der Genuss, die Verführung, die Überraschung, die Schauder zur Nase hinabstiegen. Sie drangen ein wie der Atem, gelangten ins Zentrum des Körpers, genau hinter das Herz. Wäre der Körper ein Vulkan, so wären die Gefühle, die Napiluts Bilder erweckten, glühende Lava. Wäre der Geist ein stilles Meer, so wäre der erlebte Schauder einer mächtigen unterirdischen Strömung gleich.

Welch ein Wahnsinn. Ein Bild mit den Augen zu betrachten und mit der Nase zu riechen. Eine nie erreichte Macht. Ein Zauber, der dich zu wählen zwingt: Lähmung oder äußerste Erregung. Oder beides zugleich. Schauen und atmen. Fühlen oder sterben. Napilut hatte sich selbst übertroffen. Seine Bilder dufteten. Und die Leuten glaubten, es sei der Duft der Tulpen.

Er hatte dem berühmten »Napilut-Effekt«, den er mit seinem Firnis aus dem Pulver von Perlmutt erzielt hatte, einen noch erstaunlicheren Effekt hinzugefügt, der die Kunst entscheidend verändern sollte. Seine Bilder waren lebendig, duftend, ewig. Und die Leute glaubten, es sei der wahre Duft der Tulpen.

Napilut, der Absentia liebte.

Das war sein Geheimnis.

Seine Bilder dufteten nicht nach Tulpen, sondern nach der Liebe.

Ihm war, als sei er fertig. Dann blickte er zum Himmel auf, was er sehr oft oder eigentlich fast immer tat, schaute und sagte: Es muss noch etwas verändert werden. Die Wolken sind klassifizierbar, sicher, das war sicher, so wie es die Rosen, Muscheln, Steine, Häuser, Pferde und sogar die Menschen sind. Bloß dass sie sich bewegen, sich verändern, sich verschieben. Auch das Meer ist unbeständig, der Himmel aber ist seltsam. Dem Wasser sind wir entkommen, vor langer Zeit schon haben wir die Sümpfe verlassen, doch vom Himmel sind wir umgeben, von seinen flüchtigen Grillen, seiner ewigen Musik, seinem ungreifbaren Einfluss und seinem blauen Grund mit diesen weißen Bildern, die man Wolken nennt. Für Doktor Claudius sind sie klassifizierbar, natürlich, aber vorwitzig. Er kann sie zeichnen, diese Wolken, doch im selben Moment verändern sie die Form. Er kann sie beschreiben, nur könnte man dann auch versuchen, Zucker zu beschreiben. Er kann sie klassifizieren, und das ist genau das, was er tut. Jetzt gerade.

Einmal mehr.

Die Wolke genau über ihm, zum Beispiel, ist eine *Matrone* aus der Gattung der *Festen weiblichen Schönheiten,* nicht zu verwechseln mit den *Sanften weiblichen Schönheiten,* von denen sie sich durch das etwas durchsichtigere Weiß und die weicheren Konturen unterscheidet. Diese sieht jetzt heroisch aus, wie eine Burg mit Türmen und Zinnen, die aufgepfropft ist auf einen eindrucksvollen Frauenkörper mit fantastischen, runden Brüsten, von denen hinab man in dunkle Täler gerät, um gleich danach auf stolze Gesäßbacken zu stoßen, die zu einem Abgrund zusammenlaufen, direkt in einen versteckten Wald, doch diese Wolke ist schnell, sie kann sich ändern, sich in mehrere kleine Wolken teilen, sie kann ausfransen und den glatten Rand des himmlischen Rocks in kunstvoll durchbrochene Spitze verwandeln, kann eine *Wassermelone aus Dickmilch* werden, ein *Sahnekissen* oder auch eine *Mystische Watte.* In all das kann sie sich verwandeln, aber auch in ein *Zurückkehrendes Schiff,* ein *Geblähtes Segel* oder einen *Sternenbug.* Und genau das war Doktor Claudius' Problem. Der Himmel war unbeweglich, doch die Wolken waren wandelbar. Würde er sein Buch je beenden? Würde ihm sein Werk je gelingen? Er fühlte sich wie das Meer auf der Suche nach seinem Ende, und er fragte sich:

»Wird es je ein Ufer geben?«

Als Letztes kam Van der Lens, der Linsenspezialist, der Mann, dessen Augen größer waren als seine Ohren. Was daran lag, dass sie sehr klein waren, in sich zusammengerollt wie Herbstblätter. Weil er niemandem zuhörte, außer sich selbst. Vor ihm kamen und kauften der Stadtsekretär Jan van Hout, ein verkappter Dichter, der offizielle Geschichtsschreiber von Amsterdam, Johan Wagenaar, ein Frauensammler, der Verleger Van der Boock, der allergisch war gegen Papier, Ernst Casimir, Neffe des Statthalters Moritz und Spross des friesischen Zweigs der Nassauer, General des holländischen Heeres und Geliebter seines Unteroffiziers. Und alle gerieten sie gleichermaßen in Ekstase, wenn sie den Duft von Napiluts Tulpen wahrnahmen. Van der Lens aber, Künstler und Insektologe, der Mann, der für alle Maler Insekten malte, der Experte für Libellen, Schmetterlinge, Fliegen, Muscheln, Mücken, Würmer, Marienkäfer, Hornissen und Bienen, kam als Letzter.

Napilut begrüßte ihn herzlich.

»Was verschafft mir die Ehre Eures Besuches?«

»Ich möchte mich erkenntlich erweisen.«

»Wofür?«

»Für Eure Kunst. Unter allen Blumen, auf die ich meine Insekten gemalt habe, sind Eure etwas ganz, ganz ...«

»Der Markt hat seine Regeln, und unter einen bestimmten Preis können wir nicht gehen.«

»Ich will Euch einen Vorschlag machen. Die geschlossenen Tulpen, eins der ersten Bilder, die Ihr am Anfang dieser Saison gemalt habt …«

»Diese beiden?«

»Diese verschlossene, noch ein wenig unreife, schüchterne, auf der nicht ein einziges meiner Insekten sitzt …«

»Dieses hier?«

»Ja. Dafür werdet Ihr schwerlich einen Käufer finden. Jedenfalls nicht, solange nicht jemand die innere Schönheit begreift, die nicht leicht zu sehen ist.«

»Das ist wahr, diese Tulpen mögen dem gängigen Geschmack wenig eindrucksvoll erscheinen, und doch ist ihr Preis …«

Der unerbittliche Agent Van Gould ließ einfach nicht locker.

»Ich wollte Euch einen Tausch vorschlagen.«

»Lasst sehen.«

Van der Lens zog ein kleines Rechteck aus seiner Manteltasche, hielt es dem Maler der Schönheit hin und überreichte es, wie man ein kostbares Geschenk überreicht. Napilut nahm es, führte es dicht an die Augen, betrachtete es aufmerksam, und während sein Agent den Kopf schüttelte, sagte er:

»Außerordentlich.«

Das sagte er. Außerordentlich.

Eine Schnecke vereinigte sich mit einer anderen Schnecke, zwei Schneckenhäuser, die zwei Weichteile stützten, welche vom Boden aus, eine von rechts, die andere von links, aufeinander stießen, sich gegenseitig nach oben drückten, gen Himmel, und ineinander schmolzen, miteinander verschmolzen. Und das alles in natürlicher Größe. Nichts Besonderes, wenn man es nüchtern betrachtete, und doch die ganze Welt enthaltend, ein universeller Mikrokosmos.

»Außerordentlich.«

Wiederholte er.

»Gefällt es Euch?«

»Mehr. Weit mehr. Ihr habt das Unmögliche gemalt.«

»Ja, denn es sind Hermaphroditen. Sie können es nicht, werden es nie können. Doch mit der Kunst ist es wie mit den Träumen: Dort ist alles wahr, dort ist alles möglich.«

»Hier, nehmt mein Bild. Macht damit, was Ihr wollt.«

Jan van der Lens nahm es, betrachtete es einen Augenblick, dann, plötzlich, weiteten sich seine Nasenlöcher. Wie alle anderen auch er. Verzauberte Bewunderer, die Napiluts Bilder mit der Nase erschauten, den Duft einer unsichtbaren Liebe wahrnahmen.

»Vielen Dank, Meister Napilut, ich bin Euch sehr dankbar. Dürfte ich etwas draufmalen?«

»Was denn?«

»Eine Miesmuschel. Eine schlafende Miesmuschel.«

»Wieso ausgerechnet eine Miesmuschel?«

»Weil sie eine vom Meer erschaffene Tulpe ist, mit nur zwei Blütenblättern. Schwarzen.«

»Macht damit, was Ihr wollt. Das Bild gehört Euch.«

Unter den ungläubigen und missbilligenden Blicken des Agenten geht Van der Lens davon.

So ist die zweite Woche vergangen – voll gestopft mit Abendessen, Kontakten, Gesprächen, Blicken, Verhandlungen, Überlegungen. Absentia, wo bist du? Nun ist auch diese Woche vorbei, und auf einmal spürst du all die angesammelte Erschöpfung, die wahrzunehmen du vorher keine Zeit hattest. Nie bist du vorbereitet, wenn sie kommt. Du kannst nur still ausharren. Absentia, du fehlst mir. Sie kommt, und schon daran, wie sie an die Tür klopft, wie sie die Treppen hinaufsteigt, merkst du, dass sie hysterisch, neurotisch, verrückt ist. Sie kommt, baut sich vor dir auf und sagt:

»Ich bin die Gattin von Professor Witt Van der Kalm. Ich möchte Eure Bilder sehen.«

Ohne Termin ist sie gekommen, dabei ist es schon spät, und du glaubst nicht, dass sie wirklich an den Tulpen interessiert ist, ein einziges Bild hast du noch, den ganzen Rest hast du bereits verkauft, und so stellst du es auf die Staffelei, dieses Bild, das dich an sie erinnert, das du gemalt hast, als du sie liebtest, das du …

»Ich wusste es.«

Sie blickt das Bild mit den Augen an, nicht mit der Nase. Keine Reaktion. Sie riecht nichts.

»Was wusstet Ihr?«, fragt Meister Napilut.

»Ihr seid ein Betrüger. Ganz normale Bilder gebt Ihr als Kunst aus. Und verkauft sie dank der Lüge, dass natürliche Tulpen verblühen, Eure hingegen nicht. Dabei sind das gar keine wirklichen Blumen, nur Abbildungen. Ich rieche nur Öl, Essenzen, Lack und Terpentin.«

»Ich habe Euch nicht gebeten zu kommen, Frau Van der Kalm.«

»Nicht mehr. Ich bin nicht mehr Frau Van der Kalm, seit heute. Dieser andere Scharlatan, der langsamste Mann der Welt, hat aufgehört, mein Leben zu verlangsamen. Ich habe ihn aus dem Haus geworfen.«

»Oh …«

»Ein Lügner ist er, kein Mann der Wissenschaft. Ein Betrüger, kein Mann der Forschung. Er hat mich nur wegen meines Erbes geheiratet, er hat mich nur wegen meines Geldes ertragen.«

»Aber Frau …«

»Ihr seid alle gleich. Alles Schwindler. Angefangen bei seinem Freund, diesem feinen Doktor Claudius, der Wolken klassifizieren will – alles Betrug! Und Ihr seid der größte Schwindler. Nur ein paar Monate im Jahr arbeiten, und dann so tun, als hätten Eure Bilder ein Geheimnis.«

»Meine Dame, ich glaube, Ihr solltet …«

»Ihr glaubt gar nichts. Ich bin gekommen, um Euch zu sagen, was ich von Euch halte. Ich weiß genau, dass Ihr immer in die Taverne geht, ins Dobire, und Euch dort betrinkt. Ihr lebt unter Missachtung der elementarsten Regeln des Anstands. Und mein Mann ist noch nicht einmal ein richtiger Mann.«

»Wie bitte?«

»Ja, Ihr habt recht gehört. Impotent.«

»Wie?«

»Das ist der Beweis, wie sehr er mich liebt: Er liebt mein Geld! Eine ganze Woche lang habe ich ihn eine Trüffeldiät machen lassen: Er hat sich übergeben. Eine Spargeldiät: Nierenschmerzen. Eine Eidiät: Durchfall. Eine Woche Pilze: Übelkeit. Eine Woche Austern: nichts, nicht die mindeste Reaktion. Eine Woche lang habe ich ihm nur Hähnchenfleisch gegeben, morgens, mittags und abends, wieder nichts. Impotent. Ich habe es mit den geheimnisvollen Gewürzen des Kräuterhändlers probiert, mit Anis und Krebsaugen, ich habe versucht, ihm den Penis mit einer alkoholischen Lösung aus Safran, Minze, Zimt und Butter einzureiben. Alles habe ich ausprobiert, und von ihm kam nichts, nur ein einziges Wort: Ruhe. Ruhe? Ich habe genug davon gehabt, und endlich habe ich den wahren Grund für unsere Ehe entdeckt: mein Vermögen. Das wird er nicht bekommen, nicht mehr. Deshalb sitzt er jetzt auf der Straße, zusammen mit Betrunkenen, Lügnern und Schwindlern. Mit Euch, mit Doktor Claudius, mit all den anderen betrügerischen Männern.

Adieu, Lügenmaler.«

In Amsterdam, Gesprächsfetzen wie Konfetti.

Man nennt sie auch *natura morta.*«

»Ja, Herr Van der Lens.«

»Ein absurder Begriff. Dieses Obst, diese Blumen, diese Silberteller, diese zerbrechlichen Gläser, diese Leinentücher sind lebendig. Sie atmen.«

»Ja. Auch im Tod ist Leben.«

»Die Belebung der Bewegungslosigkeit. Man sollte sie besser *natura viva* nennen, weil sie *still leben.*«

»Was ist Landschaft, Admiral Fleming?«

»Eine Art Vorbereitung aufs Meer.«

»Und warum besitzt Ihr eine so reiche Sammlung davon?«

»Weil jedes Bild ein Fenster ist, das ins flüssige Universum führt.«

»Doktor Claudius, ich habe eine reglose Wolke gesehen.«

»Ja und?«

»Sie blieb dort, in immer gleicher Form. Als die Sonne unterging, hat sie sich verfärbt. Oben wurde sie blau, in der Mitte rosa und an der Unterseite rot.«

»Ja und?«

»Wie ist es möglich, dass sich ihre Farbe ändert, ihre Form aber nicht?«

»Wechselt Ihr manchmal Eure Kleider, Frau Amandes?«

»Blau, ich bin's.«

»Grüß dich, Absentia. Was treibt dich her?«

»Ist Napilut da?«

»Nein, er ist ausgegangen.«

»Gut. Hast du eine Minute Zeit?«

»Ja.«

»Blau, entschuldige, aber ich muss dich etwas fragen.«

»Diese Zettelchen.«

»Ja, diese Briefe. Was bedeuten sie?«

»Dass er dich liebt.«

»Aber was steht darin?«

»Eben das.«

»Du kannst aber gar nicht lesen.«

»Du auch nicht.«

»Wie lange noch?«

»Nicht mal mehr ein Jahr. Einen Augenblick.«

»Blau, ich liebe sie.«

»Das spüre ich.«

»Es heißt, wenn man Gott einen Brief schreibt, bekommt man eine Antwort.«

»Das müsste mal jemand ausprobieren.«

»Aber jemand, der daran glaubt.«

An jenem Sonntag wurde der lichteste Tag des Jahres gefeiert, der, an dem das Licht am spätesten schlafen geht. Es war der einundzwanzigste Juni, und Amsterdam roch nach frittiertem Öl, Bier und Schnitttabak. In den Niederlanden herrschte ein ständiger Sinn für Veränderung, und Amsterdam war der Mittelpunkt dieser Energie. Schicksalsschläge wurden zu Prüfungen, Schwäche zu Stärke, Wasser zu Festland und Schlamm zu Gold. Trotz der ewigen Überschwemmungen wurde das holländische Volk immer trockener, und selbst die schlimmste Zelle des Kerkers, die grundsätzlich unter Wasser stand, konnte nur überlebt werden, wenn sie unermüdlich ausgepumpt wurde. Wer nass wurde, war in Gefangenschaft, müßig oder arm. Wer trocken blieb, war frei, aktiv und wohlhabend. Dieser Sonntag war ein Spinnennetz, dessen Fäden von weither kamen und in der bevölkerungsreichsten, gelehrtesten und lebendigsten Stadt der Niederlande zusammenliefen. Die Spinne in diesem Netz war das Bier. Wie der Grundriss der Stadt war auch dieser Sonntag ein Netz konzentrischer Kreise, auf deren Fäden die Kanäle verliefen und an deren Ufer die Ströme. Menschenströme.

Dass die Holländer als hemmungslose Trinker bekannt waren, scheint ihrem Vorbehalt gegen das Wasser und ihrem Wunsch nach Trockenheit zu widersprechen. Doch ganz im Gegenteil. Es ergänzt sich. Außen trocken, innen nass. Destillierkolben in Menschengestalt hat sie jemand genannt, denn tatsächlich destillieren sie sich letztendlich selbst.

An jenem Sonntag fand sich in Amsterdam nicht ein einziger nüchterner Mensch. Alle sangen, lachten, tanzten, sprangen herum. Schrien, verhandelten, rülpsten, musizierten. Mehr als fünfhundert Bierlokale gab es in der Stadt, je eins auf zweihundert Einwohner. Fast zweihundert Bierfabriken gab es, während der Kaffee gerade erst eingeführt, kaum bekannt und für die Geldbörsen der Holländer viel zu teuer war. Sogar morgens tranken die Leute Bier. Manche wärmten es sich mit Muskatnuss und Zucker auf, andere rührten ein rohes Ei hinein, wieder andere gaben zu Bier und Ei noch einen guten Schuss Aquavit und Zucker hinzu.

Jener lichte Sonntag im Juni war also ein Tag des Überflusses, und nachmittags, bevor alle restlos betrunken waren, wurden die Preise der Lotterie ausgelost. Euch aus dem einundzwanzigsten Jahrhundert mangelt es nicht an Möglichkeiten, zu spielen und Euch zu vergnügen, wir aus dem siebzehnten aber schuften wie die Tiere, und Feiern sind ein Vorwand, einen glücklichen Tag herauszuschinden. Die Lotterie bietet dazu eine seltene Gelegenheit, denn für unsere calvinistische Weltanschauung steht die Auslosung für die göttliche Auszeichnung der Verdienten oder Bedürftigen. Es gibt zahlreiche Gewinne: Silbergeschirre mit Platten, Tellern, Kannen, Bechern, Leuchtern und einem merkwürdigen Gegenstand, der Gabel genannt wird, Goldkettchen, Silberbecher, Schwerter und Dolche, Ölkännchen, Salzfässer, Unterröcke. Die Lose können auch in Naturalien gezahlt werden: Die Bauern geben Pferde, Wagenfuhren mit Torf, die Händler Wollstoffe, Leinen, Weinfässer, Waffen oder Schuhe. Die Verlockung des Reichtums ist groß, auch wenn wir das niemals zeigen, die Verlockung des Trinkens und Rauchens aber ist noch größer.

An jenem Sonntag fielen Wachmänner, Aufseher und Steuerbeamte reihenweise betrunken zu Boden. Die Lehrer, die so manche Kritik einstecken mussten, weil ihre Bierhumpen immer auf dem Katheder standen, konnten sich gehen lassen. Totengräber, Küster und Bürgermeister ließen die Zügel schießen. Selbst Ärzte und Richter verbrüderten sich mit Flickschustern und Maurern. In den Tavernen, die sich mittlerweile in Bordelle verwandelt hatten, hoben Kupplerinnen die Röcke der Mädchen, um die Ware zu zeigen, und auch aus der Umgebung der Stadt waren zahlreiche Prostituierte angereist, denn an einem solchen Tag gab es Arbeit für alle. In diesem Dunst von Alkohol, in diesem Opiumnebel taten Tausende das Gleiche: Sie befreiten sich aus dem eisernen Griff ihrer Pflichten, streiften die Fesseln der Moral ab, entwanden sich der Bande des Gesetzes. Eine ganze Stadt, eine Welt, pflichtbewusst, präzise, rigoros, solide und blühend wie keine andere ihres Jahrhunderts, löste sich auf, verwandelte ihre Sehnsüchte in Bierschaum, verletzte die Regeln, die sie groß und mächtig gemacht hatten. An jenem absurden, verflüssigten Sonntag verwirrten sich die Schicksalsfäden der Menschen, als brächte das Chaos eines einzigen Tages das Knäuel eines ganzen Lebens durcheinander. Als reichte ein einziger Augenblick der Unachtsamkeit, um das Schicksal zu wenden, um den Weg zu verändern. Unvorhergesehen. Unvorhersehbar. Böse.

»Ich werde Euer Buch niemals herausgeben, Doktor Claudius.«

»Wie bitte, Herr Van der Boock?«

»Ich werde es niemals herausgeben.«

»Warum?«

»Ich würde nicht ein einziges Exemplar verkaufen.«

»Wie lange noch?«

»Ich weiß nicht. Dort ist Van der Clock, fragt den.«

»Wie lange noch?«

»Wie lange noch bis wann?«

»Diese Bilder, Herr Napilut, diese Farben und dieser, wie soll ich sagen …«

»Dieser was?«

»Dieser Duft. Riecht Ihr ihn auch, wenn Ihr malt?«

»Vor kurzem war es noch vier, jetzt ist es schon sechs.«

»Ja, aber wie lange noch?«

»Alles dreht sich viel zu schnell!«

»Aber Ihr habt doch gar nichts getrunken, Professor Van der Kalm.«

»Trotzdem dreht sich mir alles. Vielleicht liegt das an diesem Tabakgestank, an dieser dröhnenden Musik, diesem Biergeruch, der in die Seele dringt, mir ist jedenfalls schwindlig.«

»Den Geruch, ich habe nur den Geruch wahrgenommen.«

»Welchen?«

»Den von Napiluts Bildern.«

»Sie haben nur nach Farbe gerochen.«

»Frau Van der Kalm, Ihr seid die Einzige, die diesen Duft nicht riecht, nach …«

»Welchen?«

»Den Duft der Liebe.«

»Kommt, schönes Kind, wie heißt Ihr denn?«

»Ich tanze nicht, danke.«

»Absentia, sie heißt Absentia. Für drei Gulden zieht sie sich aus.«

»Darf ich Eure Auster mal anfassen? Ich habe genau die richtige Muschel für Euch!«

»Bis zur Verabredung, meine ich. Wie lange noch?«

»Elf Monate, zwei Wochen und vier Stunden. Ob ich noch daran denke? Ich lebe für diesen Moment. Ich lebe für diese Verabredung.«

»Und wenn sie nicht kommt?«

»Sie wird kommen, das weiß ich. Prinzessinnen lügen nie.«

»Was heißt das, Ihr wollt es nicht drucken? Und was ist mit all den Jahren? All den Versprechungen? All meiner Arbeit?«

»Ich würde nicht ein einziges Exemplar verkaufen, Doktor Claudius.«

»Ich hasse Euch, Van der Boock.«

»Alles dreht sich so schnell. Irgendjemand müsste sie anhalten.«

»Die Welt?«

»Nein, die Zeit.«

»Ich wusste gar nicht, dass die Zeit sich dreht.«

»Das hat mir der Uhrmacher gesagt.«

»Und Ihr?«

»Ich habe geantwortet: ›Ich werde eine Miesmuschel malen. Eine schlafende Miesmuschel.‹ Und er darauf: ›Macht, was Ihr wollt, das Bild gehört Euch.‹«

»Wie ist eine schlafende Miesmuschel?«

»Als wäre man verliebt: Sie rührt sich nicht. Und wartet.«

»Blau, die du alle Farben der Welt kennst, sag mir, dass er wiederkommen wird.«

»Nein.«

»Er wird nicht wiederkommen? O Gott!«

»Nein, ich sage nichts, Absentia.«

»Und was siehst du?«

»Nichts.«

»Und sie?«

»Hat nie auf meine Briefe geantwortet.«

»Habt Ihr sie je gefragt, warum, Meister Napilut?«

»Wahre Liebe ist still.«

»Was hast du da auf der Wange?«

»Vier Kratzer von dieser dummen Absentia.«

»Mach dir nichts draus. Will die nicht, nimmst du eben eine andere. Die Frauen sind doch alle gleich.«

»Zwei gleiche gibt es nicht.«

»Wie, Witwe Tulp?«

»Seit Jahren sehe ich sie mir an, beobachte sie, höre ihnen zu. Sie sind alle verschieden, die Tulpen.«

»Man sagt, Ihr redet mit ihnen, Witwe Tulp.«

»Nein.«

»Sagt man aber.«

»Ich rede mit meinem Mann. Die Tulpen sind seine Ohren.«

»Endlich, Doktor Claudius, seit drei Tagen suche ich Euch!«

»Es ist alles zu Ende, Professor Van der Kalm. Alles.«

»Woher wisst Ihr das?«

»Der Verleger hat es mir eben gesagt, Van der Boock.«

»Auch der weiß von meiner Frau?«

»Eurer Frau?«

»Sie hat mich aus dem Haus gejagt. Alles ist zu Ende.«

»Aber es gibt doch genug andere Frauen.«

»Wenn man es so nimmt, gibt es auch genug andere Verleger.«

»Ihr auch hier, Absentia!«

»Seid Ihr der mit den Uhren?«

»Ja. Wartet Ihr immer noch?«

»Ja. Und Ihr? Wie lange noch?«

»Noch elf Monate, zwei Wochen und drei Stunden.«
»Ich werde bis ans Ende der Zeit auf ihn warten.«

»Die Tulpe dort, die vollständig aufgeblühte, ist das eine Semper Augustus?«
»Ja, wieso?«
»Sieht aus wie eine Frau, mit erhobenen Armen und geöffneten Beinen.«
»Ihr habt eine Fantasie, Jan van Hout.«
»In der Tat, an mir ist ein Poet verloren gegangen.«
»Wieso sagt Ihr das?«
»Die Ware siegt immer über die Poesie.«

»Ich bin Admiral Fleming. Ich sammle Landschaften.«
»Ich bin eine Hure. Ich sammle Männer.«

»Ich muss kotzen ...«
»Aber Professor Van der Kalm, Ihr habt nicht mal getrunken.«
»Aber ich habe gerade meine Frau gesehen.«

»Ich habe ihn umgebracht.«
»Was?«
»Ich habe ihn soeben umgebracht. Ich habe ihn in einen Kanal gestoßen. Er war so betrunken, dass er es wahrscheinlich nicht einmal gemerkt hat.«
»Aber Doktor Claudius, das ist ein entsetzliches Verbrechen!«
»Das ist kein Verbrechen. Das ist Rache. Jetzt ist er im Wasser, und ich bin in den Wolken.«
»Ihr hättet ihn verbrennen können.«
»Er war allergisch gegen Papier.«
»Ein Verleger allergisch gegen Papier?«

»Ich heiße Fleming und sammle Siege auf See.«

»Ich heiße Marco De Ros und sammle Rosen.«

»Rosen? Wir lieben Tulpen.«

»Ihr werdet Euch umgewöhnen.«

»Wie groß könnt Ihr eine Fliege malen?«

»Ich male nur in Originalgröße.«

»Und wenn ich Euch bitten würde, eine große zu malen?«

»Wie groß?«

»Riesig.«

»So?«

»Noch größer.«

»Meister Napilut, es heißt, ein italienischer Maler sei in die Stadt gekommen. Er hat gehört, dass Ihr ein Geheimnis habt.«

»Da hat er richtig gehört.«

»Er hat gesagt, er werde es Euch stehlen.«

»Absentia, dein Vater ist gestorben.«

»Wann?«

»Gestern.«

»Was waren seine letzten Worte?«

»Scheiße.«

»Dann habt Ihr ihn also umgebracht, Doktor Claudius.«

»Nein. Er hat mich umgebracht.«

»Kann ich Euch um einen Gefallen bitten?«

»Nur zu, mein lieber Witt.«

»Jetzt, da ich ohne Frau und ohne Bleibe bin, könnte ich nicht zu Euch ziehen?«

»Ja, jetzt, da ich ohne Verleger und ohne Wolken bin.«

»Ich heiße Marco De Ros und bin gerade in die Stadt gekommen. Ich male Rosen und werde für den besten Maler der Republik Venedig gehalten.«

»Ah.«

»Meine Rosen sind eine Hymne an die Schönheit, doch die Eure, meine Dame, stellt sie in den Schatten.«

»Oh.«

»Darf ich den Namen erfahren, der so viel Zauber birgt?«

»Elisabeth Van der Kalm.«

»Verheiratet?«

»Nein. Frei.«

»Blau, bring mich nach Hause, ich muss kotzen.«

»Wer bringt wen?«

»Diese Bilder, die Tulpen.«

»Ja?«

»Ich habe gehört, sie duften. Stimmt das?«

»Unsinn. Kommt ein wenig näher und spürt meinen Duft, Herr De Ros.«

»Wie lange wird es dauern?«

»So lange wie das Warten.«

»Dann ist es schon vorbei.«

»Dann ist es nie vorbei.«

Der erste Morgen begann mit einer Frage. Von Doktor Claudius an Professor Van der Kalm. Der Morgen ist der Ort der Fragen, doch jener Morgen war ein merkwürdiger Ort. Zumindest war die Frage bizarr.

»Wie lang sie wohl sein muss?«

Da hat nun jemand zum ersten Mal über Nacht einen alten Freund zu Gast, die erste einer langen Reihe gemeinsamer Nächte in der Keizersgracht Nummer 326, direkt neben dem Theater bei Hausnummer 328, wo im Jahr Zweitausend das schönste Hotel der Stadt stehen wird, doch weiß vorher niemand, dass er sich in etwas anderes verwandeln wird: Weder rechnet der Kürbis damit, dass er im nächsten Moment zu einer Kutsche werden wird, noch der Frosch, dass er zu einem Prinzen, oder das Spermium, dass es zu einem Kind werden wird, und so weiß auch dieses Theater nicht, dass es sich eines Tages in ein Hotel verwandeln wird, wie eine große Liebe in ein Buch, kurz und gut, müsste die erste Frage an seinen Gast morgens lauten: »Gut geschlafen?« oder »Möchtet Ihr ein Bier?«, »Habt Ihr den Krach heute Nacht gehört?« oder »Habt Ihr je dieses heiße, schwarze Getränk gekostet, das man Kaffee nennt?«, »Wie lange habt Ihr vor zu bleiben?«, »Warum hat Eure Frau Euch überhaupt weggeschickt?«, also irgendetwas dieser Art, kurz und gut, beide haben Kopfschmerzen, beider Magen ist in Aufruhr, sie haben getrunken, gekotzt, geredet, getanzt, kritisiert, einer hat sogar getötet, doch in dieses schwere Erwachen mitten in der Wirklichkeit, der man wie einem Steuereintreiber entfliehen möchte, ist die erste Frage:

»Wie lang sie wohl sein muss?«

Ja, er hat richtig gehört, der Professor Van der Kalm. Wie lang sie wohl sein muss. Wer oder was? Die Abenddämmerung? Die Rache, die Agonie, die Musik, die Nacht, die Nase einer Zwergin, die Sehnsucht, die Straße zurück nach Hause, die Phase des abnehmenden Mondes, die süße Träne von Absentia, die Seidenstraße, die Genauigkeit, die Zunge eines Wals, die Feder eines Truthahns, die Forschung, die Schlacht, die Flut? Nichts davon. Doktor Claudius fährt fort.

»Um in ihren Bauch zu gelangen, wie hoch müssten wir wohl steigen?«

»Was?«

»Um sie von innen anzusehen, wie lang muss sie wohl sein?«

»Wer?«

»Die Leiter.«

»Um wen von innen anzusehen?«

»Die Wolken. Wie hoch muss sie wohl sein?«

»Die Leiter?«

»Ja. Wie lang müssen wir sie wohl bauen?«

»In den Bauch?«

Ein verzweifelter Mann.

Auf der Höhe des Erfolgs, der Anerkennung, der Ehrungen, der Aufträge schlägt das Leben dir ein Schnippchen.

Absentia gehört dir nicht.

Wird dir nicht gehören.

Wird dir nie gehören.

Vergiss sie, Napilut.

Vergiss sie, oder du wirst verrückt.

Es hat keinen Zweck, das Haus zu verlassen, an den Kanälen entlangzugehen, auf den Brücken stehen zu bleiben, in den Himmel zu blicken, in Hundescheiße zu treten, sie zu treffen zu hoffen, sie in jeder Frau zu sehen, sie in jedem Moment zu suchen.

Nie wird sie dir gehören. Du kannst sie weiterhin lieben, natürlich. Du kannst sie lieben wie den Schliff eines Diamanten, wie ein zusammengerolltes Blatt, wie eine bebende Welle, wie den Blick eines Falken, wie den Widerschein der Welt in einem Regentropfen, wie einen Baumwipfel, wie alles, was entstanden ist, wie den Wein, der zu Trauben geworden ist, wie den Staub der Planeten, wie die Nase im Haar, wie den Dolchstoß eines Lächelns, das Feuer der Leidenschaft, die Sanftheit eines kleinen Fingers, wie das Rot in Gestalt einer Blume. Sie so zu lieben.

Das akzeptiert sie.

Sie liebt es, geliebt zu werden, doch sie erlaubt sich nicht, dir anzugehören. Sie pflegt den Widerspruch. Sie lebt im Konflikt zwischen dem sehnlichen Wunsch, dein zu sein, und dem Wissen um ein Versprechen. Der Liebe.

Und damit ist nicht zu scherzen.

Geh nach Hause, Napilut. Geh zurück zu deinen Bildern, deinen Blumenstudien, den Radierungen von Landschaften, den Aquarellen von Blättern, zu dem Buch, das dir die Leinwand ersetzt, wie der Herbst den Frühling ersetzt.

Gut, tritt ein.

Blau ist nicht da. Du brauchst jetzt niemanden, der dir die Pulver zubereitet, der dir das Öl filtert, der dir zuhört, ohne dich anzuschauen.

Du steigst die Holztreppe hinauf, es mag einen Monat her sein, dass du sie nicht gesehen hast, du wendest dich nach rechts, zu deinem Atelier, zu deiner Staffelei, zur Leere.

Ja, setz dich nur hin, einsamer Mann auf dem Gipfel deines Ruhms, armer Mann auf dem Gipfel deines Reichtums.

»Herr, jemand hat geklopft. Erwartet Ihr Besuch?«

»Nein.«

Ein einsamer Mann, eine regenbogenfarbene Seifenblase in einem Universum aus Blei.

»Sie sagt …«

»Was sagt sie?«

»Sie heißt …«

»Ja?«

»Tulpe.«

»Tulpe? Lass sie herein.«

Napilut ist schon an der Tür.

Und Absentia tritt ins Zimmer.

Sie trägt eine neue Bluse. Einen neuen Schal. Weiß.

Einen Rock aus schillernder Seide. Sie ist sehr schön.

Ein Leuchten hat ihre wilde Schönheit erfasst, ein Leuchten ihre melancholischen Augen.

Napilut sieht sie an.

Niemand weiß, was in einem verliebten Maler vor sich geht, aber in Napiluts Blick rauscht ein mächtiger Strom. Ein Strom in Rosa und Weiß, Lila und Rot, Blau und Gelb, orange gefleckte Wellen, grün fließende Bewegungen, purpurne Schattierungen, silberne Schatten, blaue Reflexe.

Ein Strom von Blütenblättern, ein Meer aus Tulpen, duftend wie Kamelien, elegant wie Lotusblumen, rein wie Lilien.

Ein reißender Strom in den Augen dieses Mannes, der verliebt ist in die Liebe und verzaubert von einem Körper mit der Seele eines Engels.

Ein Strom, der zu einem tosenden Wasserfall wird, bis das Universum der Blumen zu einem See zerfließt, sich vor Absentias Füßen teilt und dahinter wieder sammelt, gegen die Strömung anfließt wie die Lachse, die ihrem Schicksal folgen, wieder Bach wird, sich in einen Fluss verwandelt, der Absentias Beine hinaufsteigt, zu einem fantastisch schillernden und doch wirklichen Regenbogen wird, sich ihre Brüste einverleibt, wie das Meer den Widerschein des Mondes trinkt, sich dann zum Hals hebt, um schließlich auf ihrem Mund zu verweilen, zwei Blütenblätter einer leicht geöffneten, rosafarbenen Rose, in die der Fluss von Napiluts Blick eindringt. Ein unbewegter Blick, eine Reise gegen das Prinzip der Schwerkraft, der Logik und des Schicksals. Absentia will auf die Rückkehr ihres Geliebten warten, Napilut muss allein bleiben. So steht es geschrieben. Absentia müsste schweigen, wie immer. Napilut müsste die Augen schließen. Doch.

»Sag mir, dass ich schön bin.«

Die Frau, die nie redet, bittet.

Der Mann, der Düfte malt, schaut.

Das Schicksal weiß nicht recht, was es machen soll, doch hier kann sich der Fadenlauf, das Spiel, die Partitur verändern: Die Frau, die nie redet, ist gekommen, um sich betrachten zu lassen.

Der Mann, der sie malt, bleibt, um zu lieben.

Die Zeit des Malens ist vorüber. Nicht die des stillen Dialogs. Napilut steht starr vor seiner Staffelei. Die Leinwand ist weiß. Die Palette sauber. Die Pinsel liegen ordentlich in ihren Schachteln. Die Farben schlafen tief. Absentia geht nicht zu ihrem Platz hinüber, und nur zwei Schritte trennen sie von Napilut.

Eine Sekunde, und die Liebe spricht.

Er nicht.

Sie nicht.

Zum ersten Mal bleibt Napilut stumm.

Es ist keine Pose.

Er hat nicht dafür bezahlt.

Zum ersten Mal lässt nicht Absentia sich anschauen, sie schaut.

Blick in Blick.

Augen auf dem Mund.

Augen auf der Hand.

Der Schal auf dem Boden.

Sie beginnt mit der Bluse und zeigt ihre mondfarbene Haut, die Hüften aus Perlmutt. Der Rock fällt und zeigt die elfenbeinfarbenen Beine, die Blume des Geschlechts.

»Sag mir, dass du meiner nie müde wirst.«

Er wird deiner nie müde werden, Absentia.

»Ich habe deine Briefe gelesen. Ich habe einen Lehrer dafür bezahlt, sie mir täglich vorzulesen, bis ich sie auswendig konnte. Und nun bin ich hier, um dir meine Antwort zu bringen.«

Nackt, eine Sekunde, und die Liebe spricht. Mit den Lippen, ohne Stimme. Sie kniet sich vor ihn hin, ihre Hände streicheln sein Geschlecht, ihr Mund wird weich, ihre Zunge eine scheue Welle, die dorthin zurückkehrt, woher sie gekommen ist, und von dort wieder auftaucht, wo sie verschwunden ist. Und in ihrer Sanftheit und Eleganz rinnt eine Träne die Wange hinab, um uns daran zu erinnern, was eine Frau fühlt, die liebt. Napilut ist starr, überrascht, fassungslos. Nie hätte er noch eine Antwort von Absentia erwartet, schließlich gehörte sie einem anderen. Er nimmt ihr weißes, reines Gesicht, das sich zwischen seinen Beinen bewegt, und sagt:

»Ein Kuss ist, wo zwei Münder sind. Gib mir den deinen, den versteckten, der vom Blütenblatt einer Tulpe bedeckt war, als du dich mir geöffnet hast.«

Ein Ruck zurück, ein flehender Blick.

»Nein, bitte nicht.«

In jener Nacht vor dem Scheiden ihres Geliebten hatte sie seinen Kuss dort empfangen. Sie konnte nicht, sie konnte einfach nicht.

»Ich bin gekommen, um dir eine Antwort auf deine Briefe zu bringen, nicht, um dir für immer meine Liebe zu schenken.«

»Dann hast du mir nichts gebracht. Ich verlange nicht nach dem Genuss deiner Schönheit, sondern nach der Tiefe deines Herzens. Liebe mich, Absentia. Wir werden auf ewig glücklich sein. Du wirst schöner sein als das schönste Bild meines Lebens, du wirst nie verblühen, denn ich werde dich mit den Augen der Seele ansehen, meiner Ewigkeit. Bleib für immer, oder komm nie wieder.«

»Ich kann nicht, Napilut, ich habe einem anderen Mann versprochen zu warten.«

Eine Träne.

»Dann töte das meine. Ich werde dich nie wieder sehen.«

Salzig.

Abkars Reich war sehr klein. Es war wesentlich kleiner als das Reich Subahs, das den ganzen Norden des indischen Subkontinents einnahm, und auch kleiner als das Reich von Sher Shah, das an Persien grenzte. Dafür war es ungewöhnlich reich. Es lag zwischen der Wüstensteppe Thar und dem Gangestiefland, südlich von Delhi, in Rajasthan. Abkars Hof verdankte sich dem friedlichen Leben, das man dort führte, und die allgemeine Harmonie war die Frucht der vollen Anerkennung beider Religionen, der muselmanischen und der hinduistischen. Sohn eines türkischen Vaters und einer indischen Mutter, lebte Abkar nach den ritterlichen Idealen des Mittelalters, seine Grundwerte waren Liebe, Waffen, der Geist der Treue, Wettkämpfe, das Streben nach Ruhm und die Akzeptanz der Dualität. Die Einigung gegensätzlicher Kräfte stärkte das Reich im Innern, und für die Nachbarn stellte es keine Bedrohung dar: Es war muselmanisch genug für die Türken und hinduistisch genug für die Inder. Und klein genug für alle beide.

Zum Zeichen des friedlichen Nebeneinanders der beiden Religionen heiratete Fürst Abkar zwei Frauen gleichzeitig: die wunderschöne Raziya aus dem Sultanat Ghaznaride, eine Muselmanin, und die herrliche Balban aus dem Kalinga-Reich, eine Hindu. Nie standen die beiden Frauen im Wettstreit miteinander, denn Abkar behandelte sie stets mit derselben Aufmerksamkeit und Liebe. Neben seinem Thron standen zwei

Sessel, einer rechts und einer links. Seine Nächte waren gerecht aufgeteilt in Phasen des zunehmenden und des abnehmenden Mondes. Das Zimmer derjenigen, die gerade warten musste, war immer reich geschmückt mit Blumen: weiße Seerosen für Raziya mit den schwarzen Augen und rosa Lotusblumen für Balban mit den blauen Augen. Raziya liebte den Sonnenuntergang, Balban den Sonnenaufgang, denn sie war im Osten geboren. Beide schenkten dem Fürsten Nachwuchs, beide gebaren eine Tochter. Und beide starben sie gleich nach der Geburt. Ihre Leichname wurden mit einem Mantel aus Blütenblättern bedeckt, weiße Seerosen für Raziya, rosa Lotusblüten für Balban. Auf beide fielen die bitteren Tränen Abkars, der nie wieder heiratete und die große Liebe zu seinen Frauen auf seine Töchter übertrug. Um sicherzugehen, dass beide eines Tages regieren konnten und keine die widerrechtliche Machtergreifung der anderen fürchten musste, vor allem aber auch, um Spannungen und Zwist zu vermeiden, ordnete er an, dass die Töchter nach seinem Tode abwechselnd an die Macht gelangen sollten, jeweils für zehn Jahre. Derweil sollte die andere gezwungen sein, ins Exil zu gehen. Wer von den beiden als Erste heiraten würde, sollte die Krone jedoch für immer verlieren. Am einundzwanzigsten Geburtstag Suris, der Tochter Balbans, die eine Woche vor Sasaran geboren war, tötete sich Abkar. Sein Leichnam wurde mit Blütenblättern von rosa Seerosen und weißen Lotusblumen bedeckt und von Suris und Sasarans Tränen benetzt, die aus ihren grünen Augen strömten.

»Schwester Sasaran«, sprach Suri, die nun als Erste zehn Jahre lang regieren würde, »ich verspreche dir, alles dafür zu tun, dass du den Thron des geliebten Vaters am Ende meiner Zeit so vollkommen vorfindest, wie er ihn heute hinterlässt. Auf diese Weise werde ich deine Rückkehr ehren. Militärische Begabung besitze ich leider keine, doch mein politisches Gespür werde ich einsetzen, so gut ich kann.«

»Schwester Suri«, antwortete Sasaran, die nun zehn Jahre

ins Exil gehen musste, »deine Augen spiegeln deine Visionen wider, und deine Worte verraten deine Aufrichtigkeit. Zur festgelegten Zeit werde ich zurückkehren und beginnen, wo du geendet hast. Wir werden den Willen des Vaters befolgen und uns einmal jährlich schreiben, aber täglich aneinander denken.«

»Wenn du wiederkommst, wird dein Gesicht auf jeder Silbermünze unseres Reiches zu sehen sein.«

»Wenn ich wiederkomme, werde ich dir meine Astrologiestudien erläutern, die ich im Exil betrieben habe.«

»Schwester Sasaran, es mag es sein, dass ich später nie mehr regieren will. Am Ende meiner zehn Jahre könnte ich mich dafür entscheiden, die Regierung nicht wieder zu übernehmen, denn vielleicht habe ich dann die Liebe gefunden, nach der ich suche.«

»Ich glaube nicht, dass ein Mann so viel wert sein kann wie ein Reich. Es ist unmöglich, dass seine Reichtümer die unseren übertreffen. Doch ich akzeptiere deine Bedingung, auch wenn ich davon überzeugt bin, dass ein Reich zu regieren heißt, von allen Männern geliebt zu werden.«

»Sasaran, selbst wenn du alle Diamanten der Welt besitzt, so kannst du doch nur einen tragen. Es gibt nur eine Sonne und nur einen Polarstern.«

»Ich liebe die ganze Nacht, Suri.«

Dies war der einzige Punkt, an dem sich die beiden Prinzessinnen unterschieden. Ansonsten gab es im ganzen Orient an Sanftmut, Bildung, Disziplin und Schönheit nicht ihresgleichen.

Suri trat ihre Herrschaft an. Mit bewundernswertem Gleichgewicht hielt sie die Gouverneure, die nach Eigenständigkeit strebten, im Zaum und regierte ganz im Geiste ihres Vaters. Sie überwachte die Finanzverwaltung und die Ernennung der Funktionäre und versicherte sich, dass die Reichsabgaben der Ernte entsprachen. Sie begann den Bau eines Mausoleums für ihre hinduistische Mutter Balban, das aussah wie ein riesiger Lotus auf drei Ebenen aus eingelegtem rosa Marmor. Jahr für Jahr wurde die Ankunft von Sasarans Brief mit einem dreitägigen Fest gefeiert, damit die Bevölkerung ihre Schwester nicht aus dem Gedächtnis verlor. Jahr für Jahr schloss sie selbst sich zu ihrem Geburtstag im blauen Gemach ein, um dort in völliger Einsamkeit zu weinen.

Da die Zahl der holländischen Händler, die in ihr Reich kamen, um Seide und Edelsteine zu kaufen, immer mehr zunahm, wurde sie nach einiger Zeit von der Ostindischen Kompanie zu einer äußerst wichtigen Verhandlung eingeladen, bei der ihre Gegenwart unerlässlich war.

Sie reiste ab.

Vier Monate später kam sie über den Landweg nach Amsterdam, bereit, viel Neues zu sehen. Das Erste, was sie sah, war das Schicksal.

»Der große Galilei hat das Uhrpendel erfunden.«
»Und dank dieser Erfindung…«
»Ja, dank dieser Erfindung könnt Ihr auch den Minutenzeiger sehen, die allerneueste Neuigkeit.«
»Ob es jemals einen für Sekunden geben wird?«
»Ausgeschlossen, Herr De Ros.«

Van der Clock war ein Uhrmacher der ganz besonderen Art. Ein spezialisierter Uhrmacher. Bis vor kurzem waren Uhrmacher gleichzeitig Mathematiker, Astronomen, Ingenieure, Astrologen oder Ärzte gewesen. Und die Zeitmesser waren an der Wand befestigt gewesen, hoch genug, um das allmähliche Absinken der Antriebsgewichte zu erlauben. Jetzt hingegen konnte man sie auf einem Tisch oder einer Anrichte stehen haben oder sogar an einer Kette um den Hals tragen. Kurz, neben die Gebäudeuhr war die Personenuhr getreten. Und Van der Clocks Modelle waren wunderschön.

»Exzellenz, ich bin verliebt in Eure Meisterwerke. Nie hat die Uhrmacherkunst in meiner Heimat ein so hohes Niveau erreicht, und sie wird es nie tun.«

»Das ehrt mich, mein Herr, denn, wie ich weiß, seid auch Ihr ein Künstler.«

»Natürlich, Signor Van der Clock, natürlich. Meine Kunst ist flüchtiger, mehr dem Moment und der Eingebung verhaftet. Was mich an Euch fasziniert, ist Eure erstaunliche Technik, Eure Engelsgeduld, Eure internationale Bildung.«

Und leise fügte er hinzu:

»*Und Euer Geld.*«

»Was murmelt Ihr da, Herr Marco De…«

»De Ros, wie die Blumen, die ich male.«

In anderen Ländern lud man seine Kollegen an den Hof ein,

damit sie während der Bankette die Gäste zum Staunen brachten. Mit Uhren in Form von Türmen, Schiffen oder mythologischen Gestalten, dann mit wahren Meisterwerken der Mechanik und der Goldschmiedekunst, Uhren mit Holzintarsien, vergoldeter Bronze oder Bergkristall. Alle aufs Feinste mit Putten, Flügeln, Tieren, Obst, Blumen, Blättern, Sternen und Planeten dekoriert, ein ästhetisches Feuerwerk, das Federn und Lager verstecken sollte.

Ein Uhrmacher war nicht einfach ein Verkäufer, sondern ein Wissenschaftler, der seine Uhren Stück für Stück konstruierte. Dort steht er, Van der Clock, in seiner Werkstatt, umgeben von Schraubstöcken, Ambossen, Hämmern, Zangen und Schneideisen für die Federn, von Waagen, Zirkeln, Feilen, Drehbügeln, einer Drehbank, Lochern, einem Schmierstein zum Glätten. Und einem erwartungsvollen Blick.

»Malt Ihr Blumen aller Arten, Herr De Ros?«

»Nein, Exzellenz. Nur die königlichste der Blumen.«

»Die Tulpe?«

»Aber Signore, die Tulpe ist doch längst passé! Nein, mein Freund, nein, ich male die einzige Blume mit einer Krone, die über den ganzen Stiel verteilt ist, den Dornen. Ich male Rosen.«

»Ah, Rosen. Die haben wir auch.«

»Meine Rosen sind aber etwas Besonderes.«

»Wieso Besonderes?«

»Wie viele Blütenblätter hat eine Tulpe?«

»Sechs.«

»Meine Rosen haben sechzig.«

»Ah.«

»Doch Exzellenz, ich bin wirklich nicht gekommen, um von mir zu erzählen, sondern um Eure Kunstwerke zu bewundern. *Non me piase niente 'sta roba ma ti te geh un mucio de soldi.**«

* »Eigentlich interessiert mich das Zeug nicht die Bohne. Doch hast du einen Haufen Geld.«

»Wie bitte, Herr Marco?«

»Das war ein Ausspruch auf Venezianisch. Er bedeutet, dass Eure Uhren nicht ihresgleichen finden, Exzellenz.«

»Interessiert Ihr Euch für Astrologie?«

»Ich tue nichts, ohne vorher die Sterne befragt zu haben.«

»Dann interessiert Ihr Euch also mehr für Sterndeutung als für die natürliche Astrologie?«

»Ja, die Sterne sind für mich eine tägliche Quelle der Inspiration, Signore.«

»Ihr seid wirklich ein gelehrter Künstler, Herr De Ros. Demnächst werde ich Euch einen Gegenbesuch abstatten. Ich bin äußerst neugierig auf Eure eigentümlichen Rosen.«

»Sehr geschmeichelt, Exzellenz. Meine Rosen werden Euch genauso hinreißen, wie sie den gesamten venezianischen Adel bezaubert haben. Gut, ich werde Euch also morgen erwarten.«

»Um wie viel Uhr?«

»Wann es Euch genehm ist, Signor Van der Clock. Doch da Ihr es mit der Zeit vermutlich sehr genau nehmt, sagen wir, um fünf.«

»Punkt fünf.«

Pause. Dann:

»Sagt, verehrter Van der Clock, die Tulpen von diesem …«

»Napilut?«

»Ja, genau. Stimmt es, dass sie duften?«

»Ja, das stimmt. Eure Rosen auch?«

»Sie bezaubern. Wisst Ihr, wie die Augen einer Verliebten aussehen?«

»Ich habe sie stets vor mir und kann sie nie vergessen.«

»Seht, nicht Ihr seid es, der meine Rosen betrachtet, sondern sie sind es, die Euch betrachten.«

»Und … sind sie ehrlich?«

»Blumen können nicht lügen.«

Blumen können nicht lügen. Und die Menschen?

Auf der Brücke, die über die Prinsengracht führt, wendet sich ein feines Stimmchen mit Kugelbauch an den Admiral, der die holländische Flotte groß gemacht hat.

»Admiral Fleming, Admiral!«

»Oh, schönen guten Tag, Doktor Claudius. Wohin des Weges?«

»Genau Euch wollte ich gerade aufsuchen. Ich habe eine Frage auf dem Herzen.«

»Fragt nur, wenn ich Euch nützlich sein kann…«

»Der Mast.«

»Ja?«

»Der höchste Mast, den Ihr kennt, wie hoch ist der?«

»Der Mast der Vasa, die Gustaf V. hatte bauen lassen und die nach wenigen Minuten gesunken ist, als sie noch im Hafen war. Fünfzig Meter war der hoch. Danach kommen die englische Prince William, unsere Orsum Teo, die Alexander, die Scorpio, die Aiort, die Lacrimale und die Aeternitas.«

»Aha. Und welches Schiff hat die höchste Rah?«

»Die Vasa.«

»Wenn die Wolken sehr niedrig hängen, streift Ihr sie dann?«

»Wie bitte?«

»Ich meine, kommt es vor, dass der Mast die Wolken berührt?«

»Manchmal. Manchmal reißt man sie auf, manchmal erreicht man sie gar nicht erst, manchmal durchschneidet man sie wie ein scharfes Schwert, ohne Spuren zu hinterlassen.«

»Also kommt sie dort an? Die Mastspitze kommt dort an?«

»Wo?«

»Innen drin.«

»Ja.«

»Ja?«

»Ja.«

»Sehr gut.«

Professor Claudius verschwand im Eilschritt und murmelte: »Vier Schiffsstockwerke plus fünfzig Meter Mast: sehr gut. Das wird eine sehr hohe Leiter werden.«

Kapitän Fleming steht wie angegossen da, auf der Prinsengrachtbrücke, als stünde er am Heck seines Lebens, ohne das Fernglas der Vernunft. Plötzlich sieht er den Doktor atemlos zurückkommen, der ihn fragt:

»Warum?«

»Warum was?«

»Warum ist sie schon nach wenigen Minuten gesunken?«

»Versinken die Wolken nie?«

»Nein. Es kann höchstens passieren, dass sie verschwinden, dass der Himmel sie verschluckt.«

»Dann könnte man sagen, an dem Tag hatte das Meer offenbar Hunger.«

Vier Wochen lang arbeiteten sie daran. Sie hatten sich mehrere Handwerker besorgt, gute Leute, wirklich, nur dass sie ein bisschen zu viel tranken. Mutig, aber etwas unstet waren sie, Leute, denen im Grunde egal war, was sie bauten, Tischler, Zimmermänner, Schmiede, Hilfskräfte und ein Projektleiter. Später würden noch verschiedene Experten hinzukommen, echte Wissenschaftler, die das »Menschliche Kollektiv zum Studium des nimbologischen Kerns« bilden würden. Doch damit hatte es noch ein wenig Zeit. Das wichtigste war zunächst einmal das Hebemeter, ein sehr teures Instrument.

Die nötigen Finanzmittel stellte Doktor Claudius, da Professor Witt Van der Kalm keinen Heller mehr besaß. Die höchsten Kosten fielen nicht für das Holz an, schwarze Eiche, die normalerweise zur Fertigung von Schiffsmasten diente, und auch nicht für die fünfzehn Böcke, die in einer langen Reihe in Abständen von fünf Metern aufgestellt waren, oder für die zweihundertfünfzig Latten, die alle fünfundzwanzig Zentimeter auf die beiden Längsbalken genagelt waren, sodass die Konstruktion aussah wie ein Vorbote der Eisenbahnschienen, die zweihundert Jahre später gebaut werden würden. Die höchsten Kosten entstanden durch das komplizierte System aus Tauen und Kipphebeln, die dazu dienten, die längste Schiene der Welt anzuheben, die Leiter der Wissenschaft, die mitten ins Herz der Wolken führen würde, der Königsweg, der Doktor Claudius zu neuen Entdeckungen führen würde.

Vier Wochen lang arbeiteten sie hart. Die fünfte würde die letzte sein.

»Zu langsam«, jammerte Doktor Claudius.

»Viel zu schnell«, stöhnte der Professor.

Die Zeit. Weder noch.

Nach dem Sommer feiert sich die Natur vier Monate lang selbst, und man nennt das Herbst.

Herbst ist Erntezeit. Zeit, die verkauften Bilder zu zählen wie Korngarben, Zeit, das verdiente Geld zu zählen wie reife Äpfel, Zeit, auf den Erfolg anzustoßen, als habe die Zeit kein Verfallsdatum.

Und doch gibt es das. Ein Datum. Nämlich den Winter, der sich im Herbst bereits ankündigt. Herbst. Zeit, seinen Studien nachzugehen, Zeit zum Biertrinken, zum Rauchen, Zeit der zunehmenden Kälte und der vordringenden Dunkelheit. Und Zeit für Neuheiten. Eine heißt Kaffee und ist der erbitterte Feind der Schokolade. Klar und stimulierend der erste, lasziv und sinnlich die zweite. Herbst. Wenn nicht mehr viel bis zur Bosheit des Winters fehlt.

Obwohl der Höhepunkt des Tulpenwahns schon seit fünfzehn Jahren vorbei war, züchteten die wahren Liebhaber, diejenigen, die sich nicht von Moden beeinflussen lassen, sondern in ihrem Geschmack beständig sind, diese Blumen weiter. Der Tulpenwahn hatte sowieso vor allem jene erfasst, die mit dem Handel der Zwiebeln reich werden wollten, die sie kauften, um sie weiterzuverkaufen, und nicht, um ihre Schönheit zu genießen. Ihr törichten Händler, ihr Seelenverkäufer, verkauft die Schönheit, ohne sie zu begreifen, kauft sie, ohne sie eines Blickes zu würdigen, riecht sie, ohne Euch an ihrem Duft zu berauschen. Selbst ihr Warenkatalog war ungenau, zwar schön, aber lange nicht detailliert genug, um die verschiedenen Tulpensorten zu beschreiben. Er hieß *Florilegum*, war 1612 von dem Kaufmann Emanuel Sweerts in Frankfurt herausgegeben worden und aufgemacht wie ein klassisches Pflanzenbuch, mit knappen Beschriftungen in Latein und etwas oberflächlich gezeichneten Bildern.

Alternativ dazu gab es den *Hortus Floridus* des Kupferstechers Crispijvina de Passe, doch das war mehr ein Handbuch, als dass es ihm gelang, die Schönheit der aufblühenden Knospen heraufzubeschwören.

Schließlich gab es noch mehrere andere Bücher mit Aquarell- oder Gouache-Illustrationen, oftmals von Schülern, die niemals Meister werden würden, für ein paar Gulden angefertigt. Das schönste dieser Bücher enthielt einhundertzweiundzwanzig Bilder von Jacob van Swanenburch aus Leyden, dem Meister von Rembrandt van Rijn, der jedoch nie an seinen Schüler heranreichen würde. Keins dieser Bücher ähnelte auch nur annähernd dem Werk, an dem Napilut arbeitete, der unvergleichliche Tulpenmaler, der Sänger ihrer Schönheit. Auf jeder Seite war links die Tulpe mit all ihren Eigenheiten abgebildet, rechts fand sich ein ausführlicher lateinischer Text, und darunter stand eine Geschichte, Fabel oder Erzählung zur sagenumwobenen Herkunft jeder einzelnen Sorte, die ihren Geist, ja das Wesen ihrer Persönlichkeit beschrieb. So verbrachte Meister Napilut den Herbst, so bereitete er sich allmählich darauf vor, den Winter in seiner Wohnung zu empfangen. In seiner Wohnung, denn in seinem Herzen wohnte er bereits. Napilut hatte sich leidenschaftlich in Absentia verliebt, und sie hatte sich leidenschaftlich verweigert. Trotz allem.

Obwohl sie es liebte, geliebt zu werden.

Obwohl sie diese merkwürdig stumme Liebe liebte.

Obwohl sie diesen verrückten Maler liebte.

Doch vor ihm hatte es einen anderen Mann gegeben. *Und*

dieser Mann würde wiederkommen. Liebe ist unteilbar. *Und dieser Mann würde.* Nachgeben hieße sterben, das gegebene Wort töten, das Warten verraten. *Und diesen Mann.*

Und trotzdem.

Sie liebte sie beide.

So wie es möglich ist, die Sonne und den Mond zu lieben.

Die Nacht und den Tag.

Die Abwesenheit und die Anwesenheit.

Die Armut und den Reichtum.

Sie liebte sie beide, und als sie an diesem Tag am Ufer in der Nähe des Hafens stand, dort, wo Sand und Meer sich treffen, weinte sie zwei Tränen gleichzeitig.

Sie liefen hinab bis zum Mund.

Die eine salzig, die andere süß.

Sie liebte sie beide. Wirklich.

In dieser Nacht explodierte ein Stern.

Der Himmel war schwarz wie Samt, ein riesiger, mit Brillanten übersäter Mantel. Unten auf der Erde flimmerte die Hälfte dieser leuchtenden Punkte im schwarzen Spiegel des Meeres.

In dieser Nacht explodierte der Stern. Er explodierte genau auf halber Strecke zwischen Himmel und Erde. Er explodierte ohne Vorankündigung, ohne ersichtlichen Grund, ohne vorher das Schicksal befragt zu haben. Er explodierte einfach, und Schuld daran war der Schiffskoch, der betrunken und zerstreut, wie er war, eine brennende Kerze in ein Brandyfass fallen ließ.

Umsonst der Ruf »Feuer, Feuer« nach der Explosion von Fass, Kerze und Koch, denn im Handumdrehen hatte der Brand auf das nahe gelegene Kohlenlager des Schmieds übergegriffen.

Umsonst der Versuch, die Löschmannschaft zusammenzutreiben, um Wasser aus dem Meer zu schöpfen und von Hand zu Hand weiterzureichen, Eimer um Eimer, umsonst, denn schon verwischten der schwarze Rauch und die Dunkelheit der Nacht vor den Augen der Matrosen, und die schwefelhaltigen Kohlendämpfe brannten in den Lungen derer, die für das Nichts bestimmt waren. Umsonst ebenso die Mühe, ein paar Lecks in das Schiff zu schlagen, um Meerwasser eindringen zu lassen, denn das Feuer war schneller als die Matrosen.

Umsonst die Mühe, die Pulverfässer ins Meer zu werfen, denn inzwischen hatten die Flammen schon die Ölfässer erreicht. Und mit dem Feuer vermehrten sich der Schrecken, der Schweiß, die Verzweiflung und die Angstschreie all dieser armen Schlucker.

Umsonst der Versuch, über die Reling zu springen, um sein Leben zu schwimmen, die Rettungsboote aufzusuchen, denn das Herz dieses Erdensterns explodierte und sprengte alles in die Luft.

Alles.

Umsonst.

Einhundertfünfzig Männer, darunter auch jener, welcher den schönsten Satz seines Lebens nicht gehört hatte, sechshundert Tonnen Vorräte, »Du bist für mein Leben«, siebenunddreißig Tonnen Brot, »wie das Salz«, achtzehn Tonnen gepökeltes Schweinefleisch, »für den Ozean«, sechs Tonnen getrocknetes Rindfleisch, zweihundertzehn Scheffel Erbsen, einhundertundfünf Scheffel dicke Bohnen, einhundertundeinundvierzig Hafer und einhundertundvierzig Weizen, Unmengen von Grog, also Brandy, der mit Wasser verdünnt war, um den Rausch zu erhöhen, und um vier Uhr morgens auf nüchternen Magen ausgeteilt wurde, sechshundert Gallonen Öl und hundertfünfzig Brandy, achtundzwanzig Fässer Bier, vierzig Fässer Cidre, fünfundvierzig Fässer Landwein, drei Fässer erlesenen Weins für den Kapitän und seine Offiziere und achtzig Fässer Trinkwasser. Alles in die Luft gesprengt. Auch jener Mann. Zu Nichts geworden wie die Fässer mit Käse, Butter und Honig, während das Obst, das Gemüse und die lebenden Tiere schon seit Monaten aufgegessen waren. Sie waren schon fast am Kap der Guten Hoffnung, übel zugerichtet und bereit, in die Tavernen zu gehen, zwischen den Schenkeln der Huren zu versinken, an Skorbut, Cholera oder Malaria zu sterben, an Typhusfieber zu erkranken, einige kurze Tage lang die festen Sicherheiten der Erde zu genießen, zu hoffen, dort zu sterben oder weitere acht Monate weiterzusegeln bis in den Orient, Hauptsache, sie entgingen der Behandlung des meist gehassten Mannes an Bord, des Schiffsarztes, ein Zyniker, der alle Leiden mit derselben Therapie kurierte: Aderlass, Abführmittel und Klistier.

Es war eine wahnwitzige, gigantische Explosion, ein ohrenbetäubender Knall, bei dem sich alles in einem einzigen Augenblick in nichts auflöste, als wollte das Feuer seine Überlegenheit über das Meer beweisen, als müsste diese Reise aufhören, ohne Spuren zu hinterlassen, als wären die Schicksale all dieser Männer aufeinander abgestimmt gewesen, als endeten alle Wege der Welt an diesem einen, verdammten Punkt, als hielten sämtliche Uhren in genau diesem Augenblick an, ohne jegliche Vorwarnung, unter dem Himmel der klarsten Septembernacht, als wäre das Schiff, das ohne Feinde losgesegelt war, auf eine Gefahr gestoßen, die größer war als das Meer, als Stürme, als Winde, als Piraten, feindliche Flotten und Seuchen, als hieße diese Gefahr Wahnsinn, ein Feind, der nicht von außen kommt, sondern von innen.

Es war ein einziger Knall, ein Feuerwerk von Gelb und Rot, Purpurn und Grau bis Schwarz, von seltener Schönheit, ohrenbetäubendem Krach, feiger Gemeinheit.

Wahnsinn. Das Schicksal all dieser Leute auf einen Traum aus Holz zu verfrachten und es dann ganz plötzlich und ohne jede Ankündigung zu Ende gehen zu lassen. Die Erinnerungen zu zerfetzen, die Dinge zu vernichten, das Warten zu versenken.

Einfach so.

Weit im Norden, an einem Strand in der Nähe des Hafens, stand eine junge Frau und wartete immer noch.

Während ihr Warten dabei war zu versinken. Im Schweigen des Meeres.

Dobire.

Napilut und Van der Clock vor einem Humpen trüben Bieres und einem klaren Schicksal. Gemein, aber klar. Es ist nicht besonders kalt in Amsterdam an diesem merkwürdigen Herbsttag. Sie schwitzen unter Rauchen und Geschwätz, eingezwängt in Kleider und Halskrausen, die den Herzschlag verbergen und übler kneifen als die Melancholie.

»Was bringt Euch dazu, Eure Angebetete so zu lieben?«

»Die Tatsache, dass sie wiederkommen wird.«

»Wie könnt Ihr Euch dessen so sicher sein?«

»Meister Napilut, es ist, als betrachtete man die Zeiger einer Uhr.«

Er greift sie, zieht sie aus der Tasche, bewundert sie. Er hat ihn selbst gefertigt, diesen Zeitmesser aus Gold. Der Mann mit der klaren Zukunft sieht den Künstler mit der verworrenen Vergangenheit an.

»Wie auch immer dieser Zeiger sich dreht, es gibt einen festgesetzten Punkt, einen präzisen Moment, in dem er zur selben Stunde zurückkehrt.«

»Was wird sie dazu veranlassen, zu Euch zurückzukehren?«

»Ein Versprechen.«

»Aber Herr Van der Clock, die Leute versprechen doch alle etwas, und kaum jemand hält sich daran.«

»Sie ist nicht die Leute.«

»Nein?«

»Nein. Sie ist ein kondensierter Traum.«

»Warum ist sie dann nicht hier bei Euch? Warum ist sie nicht geblieben?«

»Am letzten Tag vor ihrer Abfahrt hat sie mir ihre Geschichte erzählt, ihre Seiten aus dem Buch des Schicksals. Wenn Ihr Zeit habt, erzähl ich es Euch.«

»Ich habe Zeit, mein Lieber. Und Ihr?«

»Ich habe noch genau sieben Monate, zwei Wochen und vier Tage. Dann werde ich keine mehr haben.«

Und fügt hinzu:

»Außer für sie.«

Venedig strahlte zu jener Zeit weniger als sonst. Das große Jahrhundert seiner unsterblichen Meister, Giorgione, Lotto, Tizian, Veronese und Tintoretto, war zu Ende gegangen. Und wie auf den Tag die Nacht folgt, so wurde das siebzehnte ein dunkles, in Erwartung verharrendes Jahrhundert, und erst das achtzehnte hellte sich dank des blauen Lichts von Tiepolo wieder auf. Im siebzehnten Jahrhundert war Venedig dunkel, weil ihm nun die Unterstützung der Ideologie fehlte, der Überschwang der Politik, der christliche Eifer und die Freiheit der Republik. Der Stadt blieb nichts anderes übrig, als sich selbst zu bespiegeln, sich in ihren Narzissmus zurückzuziehen.

Venedig ist nicht eine einzige Stadt, sondern eine Stadt über einer anderen. Doppelt, zweideutig, verräterisch. Scheinbar schöner als alle anderen, weil ihre Paläste auf dem Wasserspiegel ruhen, weil ihre schnellsten Straßen langsame Kanäle sind und ihre Nebel in Wirklichkeit Melancholie. Venedig ist der Traum einer schwimmenden Stadt, das Abbild der Leichtigkeit. Auch Amsterdam ist von Kanälen durchzogen, doch in konzentrischen Kreisen, und das Wasser fließt nicht frei, sondern kontrolliert. Die Holländer kämpfen gegen das Wasser, sie nutzen es, um die Welt zu erobern. Die Venezianer werden vom Wasser beherrscht und lassen sich in die einzig mögliche Richtung treiben, in die der aufgehenden Sonne, Orient genannt. Dieses Schicksal wurde ihnen auf dem Landweg von

Marco Polo vorgezeichnet und auf dem Wasserweg von einem Heer von Händlern, die seit Jahrhunderten auf immer neue Weise stets das Alte tun: kaufen, um zu verkaufen.

Venedig.

Liebenswürdig und böse. Fest und verschwimmend.

Von hohem Adel und bereit, sich zu prostituieren. Faszinierend und verräterisch. Wie seine Einwohner.

Und Marco De Ros war Venezianer.

Ein Venezianer mit dem Charakter seiner Stadt.

Marco De Ros war während des Mittsommerfestes in Amsterdam angekommen und dort vom stechenden Geruch nach Bier, Erbrochenem, Frittiertem, Rauch und Dreck empfangen worden. Venedig strahlte weniger als sonst, Amsterdam aber stank gotterbärmlich. Von allem gab es dort zu viel, nur von Tulpen keine Spur. De Ros hatte Frau Van der Kalm getroffen, ohne nach ihr gesucht zu haben, hatte sie mit Worten umgarnt, mit eleganten Visionen berauscht, mit gewitzter Sanftheit getröstet. Hatte sie, muss man wohl sagen, ziemlich gewaltsam besessen. Elisabeth Van der Kalm blickte auf Jahre sexueller Enthaltsamkeit zurück, eine unfreiwillige Fastenzeit, die sie hatte hysterisch werden lassen und ihre Beziehung zum anderen Geschlecht unerträglich, geprägt von obsessiver Warterei und quälender Langsamkeit, und sie konnte es kaum glauben, dass sie diesen Maler und Gentleman eingelassen hatte, diesen zuvorkommenden Künstler, der sie sofort in den Hals und gleich darauf in die Ohrläppchen gebissen und dabei unverständliche Worte gemurmelt hatte, doch sie ließ es geschehen und entschuldigte sich damit, dass die ganze Stadt betrunken war, schlief, jedenfalls nichts mitbekam. Marco De Ros hätte sich keinen besseren Empfang als eine junge Ehefrau mit Rachegelüsten wünschen können in dieser Stadt, welche die ganze Welt erobert hatte und die er nun seinerseits zu erobern gekommen war. Elisabeth erklärte er, dass die adligen Venezianerinnen sich nie komplett entkleideten, und riet ihr, die Kleider anzubehalten und ihre Bluse nur auf Höhe des Busens zu öffnen, und dass die adeligen Venezianerinnen es liebten, sich die Augen verbinden zu lassen, und dass sie in Venedig den Rock nicht auszogen, wenn er ihnen die Spitzenhöschen abstreifte, und dass es der Adel in Venedig tat, ohne sich anzuschauen, und so ließ er sie hinknien, nachdem er ihren Rock gehoben und sie dorthin geküsst hatte, denn in Venedig, sagte er, begönne man immer so, und die Frauen antworteten mit einem Stöhnen, und Elisabeth Van der Kalm war überrascht über die Geschwindigkeit und über die exotischen, freien, ausschweifenden Sitten angesichts ihrer eigenen düsteren, wohlanständigen Welt, denn in Amsterdam zeigte eine Frau ihre Lust nicht, und in Amsterdam schwieg man während des Liebesakts und man kniete sich nicht hin wie die Tiere, nach der gängigen Moral hatte man vielmehr anders zu sein, menschlicher, und es nur aus Gründen der Fortpflanzung zu tun, doch sie sagte nichts, dazu war keine Zeit, denn schon fuhr die geübte Zunge des Malers über ihre Pobacken und befeuchtete ihr Geschlecht, während seine geschickten Hände ihre Knöchel umklammerten wie ein Schraubstock, der jegliche Bewegung verbot, bis sie sich endlich als Subjekt und Objekt zugleich fühlte, Liebende und Geliebte, Besitzende und Besessene. In Venedig hörte man gar nicht mehr auf damit, und sie hatte gar nicht gewusst, was ein Orgasmus ist, wie die meisten treuen, ehrbaren Ehefrauen des gehobenen Bürgertums, so machte man das also in Venedig, wie weh das tat, ein Sündenfall, hinten rein trotz ihrer Gegenwehr, alles dreht sich, und ihre Stimme wird von einem Kissen erstickt und übertönt von Worten in einem ausländischen Dialekt, die unflätig zu sein scheinen. Dass es in Amsterdam möglich ist, den Rest der Nacht mit diesem Fremden zu verbringen, diesem harten, faszinierenden Mann, und sich gleichzeitig befriedigt zu fühlen und als Hure, ohne eine zu sein.

»Eure Zärtlichkeiten sind immer ein wenig mit Gewalt behaftet.«

»Die Schönheit der Rosen ist immer mit ein paar Dornen behaftet, Madame.«

Und dann aufzuwachen, in einer Morgendämmerung spät im Juni, mit einer Frage im Ohr:

»Dieser Maler, der mit den Tulpen …«

»Ja?«

»Es heißt, er habe ein Geheimnis.«

»Ja.«

»Ich werde es ihm rauben.«

Sie brauchte jemanden an ihrer Seite.

Doch ihr gelang es nicht einmal, mit sich selbst auszukommen.

Mit einem neuen Bewusstsein stand sie auf.

Dieses Gefühl der Einsamkeit würde sie nie wieder verlassen.

Nie.

Wieder.

Ihr Vater war gestorben. Einer ihrer Brüder hatte eine Anstellung gefunden als Laufbursche bei dem Lautenbauer Fabius Ritter. Der andere war noch zu klein zum Arbeiten. Die Gulden, die sie als Modell bei Meister Napilut verdient hatte, gingen zur Neige, und so musste sie sich eine neue Beschäftigung suchen. Der Punkt war, dass ihr inzwischen vollkommen egal war, was für eine. Keine andere Arbeit der Welt würde sie je so befriedigen wie das Modellsitzen. Kein anderer, kein einziger Arbeitgeber würde sie lieben und respektieren wie Napilut. Das Gefühl ihrer Einsamkeit wuchs Sekunde um Sekunde, und Absentia spürte eine unendliche Leere in ihrem Herzen, einen Bandwurm namens Trauer, der allmählich ihre Gefühle auffraß. Sie hatte versucht, Napiluts Liebe zu erwidern, wie sie es eben konnte, sie hatte ihm ihren Körper angeboten. Doch dieser Wesensdieb wollte ihre ganze Seele. Sie hätte sie ihm geschenkt, hätte sie sich nicht durch die Heiligkeit des Versprechens gebunden gefühlt und im festen Glauben gelebt, *er* würde wiederkehren.

Jetzt war sie wirklich allein.

Ohne Meister, den sie inspirieren konnte, und ohne Geliebten, den sie lieben konnte.

Allein.

Nur eins begleitete sie nun noch, ein klares und umfassendes Gefühl von Nichts.

Darin war Absentia vollkommen:

Sie füllte die Leere mit Leere.

Sie spazieren im Abendrot die Keizersgracht entlang. Der Rosenmaler und der Seemann. Sie erzählen sich ihre Geschichten, denn wer in die Welt hinausgeht, hat sein Leben stets bei sich.

»Wenn ich eine Rose betrachte, sehe ich sie an wie einen Schatz, also mit Augen, die nach verborgenen Juwelen Ausschau halten. Ihr aber habt wirkliche Schätze gesehen, nicht wahr, Kapitän Fleming?«

»Ja, mein Herr. Ich habe viele gesehen. Der erstaunlichste aber …«

»Erzählt, Kapitän. Ich liebe Erzählungen von außergewöhnlichen Männern, *anca si ben che la conosso sta novèla de la nave e me vegnirà do bale*.*«

»Was sagt Ihr da, Herr De Ros?«

»Oh, das ist ein venezianisches Sprichwort. Gott segne alle mutigen Männer, Kapitän Fleming. Ich bin ganz Ohr.«

»Bei der Durchsuchung der Sanderson bot sich uns ein einzigartiges Schauspiel. Nie zuvor hatten sich menschliche Augen auf eine ähnlich kostbare Beute gesenkt, ein klassischer Fall von *Delirium imperialis*.«

»Nie?«

* »… auch wenn ich diese Geschichte von dem Schiff schon in- und auswendig kenne und sie nicht mehr hören kann.«

»Nie. In meinem ganzen Leben habe ich nie etwas Vergleichbares gesehen, es waren unschätzbare Reichtümer, die selbst die kühnsten Fantasien übertrafen. Überall Pfeffer, knietief im Schiffsbauch gelagert, Nelken und Muskatnüsse in den Kajüten. Seidenballen in allen Farben stapelten sich bis unter die Decke, und daneben Kästchen aus Kupfer, Silber und seltenem Email, fernöstliche Füllhörner voller Diamanten und Goldschmuck, Silberkelche, Medaillen, Saphire und Rubine. Alles den verdammten Engländern entrissen und der Republik der Vereinigten Niederlande übergeben, die Taufe der Generalstaaten.«

»Da hat es das Glück aber gut mit Euch gemeint, Kapitän.«

»Ja. Auch weil die Engländer sehr knapp bei Kasse waren und die Fortführung des Krieges schon in Frage stand. Die Sanderson war ihre große Hoffnung gewesen.«

Das Gemisch aus Erregung und Neid, das Marco De Ros empfand, passte gut zum Gemisch aus Selbstgefälligkeit und Kalkül, das Kapitän Fleming beherrschte.

»Wisst Ihr, welche Eigenschaft ich an Eurem Volk am meisten bewundere, Kapitän Fleming?«

»Nein.«

»Die Großzügigkeit, das bescheidene Auftreten.«

»Genau das Gegenteil von dem, was man den Venezianern nachsagt. Jahrelang mussten wir Eure schrille Anmaßung und Euren grandiosen Lebensstil ertragen.«

»Deshalb bin ich jetzt hier, Kapitän.«

»Das lobe ich mir, Meister De Ros.«

»*Gav'è più soldi de nualtri, e se avari come delle pantegàne.**«

»Ist das wieder ein venezianisches Sprichwort?«

»Ja. Ich hoffe, Ihr werdet in mein Atelier kommen, um Euch meine Werke anzusehen?«

* »Ihr seid reicher als wir und trotzdem geizig bis dorthinaus.«

»Es heißt, Ihr seid auf Rosen spezialisiert.«

»So ist es.«

»Wir haben hier einen Maler, der unter allen Malern dadurch hervorsticht, dass er …«

»Immer noch Tulpen malt? Aber die sind doch inzwischen in ganz Europa außer Mode! Jetzt ist die Zeit der Rosen, der neuen Farben, der neuen Düfte. Seid Ihr nicht auch in China gewesen?«

»Ja, das stimmt. Ihr seid gut informiert, Herr De Ros.«

»Dann wisst Ihr also, dass auch die Rose daher kommt. In China kannte man sie bereits vor fünftausend Jahren. Ihr seid in Indien gewesen?«

»Ja, auf dem Rückweg von China.«

»Dann wisst Ihr vielleicht, dass Wischnu, die höchste hinduistische Gottheit, seine Braut aus einhundertundacht großen und eintausendundacht kleinen Blütenblättern einer Rose geschaffen hat.«

»Interessant, Herr De Ros. Malt Ihr deshalb Rosen?«

»Oh nein, Signore. Ich male sie, weil sie alles sein können: weiß wie Meeresschaum und rot wie Blut.«

»Mit den Tulpen ist das nicht anders.«

»Doch der Schild des Achilles war mit Rosen geschmückt, und Homer beschreibt, wie Aphrodite Hektors Körper mit Rosenöl salbte. Rhodos wurde nach der Blume dieser Insel benannt, Rosendekorationen schmückten die Paläste von Ninive, die Fresken des Palastes von Knossos sind voller Rosen, und Sappho hat die Rose als die Königin der Blumen bezeichnet. Ich male sie, Kapitän, weil ich sie liebe.«

»Ihr habt meine Neugier geweckt, Meister De Ros!«

»Kommt und seht Euch meine Bilder an, Kapitän. Meine Blumenköniginnen werden Euch so erstaunen, dass Ihr nicht mehr ohne sie leben könnt, Ihr, der König der Meere.«

Die Sonne war soeben hinter den hohen, mageren Fassaden der Kaizersgracht untergegangen. Zwischen den Kähnen auf dem Kanal und dem Heringsgeruch breitete sich der Rosenduft eines Mannes aus, der so den Gestank seiner Lügen zu überdecken suchte.

Schließlich war es so weit. Er stieg nach oben.

Ganz allmählich. Sprosse um Sprosse.

Aber er stieg. Auf dem Hebemeter.

Er stieg auf den Bauch der Wolke zu, die an jenem Tag glücklicherweise sehr tief hing. Er stieg auf das Herz seiner Forschung zu, auf den exakten Punkt der Wissenschaft.

An dem er sie berühren, an dem er sie nicht mehr von unten, sondern von innen sehen würde.

Er würde sie einatmen.

Er würde sie riechen.

Er würde in sie eindringen.

Die ganze Gruppe vom »Menschlichen Kollektiv zur Erforschung des nimbologischen Kerns« war früh aufgestanden, doch Doktor Claudius' Berechnungen der Windströmungen, die einen Haufen *Schaumiger Schnee* hätten erwarten lassen, hatten sich als falsch erwiesen. Stattdessen war der Himmel von einer Schicht faszinierender *Aufgeschüttelter Federbetten* bedeckt, dem, was in der zweiten, am Menschen orientierten Fassung *Sentimentale Leichtigkeiten* hieß. Aber Wolke ist Wolke. Das »Menschliche Kollektiv usw.« bestand aus fünfzehn Personen. Doktor Claudius war der Vorsitzende, doch die Leitung des Experiments war Professor Witt Van der Kalm übertragen worden, da Doktor Claudius ja nun schon zehn Minuten dabei war, die höchste Leiter der Welt zu erklimmen. Eben das Hebemeter.

»Immer mit der Ruhe!«, rief ihm Van der Kalm ab und zu aus der Erdenperspektive zu.

Die anderen Mitglieder des Kollektivs waren der Dampfforscher Jan Fumigis, Experte in Vulkanologie, der Geologe, Astrologe und Numismatiker Kornelius van Mepsche, wissenschaftlicher Assistent von Professor Van der Kalm an der Universität Amsterdam, und eine Frau, Soortie Torsens, die Assistentin des Hausarztes von Doktor Claudius, die bei einem Unfall, einer allergischen Reaktion oder Atembeschwerden als Krankenschwester fungieren würde und eine Tasche mit Verbänden, Mulltupfern, Melisse, Alkohol und Korianderextrakt bereithielt.

Die übrigen zehn waren Zimmerleute, Tischler, Schmiede und Hilfsarbeiter, die dafür sorgten, dass die beiden Taue, welche die Leiter hielten, gespannt blieben. Ja, denn als das schwierigste Problem hatte sich weder die Fabrikation des Hebemeters erwiesen, noch das Sammeln der nötigen Mittel, sondern vielmehr die Aufstellung des Gerätes, also die Frage, wie sich die riesige Leiter fast bis in die Senkrechte anheben ließ, wo man sie doch nirgendwo dort anlehnen konnte.

Professor Witt Van der Kalm hatte also vorübergehend sein großes Projekt der Verlangsamung der Zeit beiseite gelegt, und er wartete ja auch noch immer auf eine Antwort, wenigstens eine, aber so ist das eben, so etwas braucht Zeit, viel Zeit, fast schien es ihm, als habe die werte Dame Zeit ihm ein Schnippchen geschlagen, sie, die immer in allem so schnell ist, diesmal jedoch seelenruhig abwartet, bevor sie dem Mann, der das große Projekt des Verlangsamenden Erdgürtels entworfen hatte, eine Antwort erteilt, aber man weiß, wie das ist, und Professor Van der Kalm hat wie gesagt für eine Weile sein eigenes großes Projekt auf Eis gelegt und das Hebemeter mit Flaschenzugaufrichtung erfunden, hat die beiden Sporne der Leiter am Ende mit Seilrollen versehen, um die er Schiffstaue, die doppelt so lang waren wie die Leiter selbst, laufen ließ, sodass sie ein gleichschenkliges Dreieck bildeten, mit den gespannten Tauen, die rechts und links von je fünf Männern gehalten wurden, als den Seiten, und mit der Leiter als der Höhe des Dreiecks, und der Punkt A), also der spitze Winkel, sollte Doktor Claudius sein, der gerade trotz der zu erwartenden Schwankungen, die sicher stärker waren als die eines Schiffsmastes bei starkem Seegang – wenn auch ohne den Wind, der Haare, Kleidung und Gedanken durcheinander bringt – mit schnellen Bewegungen auf den Höhepunkt seiner Forschung zukletterte.

»Langsam, etwas langsamer. Seid vorsichtig.«

Doch er hört nicht.

»Hört Ihr uns, Doktor Claudius?«

Er hört nicht.

»Hört Ihr uns?«

Wie soll er auch die schrillen Stimmen der Leute hören, die dort unten an der Erde kleben, er, der bereits den leichten Hauch des Vitalfluidums einatmet, er, der sich bereits gelöst hat von den menschlichen Niedrigkeiten, die eingebettet sind in das begrenzte und begrenzende Letalfluidum, denn dorthin bringt uns der Tod zurück, in die Erde, zu Würmern, Schlangen, Mäusen und Maulwürfen, zu Wurzeln und Exkrementen. Wie kann ein Mann, der sich bereits in derartige Höhen aufgeschwungen hat, auf solche Rufe, solch dumme Ratschläge hören, er, der gleich als Erster in die Materie des Traumes selbst eindringen wird? Wie reich man sich doch fühlt, wenn sich die Perspektive ändert, wenn große Felder zu kleinen Rechtecken werden, Häuser zu Bauklötzen und Menschen zu kleinen, schwarzen Ameisen! Wie glücklich und zufrieden man sich doch hier oben fühlt, in Gottes Nähe, denn es ist klar, dass Gott ganz weit oben wohnt, über dem Himmel, auch wenn er, Claudius, nicht wirklich an Gott glauben kann, da er doch ein Mann der Wissenschaft ist, und was für einer, und wie freundlich das Himmelsblau ist und dieses unermesslich große weiße Meer aus Milchschaum, aus geschlagener Sahne, aus samtenem Staub, denn eines scheint klar, dass nämlich, was der Fisch für den Ozean, der Doktor Claudius für den Himmel ist.

Perfekt.

Wenige Schritte noch, und wir sind da.

Perfekt.

Ein wunderschönes Dreieck, dieses Hebemeter, wenn man es aus der Ferne betrachtet. Mit fünf schwarzen Punkten auf jeder Seite, wo sich die Leiter stufenförmig nach oben verlängert, bis zu der Stelle, wo ein kleiner schwarzer Punkt hin- und herschwankt und drauf und dran ist zu verschwinden.

In der Wolke.

In seiner Welt.

In seinem Kopf, verloren zwischen Wolken ohne Form.

Von allen Blumen liebte er die Rosen.

Nun, er liebte die Rosen könnte heißen, er ziehe sie den anderen Blumen vor.

Genauso war es. Marco De Ros liebte sie, weil er sie vorzog. Und er zog sie vor, weil sie vornehm, gewitzt und elegant waren.

Und weil sie ihn berühmt gemacht hatten. Und reich.

In Venedig hatte er um alle religiösen Inhalte einen Bogen gemacht und rein dekorativ gemalt. Wunderschön, zugegeben. Sein eleganter, lockerer, technisch einwandfreier Pinselstrich erzählte von der duftenden Anmut der ältesten Blume der Welt, ließ ihre mythische Vergangenheit anklingen, versetzte sie in die Sphäre des Absoluten. Marco De Ros lebte lange nach der Zeit der Universalgenies und verkörperte den künstlerischen Spezialisten. Deshalb konnte er sich neues Terrain nur in den holländischen Provinzen erobern, in der Heimat der Genremalerei. Hier ließ sich das Pittoreske ins Sublime verwandeln.

Sein Kampf, sein persönlicher Feldzug sollte jedoch nicht auf eine kleine Zielgruppe von Kritikern und Händlern beschränkt bleiben, sondern zielte auf den kollektiven Geschmack des gesamten reichen Bürgertums, das sich am leichtesten von Neuheiten beeinflussen ließ. Das war der Trumpf von Marco De Ros. Technisch einwandfrei wie die Bilder der Blumenmaler des Nordens, technisch vollkommen wie die Bilder von Napilut, hätten seine Werke die ganze Welt herausfordern können, sogar von zu Hause aus. Im siebzehnten Jahrhundert aber lebte die Welt in Holland, und ihr Herz schlug in Amsterdam.

Marco De Ros' venezianischer Geschmack war glanzvoller als der von Napilut, ebenso seine Kleidung, seine Gesten, seine Wohnung, seine Farben. Er arbeitete an einem begrenzten Repertoire, Rosen gegen Tulpen, doch dem kalten Licht des Nordens konnte er die südliche Sonne, das warme Licht des Mittelmeers entgegensetzen. Die Farbabstufungen der Blütenblätter fing er perfekt ein, doch verlegte er sie vor architektonisch kunstvolle Hintergründe, schmückte sie mit Vorhängen, Säulen, Vasen oder Landschaften, mehr noch einer Choreographie als einem Bühnenbild gleich, ein Schauspiel ohne Ende, in dem die Rose nicht mehr – wie die Tulpe – ein Gefühl oder einen Duft ausstrahlte, sondern einen emotionalen Zustand.

Seine Rosen waren eine Hymne auf die Poesie, waren das Licht, das sich über die Natur legt, und seine Blütenblätter waren ein Aufruhr der Massen zu den Fanfaren der Farben, wie Blechbläser im Orchester des Regenbogens.

Doch das war es nicht.

Oder besser gesagt: Es war nicht nur das.

Es war so, dass Marco De Ros ein Geheimnis hatte.

Auch er. Sein Vater war Stoffhändler, und von ihm hatte er die Kunst des Verkaufens erlernt.

Farben und Reflexe. Schattierungen und Details.

Denn Farbe ist eine Sinneswahrnehmung.

Und er vermittelte das meisterhaft und nicht nur mit dem Pinsel. Er war ein geborener Verkäufer, ein perfekter Sohn der Kunst.

Die gemalte Rose wurde zum Ausdruck von Scheu, Verachtung oder Überraschung. Sie war Königin, Sklavin, Priesterin. Lust, Schmerz, Zweifel. Reinheit, Eitelkeit, Rache. Sie war alles.

Deshalb liebte die Rose von allen Malern Marco De Ros.

Drei Tage und drei Nächte blieben wir zusammen. Als Suri in Amsterdam eintraf, wurde sie vom Hof des Statthalters bereits erwartet. Genau in dem Augenblick, als sie aus der Kutsche stieg, kam ich aus dem Rathaus. Unsere Blicke trafen sich, und auf Anhieb war klar, dass wir füreinander geschaffen waren. Bestimmte Dinge begreift man sofort, falls Ihr wisst, was ich meine.«

»Ich weiß, ich weiß. Und wie seid Ihr Euch dann begegnet?«

»Suri war von morgens bis abends damit beschäftigt, hohe Persönlichkeiten zu treffen, Schiffe im Hafen zu besichtigen und Termine in der Ostindischen Kompanie wahrzunehmen. Derweil erkundigte ich mich, wer diese orientalische Prinzessin war, die mein bisheriges Leben in tausend Stücke geschlagen hatte. Ich erfuhr, dass sie es ebenfalls tat. Ende der Woche, als es hieß, sie werde demnächst wieder abreisen, nahm ich all meinen Mut zusammen und klopfte an ihre Tür. Es war Punkt Mitternacht, als ich klopfte. Ich bat um eine Begegnung. Genau sieben Minuten später wurde mir ausgerichtet, die Prinzessin werde mich am nächsten Morgen gern empfangen, doch bitte sie um ein Schreiben von mir, einen Brief, in dem ich von mir erzählte. Am nächsten Morgen um halb acht stand ich vor ihrer Tür.«

»Und der Brief?«

»War ein Geschenkkärtchen. Der Brief war eine Uhr.«

»Eine Uhr?«

»Aus Gold. Die schönste, wertvollste und genaueste aller meiner Uhren. Ein Goldzylinder mit zwei Kristallflügeln an der oberen Kante.«

»Und was stand auf dem Kärtchen?«

»Männer haben nicht nur Liebe zu verschenken. Empfangt das Symbol meiner Zeit, die ewig ist wie unsere Seelen! Das hatte ich geschrieben.«

»Das habt Ihr schön geschrieben, Herr Van der Clock.«

»Wisst Ihr, was dann geschah, Meister Napilut?«

»Was denn?«

»Genau vierzehn Minuten habe ich gewartet. Dann übergab ihre Gesellschafterin mir einen Brief. Darin stand: ›Tretet Ihr über diese Schwelle, so tretet Ihr in mein Leben.‹ Und ich antwortete laut: ›Trete ich in Euer Leben, so werde ich es nie wieder verlassen.‹ Daraufhin ließ sie mir bestellen, dass sie mich am Abend zum Essen erwarte. Und dass sie am folgenden Tag abreisen werde. Ich ging in meine Werkstatt zurück. Zwölf Stunden lang blieb ich vor meinen Uhren sitzen. Ich tat nichts, als die Zeiger zu beobachten und auf die Begegnung zu warten. Um Punkt halb acht abends stand ich erneut vor ihrer Tür. Ein Pförtner öffnete mir und brachte mich zum Zeremonienmeister, der mich zu ihrer Gesellschafterin geleitete, die mich Platz nehmen ließ.

Ein langer, ein sehr langer Tisch. Dazu Kristallgläser, Silberschüsseln, Blütenblätter einer seltenen Blume namens Frangipani, mit indischen Mustern verzierte Unterteller, Platten mit exotischen Früchten und dampfende Suppenschüsseln, Weihrauchduft und Sitarspieler und Trommler mit Schellen, schließlich kam sie, in einen Sari aus weißer Schantungseide gehüllt. Schwarze Haare, im Nacken zusammengebunden, um den Hals eine Blumengirlande. Barfuß. Sie begrüßte mich, legte dabei die Hände zusammen und neigte leicht den Kopf. Sie sagte: ›Ich bin eine Prinzessin und besitze ein Reich. Wenn ich mich für einen Mann entscheide, dann nur, weil dieser noch mehr wert ist. Denn wer mich bekommt, bekommt mich ohne mein Erbe. Versteht Ihr nun, Herr der Zeit, warum ich allein bin?‹«

»Ein schönes Dilemma. Hattet Ihr eine Antwort parat?«

»Nein. Aber ich spürte, dass ich sie liebte. Ihre Pupillen waren smaragdene Vollmonde, die sanft über den weißen Himmel ihrer Augen zogen. Wie ein Blitz durchfuhr mich der Gedanke, dass ich diese Frau schon immer gesucht hatte und dass ich alles tun würde, um sie zu besitzen. So antwortete ich: ›Ich bin nur ein Uhrmacher, doch besitze ich noch nicht die Zeit. Ich bin nur ein Mann, doch besitze ich noch nicht die Liebe. Versteht Ihr nun, warum ich schwöre, Euch auf ewig zu lieben?‹

Sie antwortete nicht. Weißer Reis mit Pinienkernen und Curry wurde aufgetragen, danach eine Suppe aus roten Kohlrüben, Lauch und Kartoffeln, Spargelbrühe mit scharfen Artischockenwürfeln, Linsensuppe und warmes Zwiebelbrot. Doch das war nur der Anfang. Warme Mandelmilchsuppe mit gebrannten Mandeln wurde aufgetragen, eine Platte mit Austern und Schalentieren, rotes Huhn mit Joghurt und Gewürzen, dazu süßer Lassi wurden aufgetragen, das Lamm wurde aufgetragen, und sie hob die Hand, als wollte sie dieser sinnlosen Prozession Einhalt gebieten, und blickte mich an. Einfach so. Blickte mich an und sagte: ›Auch ich könnte Euch lieben, Herr der Zeit.‹ Wir verbrachten die ganze Nacht zusammen, und bei Sonnenaufgang sagte sie: ›Ich werde heute nicht fahren.‹ So auch in der folgenden Nacht und in derjenigen danach. Wir redeten, lasen, schrieben, blickten ins Feuer, betrachteten die Sterne, lachten, aßen, liebten uns sanft, verzweifelt, mit ganzer Seele, weinten. Wir versprachen, aufeinander zu warten. Sie musste ihren Auftrag erfüllen, musste sieben Jahre noch herrschen, dann würde sie das Zepter für immer an ihre Schwester Sasaran abgeben. Mit der Heirat würde sie die Krone verlieren, das Reich und den Großteil ihrer Reichtümer. Sie würde die Liebe gewinnen, der nichts an Dingen gelegen ist, sondern nur an Menschen.«

»Und Ihr? Habt Ihr sie in diesen Jahren des Wartens je betrogen?«

Van der Clock antwortete nicht.

»Habt Ihr sie je betrogen?«

»Es waren keine Jahre des Wartens, sondern der Liebe. Nein, nie. Die Liebe lebt selbst nach dem Tod weiter. Habt Ihr eine Vorstellung, Meister Napilut, was sieben Jahre sind im Angesicht der Ewigkeit?«

Napilut hatte eine Vorstellung. Eine genaue Vorstellung.

Seine Liebe für Absentia war grenzenlos.

Er liebte sie verzweifelt, auch jetzt, da das Jetzt mit dem Immer verschwamm.

»Mir wurde gesagt, keiner male so schöne Insekten wie Ihr, Signore.«
»Das ist wohl wahr. Interessantes Detail, das.«

In seinem trotz der Novembersonne düsteren Zimmer war Van der Lens ununterbrochen beschäftigt. Manch einer malte nur, wenn gerade eine Blume blühte, die Insekten aber waren das ganze Jahr da. Die Lust, die das Auge, die Königin der Sinne, aus der Betrachtung der Natur unter dem Mikroskop zieht, ist enorm. Jedes Ding, vom Sandkörnchen bis zur Eintagsfliege, lädt zur Erforschung einer ganzen Welt ein. So wie sich den Astronomen durch das Teleskop ein vollkommen neuer Himmel aufgetan hatte, entdeckte Van der Lens ein neues Universum. Soeben war Marco De Ros vorbeigekommen, der Maler der verzauberten und verzaubernden Rosen, und hatte eine Brille mitgebracht.

»Wie ich Eure Arbeit bewundere, Signore.«

»Seid Ihr Ausländer?«

»Ja. Ich komme aus der Republik Venedig und male Rosen.«

»Interessantes Detail. Wir haben hier viele Blumenmaler.«

»Ich male keine Blumen, ich male Königinnen, Rosen, Signor Van der Lens, Rosen, *ti l'ha capio, mona?**«

»Rosen, ja. Die Kunst, und sei sie noch so wahrhaftig, hinkt der Wirklichkeit immer hinterher.«

»Genau. Darum hätte ich gerne einige Insekten von Euch, um das Irreale meiner Rosen glaubhaft zu machen. Seht, mein

* »Hast du das verstanden, du Schwachkopf?«

Freund, ich verwende Farben, die in der Natur nicht vorkommen. Ich erfinde Töne und Färbungen, die noch nie jemand gesehen hat, türkisfarbene Rosen und violette Schattierungen, die selbst der ungestümste Frühling nicht zu erfinden wüsste. Setzte sich aber eine Eurer Eintagsfliegen auf eins meiner Blütenblätter, so wäre das der konkrete Beweis für die Existenz meiner Blume. Jedermann würde über Euren magischen Pinselstrich staunen, und am Ende hätten wir beide etwas davon: Ich die Bekanntheit und Ihr die Vaterschaft.«

»Interessantes Detail, das. Doch seht, für die Wintermonate sind bereits zahlreiche Anfragen von Blumenmalern bei mir eingegangen, und im Frühling kommt dann Meister Napilut.«

»Ach was, mündliche Abmachungen, Signor Van der Lens. Ich habe hier einen schriftlichen Vertrag, der Euch an mich bindet, wie mich an Euch.«

»Es tut mir Leid, eigentlich arbeite ich nicht…«

»Exklusiv, ich weiß. Nach der Ausstellung meiner, oder besser unserer, Bilder nehme ich Euch mit nach Venedig, das verspreche ich Euch. Einer wie Ihr würde enormen Anklang finden, Ihr würdet scheffelweise Geld verdienen, könntet die Stadt besichtigen, als mein Gast würdet ihr beim venezianischen Adel verkehren, beim reichen Bürgertum, mit vielen hübschen, reichen Damen, die nach einem Ehemann Ausschau halten, würdet vielleicht die schönste von den Jungfrauen, die zweifellos Eurem außerordentlichen Wissen und Eurer Gelehrsamkeit erliegen, heiraten, könntet die besten Kristalllinsen der Welt kaufen, ich würde Euch mit nach Murano nehmen, und Ihr bekämt das präziseste Mikroskop von allen Wissenschaftlern und Künstlern. Und außerdem…«

»Außerdem?«

»Zahle ich besser als der Maler, der Euch am besten entlohnt.«

»Mehr als Napilut? Er ist der Freigiebigste.«

»Das dachte ich mir. Ja, mehr.«

»Interessantes Detail, das. Habt Ihr alles in Euer Dokument hier geschrieben?«

»Alles, lest selbst.«

»Gut, ich werde es lesen.«

In einem dunklen Raum, einem Atelier, das voll gestopft ist mit Bildern anderer Maler, einem Heer aufgespießter Insekten und einem Mikroskop, unter dem schon alles Mögliche studiert wurde, Mückenbeine, Fliegenflügel, Schweineborsten, Bienenaugen, Thymiansamen, Speichel, Kot, Sperma, rotes Gras, Sandkörnchen, schwarzer Taft, Schmetterlingsflügel, der kristalline Körpersaft eines Wals, Krötenzungen, Marienkäferfühler und Käfermäuler, in diesem Raum liest der Maler mit den riesigen Augen, die dafür geschaffen scheinen, die Welt durch ein Vergrößerungsglas zu betrachten, ein Schriftstück, das ihn an den Rosenmaler binden, ihm ein Leben als großer Künstler verschaffen, ihn auf eine Reise gen Süden führen und ihn mit den Reichtümern der schwimmenden Stadt des Mittelmeers bekannt machen soll. Der ihn, ehe er sich's versieht, erledigen wird, denn gerade unterschreibt er sein Todesurteil. Jetzt, genau in diesem Moment.

»Sie soll es mit dem venezianischen Maler treiben.«
»Wer sagt das?«

Alle sagen das. Der venezianische Maler soll es tatsächlich noch mit anderen Liebhaberinnen der Lust treiben, mit verheirateten Frauen und auch mit ihren Gouvernanten, von denen er bereits drei gehabt haben soll, alle demselben Charme und demselben Schicksal erlegen, und er selbst soll in Wirklichkeit nur wenig malen, dafür soll aber aus Venedig sein bester Schüler zu ihm gestoßen sein, ein gewisser Tita Mor, und man sagt, seine Werkstatt zähle bereits drei Assistenten, die er den besten Malern Amsterdams abtrünnig gemacht habe, und demnächst erwarte man einen vierten aus Haarlem, und außerdem soll er sehr reich sein und bereits einen Exklusivvertrag mit Van der Lens abgeschlossen haben, der seine Insekten auf seine Rosen setzen wird, und nur auf diese, auf kein anderes Bild wird er mehr malen, nicht einmal mehr auf die Tulpen von Napilut, und überhaupt, Napilut, er soll stets melancholisch sein, immer seltener ausgehen und nur noch auf den Frühling warten, er soll ein Problem an den Augen haben, soll allmählich sein Augenlicht verlieren, soll die Liebe schon verloren haben, die Liebe zur Malerei, es heißt, er habe sein Geheimnis verloren, aber es heißt auch, dass Geheimnisse nie verloren gehen, es heißt, Eure Exfrau wache eifersüchtig über den Rosenmaler, er aber tische ihr nichts als Lügen auf, und nicht nur ihr, sondern allen Frauen, er soll seine Komplimente äußerst großzügig austeilen, wie ein Zerrspiegel jedoch, der die guten Seiten der anderen nur aus Berechnung unterstreicht, er soll immer anständig sein, er soll immer elegant sein, hell gekleidet, wie es im restlichen Europa Mode sein soll, und von Mode versteht er etwas, sagt man, er sagt, Tulpen seien passé, Tulpen seien im Grunde nichts als farbige Artischocken, Rosen seien offener, duftender und königlicher, man sagt, er habe bereits jede Menge Freunde, von Admiral Fleming, der ihn bei der Ostindischen Kompanie eingeführt hat, bis zum Uhrmacher Van der Clock, der ihn in die Kreise des reichen Bürgertums eingeführt hat, und Eure Frau soll ihn in die Damenzirkel der gehobenen Schichten eingeführt haben, und sogar in der Malergilde scheint er gern gesehen zu sein, es heißt, er verkaufe seine Bilder nicht einzeln, wie die anderen Maler, sondern halte sie unter Verschluss, um sie Ende Mai alle gleichzeitig auszustellen, und zwar eine Woche, bevor Napilut mit dem Verkauf beginnt, und dass es ein rauschendes Fest werde, genau so pompös wie er selbst, und alle lieben ihn, da er stets freundlich, respektvoll und großzügig sei und außerdem nach Rosen dufte, und seine Bilder sollen in neuen, seltenen, einzigartigen Farben gemalt sein, deren Namen und deren Zusammensetzung er streng geheim halte, seine Rosen sollen auch weit mehr als bloße Abbildungen sein, vielmehr Ausdruck des Sublimen, kondensiertes Wesen, herrschaftlicher Stil, und es heißt, ein Bild von ihm zu besitzen verleihe einen Nimbus von Pracht und Glanz, und es anderen zu zeigen werte die gesellschaftliche Stellung auf, oder es heißt, seine Rosen heilten allein durch ihre Ausstrahlung Krankheiten wie Gicht, Schnupfen und Fieber, oder es heißt, dass die Abbildung dieser inneren Kraft und Gesundheit göttlichen Segen bringe, andere halten dagegen, das seien nur Gerüchte, die er selbst in die Welt gesetzt habe, um Aufmerksamkeit zu erregen, aber auf jeden Fall soll er ein großer Künstler sein, der unsere Sprache, die er in einer einzigen Nacht gelernt habe, mit venezianischen Sprichwörtern bereichert, und dass seine Bilderrahmen nicht aus schwarzem Holz seien, wie unsere, sondern unglaublich prunkvoll, reich dekoriert und mit Blattgold besetzt, und dass seine Rosen mit ihren hellen Farben und den vergoldeten Rahmen von pompöser Eleganz seien, die einen neuen Stil in unser Land bringt, all das erzählt man sich und vieles mehr, was nicht so leicht zu erzählen ist, und damit ist es wie mit den Wolken am Himmel, falls Ihr wisst, was ich meine.«

»Ja. Und derweil ist meine Frau bei ihm.«

»Es heißt, er sei auch mit vielen anderen Frauen zusammen, bloß wisse keiner, mit wem.«

»Ich weiß von meiner. Die mich aus dem Haus geworfen und einen Ausländer in mein Bett gelassen hat. Die mich beschimpft und behauptet hat, ich hätte sie nur wegen ihres Geldes geheiratet, obwohl das überhaupt nicht stimmt. Die mir vorgeworfen hat, ich sei zu langsam, und sich dafür in die Arme eines anderen Mannes gestürzt hat, und die außerdem die ganze Welt kritisiert hat, um sich selbst nicht kritisieren zu müssen. Mir ist schwindlig, Doktor Claudius. Man müsste sie bremsen …«

»Ob zwei Windmühlen an den Schläfen wohl nützen würden?«

»Ihr sollt ihn als Letzter gesehen haben, Doktor Claudius.«
»Gesehen habe ich ihn schon, aber nicht als Letzter.«

Wenn das Leben ein Himmel ist, dann sind unsere Worte die Wolken. Und manchmal gibt es trügerische Wolken, so wie es langweilige, verräterische, faszinierende, vulgäre, ehrliche und unehrliche Wolken gibt. Unehrlich wie jene, die Doktor Claudius gegenüber dem Polizeihauptmann erfindet, der den plötzlichen Tod des Verlegers Van der Boock untersucht, nachdem sein Leichnam, von Alkohol und Schlamm aufgedunsen, in der Herengracht gefunden wurde.

»An jenem Nachmittag wurdet Ihr mit ihm gesehen, verstrickt in eine heftige Diskussion.«

»Wisst Ihr, Hauptmann Van Clear, an jenem Tag haben wir alle heftig diskutiert. Alle haben wir getanzt, getrunken, geraucht und über die Stränge geschlagen. Auch Eure Männer, nehme ich an.«

Einige Passanten, die genauso betrunken waren wie jedermann an jenem Sonnenwendfest, jenem Sonntag, dem einundzwanzigsten Juni sechzehnhundertfünfzig, hatten ihn gesehen. Hatten Doktor Claudius gestikulieren sehen und Van der Boock brüllen hören, hatten schließlich beide wütend werden sehen, dann nur noch Nebel. Nein, kein echter, sondern diese Bewusstseinstrübung vom Trinken, vom Rauchen, vom allgemeinen Durcheinander.

»Die ganze Stadt weiß, dass Ihr ein Buch schreibt; und zwar seit geraumer Zeit.«

»Seit sieben Jahren, um genau zu sein. Aber zwischen mir und dem Verleger hat es nie ein Problem gegeben. Wenn überhaupt, bestanden die Probleme zwischen mir und den Wolken.«

»Was für Probleme?«

»Schon bald werde ich sie lösen.«

Das Leben ist wie der Himmel. Und eine Lügenwolke namens Claudius verteidigt ihre Behauptung. Warum hätte er den Verleger umbringen sollen, da er doch seit sieben Jahren an seinem Buch arbeite? Schuld sei nicht der Verleger, und könne es auch nicht sein, sondern der Himmel. Denn der sei es, der ständig seine Form ändere.

Es liegt am Himmel-Leben mit seinen Wolken-Worten, wenn du zum Mörder wirst. Und derselbe Himmel verteidigt dich dann mit seinen Lügenwolken.

Von den Menschen angeklagt. Vom Himmel freigesprochen.

Freigesprochen aus Mangel an Schicksal.

Das erste Bild der Saison war immer noch da. Im Atelier, zwischen all den wichtigen unwichtigen Gegenständen. Es war das erste Bild, bei dem Absentia ihm Modell gesessen hatte, jenes, das er ihr für den Anblick ihrer Brüste versprochen hatte. Er hatte es ihr nie gegeben, weder als er sie zum letzten Mal gemalt hatte, noch als sie gekommen war, um mit einem Kuss auf seine Briefe zu antworten.

Beim ersten Mal war er zu sicher gewesen, dass sie sich wieder sehen würden.

Beim zweiten Mal war er zu erschüttert gewesen über ihr Lebewohl.

Absentia war einer dieser raren Kometen, die aus andern Himmelssphären kommen, ein paar Nächte erleuchten und dann nie wiederkehren. Jedenfalls nicht vor dem Ende der Zeit.

Absentia war die vollkommene Form, die eine edle Seele beherbergte. Nachgiebig, aber fest. Käuflich, aber unverkäuflich. Stark, aber zerbrechlich. Und die hartnäckige Beharrlichkeit, mit der sie ihren Matrosen erwartete, machte sie in Napiluts Augen einzigartig und noch begehrenswerter. Hätte sie sich gleich hingegeben wie die gewöhnlichen Modelle, halb Unschuld, halb Hure, hätte er sie nie so abgöttisch geliebt.

Sie war anders. Stück für Stück hatte sie sich hingegeben, wie eine Blume, die sich nach und nach der warmen Sonne öffnet.

Sie war einzigartig.

Und jenes Bild, jenes mit der Tulpenknospe, geschlossen und scheu, stand für ein Versprechen, das er halten musste. Dieses Bild gehörte Absentia.

Deshalb liebte er sie mehr als sein Leben.

Allein auf einer Leiter, die ihn ins Herz der Wolke brachte. Von hier oben sah er die Dinge ganz anders. Nie so gesehen. Die Vögel zum Beispiel hatte er stets von unten erblickt. Jetzt sah er sie um sich herum, im Profil oder sogar von oben. Ihr Gesang, dieses Trillern, diese schrillen Töne, die er vom Boden der Erde aus kannte, wo die Ohren mit dem allgegenwärtigen Letalfluidum verstopft waren, wurden hier oben zu flüssigen Klängen, zu winzigen tönenden Tropfen, die sich zu einer Partitur der Lüfte zusammenfügten. Welch eine Harmonie, welch ein Privileg, das reine, pure Vitalfluidum mit vollen Lungen einatmen zu können und sich Stufe um Stufe auf dieser hölzernen Straße emporzuarbeiten, die in wenigen Wochen gebaut und in langen Jahren gewachsen war.

Von oben war alles anders, die Wahrnehmungen deutlicher und klarer. Weicher der Tanz der Natur, das Schwingen der Bäume, eine sinnliche Botschaft, um die Insekten anzulocken, es war wunderschön.

Doktor Claudius hielt einen Moment lang inne und blickte nach unten, wo eine Hand voll Pfefferkörner mit erhobener Nase seine Bewegungen verfolgte, begleitete, anstachelte. Er sah Blumenwiesen, die sich mit geheimnisvollen Pollen bedeckten, oder vielmehr stellte er sich das so vor, denn so mussten es wohl die Engel sehen, ein unendliches Wirbeln winziger Pünktchen aus lebendigem Gold, die um Tausende von Blütenkronen herumtanzten, das Leben, das sich selbst erschuf, denn an Gott hatte er nie glauben können, an den Gott der ernsten, kalten, strengen, dogmatischen Kirchen, und wahrhaftig, so mussten die Engel die Erde sehen, als sei sie ein Lebewesen, als seien die frisch gepflügten Erdschollen ihre Poren, jene winzigen Duftnebel ihr Atem und das unaufhaltsame Summen der Insekten ihr Schnarchen. Bienen hören nichts, sie haben keine Ohren, nur Fühler. Bienen nehmen alle Farben wahr, können aber rot nicht von grün unterscheiden. Eine einzelne Biene weiß nichts und denkt nichts, alle zusammen aber wissen, wann es Zeit ist, auszuschwärmen und einen neuen Stock zu gründen, als seien sie von einem übergeordneten Willen regiert. Eine einzelne Biene ist wie eine Zelle, alle zusammen aber bilden sie einen Organismus. Die einzelnen wissen nicht, dass die Waben voll sind und von Honig überfließen, alle zusammen jedoch wissen ganz genau, was zu tun ist. Von der Spitze einer Leiter aus betrachtet, erscheint ein Schwarm von Tausenden von Bienen wie eine zarte, schwarze Wolke, die du nicht einmal summen hörst, denn das Einzige, was du hier oben wahrnimmst, ist der Duft des Windes in der Nase und in den weißen Haaren, das Rascheln deines schwarzen Seidenrocks und das Quietschen der Rollen mit den Tauen, welche die Leiter halten. So ist das.

Hier oben müsste man leben. Umgeben vom sanften Klang der Poesie. So nah an den Wolken, dass man mit ihnen sprechen kann.

Guten Tag. Ich bin Doktor Claudius.

Guten Tag. Ich bin eine Wolke.

Zu welcher Familie gehörst du?

Zu den *Traditionsreichen:* Mein Vater hat eine *Antiqua* geheiratet, daher habe ich blaues Blut in den Adern. Und du?

Ich bin ein Spross der Familie Claudius, Naturforscher seit drei Generationen. Mein Vater war Vulkanologe, mein Großvater Astronom. Ich habe den Himmel im Kopf.

Einfach so.

Guten Tag. Ich bin Doktor Claudius.

Guten Tag. Ich bin eine Wolke.

Aber du bist ja ganz traurig!

Ja, bald werde ich weinen. Ich nähere mich dem Ende meiner Mission.

Oh! Auch ich nähere mich dem Ende meiner Mission. Ich schicke mich an, das Geheimnis eures Wesens zu lüften!

Dann wirst auch du bald weinen. Nur dass deine Tränen im Gegensatz zu den meinen kein Nektar für die Blumen sein werden.

All das, diese himmlische Vision, dauert nur wenige schwankende Augenblicke, denn die Leiter ist hier oben ziemlich wacklig und der Kopf von Doktor Claudius steckt schon fast in den Wolken, gleich ist er da, noch eine letzte Sprosse mit keuchendem Atem, ein jung gebliebener Alter, der eine schier endlos hohe Leiter hinaufgeklettert ist, der nach oben schaut, zur Mitte der Wolke, zur Mitte seines Lebens, der womöglich wiederkommt oder auch nicht, um mit der Wolke einen ewigen Bund einzugehen, er, dem es bisher noch immer gelungen war, den Banden der Ehe, die von seinen Tanten eingefädelt wurden, zu entfliehen, er wird sie lieben, und sie wird sich öffnen, erstmals für einen Mann, und ihn in die wahre Natur der Nimbologie einweihen, glücklicher Doktor Claudius, als steige man in ein Sandkörnchen und finde es ganz von Spiegeln ausgekleidet, oder als dringe man in eine riesige Schneeflocke ein und wandere zwischen unendlichen Kristallen umher, die himmlische Regenbogen widerspiegeln, richtig neidisch könnte man werden, und dort steht er, der Glückliche, gerade hat er noch einmal vor dem Abstieg nach unten geblickt, um das Universum mit anderen Augen zu betrachten, um eine ganz neue Perspektive mitzunehmen, und jetzt erwartet ihn eine große Entdeckung, noch einen Augenblick, dann ist es so weit, Schleier, Dunstwaben, wir sind da, es geht hinein, Grau, Kühle, ohne Licht ist alles gleichförmiger, die Sonne ist hier nicht auszumachen, dichter Dampf, wann wohl etwas zu erkennen ist, denn hier sieht man überhaupt nichts, gleich muss das anders werden, bestimmt tut sich gleich die Vision der Visionen auf, weiße Grotten mit versteckten unterirdischen Gängen, geschwungene Pfade, Hügel und schillernde Formen, die an Bäume erinnern und an weiße Tiere, plötzliche Lichtkegel, die das Traummaterial, aus dem die Wolken gemacht sind, verdichten, während die ganze göttliche Skulptur in einer ständigen, weichen Bewegung begriffen ist, vielleicht ist das Herz der Wolke ja das Paradies auf Erden, und die Dunstflocken, die durch die Lüfte tanzen, sind Federn, die von einem unruhigen Wind fallen gelassen wurden, und aus duftigen Felsblöcken quillt flüssiger Balsam, Wasserfälle aus fließendem Rauch, Meere aus weißen Wellen ohne Spritzer und Schaum, die sich neblig überschlagen, und überall silbernes Glitzern, selbst von unten dringt Licht herauf in dieses Dunstmeer, das aufleuchtet wie von Glühwürmchen, die schon im nächsten Augenblick wieder verglimmen, im ewigen Versteckspiel zwischen der Schönheit und dem menschlichen Blick.

So ist es. Drinnen. Genauso.

All das behindert jetzt den Abstieg des Doktor Claudius. Langsam, fast torkelnd. Ewig, während die Neugier des »Menschlichen Kollektivs zur Erforschung usw.« wächst und wächst. In Schwindel erregende Höhen.

Er steigt ab. Würdevoll.

Langsam.

Als habe er Gott selbst erblickt.

Zieht die Taue straff, damit die Leiter aufhört, so gefährlich zu schwanken.

Ist die Melisse bereit, Frau Doktor?

Wie geht es, Doktor Claudius?

Könnt Ihr uns hören?

Langsam, um Himmels willen, langsam!

Er ist schneeweiß im Gesicht.

Das muss das Weiß der Wolken sein.

Dann bestehen sie also aus wirbelndem Talkumpuder.

Redet keinen Unsinn, Doktor Fumigis.

Habt Ihr ihn je so erlebt, Professor Van der Kalm?

Nie. Langsam, ich flehe Euch an.

Nur noch ein paar Meter, Herr Doktor.

Könnt Ihr uns hören?

Wie läuft's?

Doktor Claudius, wie geht's?

Eine letzte Sprosse, und da ist er.

Da!
Einen Applaus für Doktor Claudius!
Vivat! Einen Applaus!
Er ist bleich, es geht ihm schlecht.
Schnell!
Nun sagt schon, Herr Doktor, was ist eine Wolke?
Hat sie ein Herz?
Ist sie, wie Ihr sie Euch vorgestellt hattet?
Er will reden. Er will etwas sagen. Es muss sehr wichtig sein. Er hebt die Hand, als wollte er die Wellen beschwichtigen, als wollte er das Meer teilen, als hätte er eine wichtige wissenschaftliche Entdeckung zu verkünden, als könnte er das Ungewisse mit einem handfesten Beweis erklären. Er will etwas sagen, doch er bekommt keine Luft, er, der sie gerade noch in seine Lungen gepumpt hat, das muss die Rückkehr zum Letalfluidum sein, jetzt, Achtung, er öffnet die Lippen, still:
»Es gibt nichts…«
Und verliert die Besinnung. Fällt wie ein reifer Apfel. Wie eine Kartoffel, die versucht zu fliegen. Wie ein Stein, der versucht zu schwimmen. Plumps.
Weg ist er.

Das muss es sein.

»Es muss an der Höhe liegen.«

»Ihm muss schwindelig geworden sein.«

»Vielleicht enthalten Wolken giftige Dünste?«

»Vielleicht hätte er es lieber gelassen, in seinem Alter.«

»Vielleicht hat Gott ihn bestraft, weil er an seine Geheimnisse gerührt hat.«

»Vielleicht wollte er sagen: ›*Es gibt nichts* Schöneres auf der Welt.‹«

»Vielleicht wollte er auch sagen: ›*Es gibt nichts* Aufregenderes und Überwältigenderes in der Schöpfung.‹«

»Oder er wollte sagen: ›*Es gibt nichts*, auch keine Frau, das schöner ist als diese Wolke.‹«

»Oder vielleicht auch: ›*Es gibt nichts*, auch keine Leiter, das lang genug ist, um eine ganze Wolke anzuschauen.‹«

»Vielleicht wollte er aber auch einfach sagen: ›*Es gibt nichts*.‹«

Punkt.

Und so kommt der Winter.

Im Handumdrehen.

Und verschlingt den schönsten Frühling deines Lebens.

»Absentia, zieh dich aus.« Wie ihr diese Stimme fehlte.

Verzehrt den melancholischsten Sommer deiner Existenz.

»Entweder du bleibst für immer, oder du kommst nie wieder.«

Wie könnte ich, Napilut?

Verschluckt den Herbst, der länger war denn alle Jahreszeiten, und von einem Warten erfüllt, das dir als einzige Gewissheit geblieben ist. Er wird zurückkommen, das weiß ich, und ich werde da sein. Und so kommt der Winter.

Und bringt dich zurück an jenen Ort, an dem du ihn zum letzten Mal gesehen hast, an dem du dich von ihm verabschiedet hast, an dem du ihm deine Liebe hinterhergerufen hast.

»Du bist für mein Leben wie das Salz für den Ozean.«

Dort, an demselben Kai, in derselben tödlichen Kälte, unter demselben weißen Nordhimmel, spürst du, dass dieser Satz das Einzige ist, das ein wenig Wärme spendet: dieser Satz der Liebe. Traurig.

Melde dich, mein Geliebter. Noch nie habe ich mich so allein gefühlt, noch nie ist es mir so schlecht gegangen. Doch es antwortet der Winter. Mit etwas, das du nie hättest wissen wollen, mit einem Wort, das du nie hättest hören wollen.

»Verschwunden.«

Die Den ist verschwunden.

Explodiert, vernichtet, untergegangen.

Sechs Monate, um bis zum Kap der Guten Hoffnung zu segeln und dort zu explodieren wie ein Stern, der seine Aufgabe im Kosmos erfüllt hat, und sechs Monate, damit eine andere Flotte neben ihren duftenden Reichtümern aus dem Fernen Osten auch den Gestank von Nachrichten wie dieser herbeitragen kann.

Verschwunden.

Plötzlich fühlst du dich leer, als würdest du schwimmen, und das Wasser ist fort, als würdest du einen Berg erklimmen, und der Gipfel ist weg, als wolltest du atmen, und es ist keine Luft mehr da.

Alle tot, verdammtes Meer. Allesamt hast du sie verschluckt, ein Theater, das seinen Wasservorhang auftut, alle auf der Bühne verschlingt und den Vorhang wieder schließt, ohne irgendjemandem irgendetwas zu erklären.

Mir ist schlecht, ich schwanke, das Herz schlägt mir bis zum Halse, der Magen dreht sich um, die Hände sind eiskalt, das Herz steht still. Gleich zerspringt es, oder es hört auf, mich weiterleben zu lassen.

Nur dieses Geschwätz der Leute nicht hören zu müssen, Matrosen, die erzählen, Kaufleute, die sich informieren, Neugierige, die fragen, Offiziere, die Kommentare abgeben, Kupferstecher, die entwerfen, Ehefrauen, die verzweifeln, Händler, die fluchen, Möwen, denen alles egal ist, Liebende, die sich vergessen, nur nichts hören, nichts und niemanden, denn hier geht es nicht einfach um ein Schiff, das verschwunden, eine Ladung, die verloren gegangen, ein Geschäft, das ins Wasser gefallen ist, hier geht es um die Liebe, um meine Liebe, die untergegangen ist, um meinen Geliebten, der nie mehr wiederkehren wird, um mein Versprechen, das nutzlos war, in den Wind gerufen, Napilut um die Ohren geschlagen, vergeudet wie ein ganzes Leben, hier geht es um meinen Geliebten, um mein Leben, um einen Teil von mir, verschlungen von den Fischen des Ozeans, versunken in den eisigen Wassern des Atlantiks, zu Asche geworden in einer absolut unvorhersehbaren Explosion.

Sie begriff.

In diesem Moment begriff Absentia.

Sie hatte niemanden mehr, aber es fehlte ihr auch niemand mehr.

Dir fehlt jemand, dachte sie, wenn dir ein Teil von dir selbst fehlt.

Sie war verloren.

Unwiederbringlich.

Für immer.

Stille.
Es schneit in allen Vereinigten Provinzen.
Es schneit auf dem Meer.

Es schneit, weil Gott es so entschieden hat.

Auf die Bitte der Engel hin.

Sie dringen nicht durch mit ihrem Gesang, werden immer gestört vom Getöse der Welt und haben ihn gebeten, eine Lautlosigkeit zu erfinden, die vom Himmel fällt.

Und wenn Stille eine Farbe hat, so ist sie weiß.

Die Farbe der Kälte.

Kristalle der Stille.

Schnee.

Die makellose Antwort des Himmels.

Er legt sich auf die Dächer, die rauchenden Schornsteine und die Kanäle, die zufrieren werden, auf die Brücken, auf die Baracken der armen Leute, auf die Pferde und auf die Kutschen der Kaufleute, auf die schwarzen Hüte der Männer, auf die weißen Hauben der Frauen, auf Fenstersimse und Tavernen voller Bierschaum, auf das Schicksal und auf den Zufall, auf die Flüche der Menschen, um sie zu ersticken, auf die offenen Münder der Kinder, mit denen er spielt, auf die blumenlosen Beete, die er schützt, auf die Fenster der Welt, durch die ein Admiral zu sehen ist, der das Meer betrachtet, eine Witwe, die zu einem Bild spricht, zwanzig weiße Leinwände, die bereit sind, Tulpen zu werden, sobald der Frühling kommt, ein Vergrößerungsfanatiker, der das soundsovielte Insekt aufspießt, um es zu studieren, ein Uhrmacher, der nachsieht, wie lange noch, ein bleiches Mädchen ohne Liebe und ohne Hoffnung, ein junger Bursche, der sie seit Tagen beschattet, ein Maler, der einen Brief schreibt, eine Blinde, die Farben kauft, ein Doktor, den eine Wolke hat verstummen lassen, ein Maler, der Rosen malt, als sei die Leinwand eine Bühne, und ein Bote mit einem Umschlag, der von weither kommt, der Umschlag, der Bote kommt vom Amsterdamer Hafen und der Umschlag vom Äquator, und es ist merkwürdig, ihn hier im kalten Schnee zu sehen, diesen heißen Umschlag aus den Tropen, er ist für den Professor bestimmt, Professor Witt Van der Kalm. Es ist die erste Antwort. Die Universität, an der er lehrt, wird stolz auf ihn sein. Seine Frau wird alles Gift zurücknehmen, das sie ungerechterweise verspritzt hat. Seine Bekannten werden sprachlos sein, wenn sie von dem größten Projekt erfahren, das je ein Mensch entworfen hat. Und er selbst wird in die Geschichte eingehen als der Mann, dem es gelungen ist, die Zeit zu verlangsamen, sein Name wird in allen Büchern stehen, die Uhrmacher werden ihn feiern, die Historiker ihn rühmen, und auf seinem Grabstein wird stehen:

Der Mensch kann sich den menschlichen Geist unterwerfen,
er kann Länder und Meere bezwingen;
hier aber ruht,
der die Zeit bezwungen hat.
Professor
Witt Van der Kalm
Ergebener Diener der Ruhe.

Auch auf die weißen Grabsteine legt er sich.
Der Schnee.
Stille, die in Zeitlupe fällt.

»Mittlerweile weiß ich fast alles über Rosen, Doktor Grouw.«
»Lieber Marco De Ros, ich bin der einzige Botanikexperte der Stadt und stehe Euch gerne zur Verfügung.«

Vor dem Atelier des venezianischen Malers ein Gespräch zwischen der Wissenschaft und der Kunst. Die Kunst tut, als interessiere sie sich für die Wissenschaft, sie kreist sie ein, umgarnt sie, bezwingt sie.

»So erzählt doch, Doktor Grouw.«

»Die Rosen sind sommergrüne Strauch- oder Kletterpflanzen.«

Betört von ihrem eigenen Spiegelbild, bildet sie sich ein, dass sie dem Traum helfen kann, sich besser auszudrücken. Sie weiß es nicht, die Wissenschaft, dass der Traum die Wirklichkeit nicht braucht, um sich auszudrücken.

»Sie bilden am Wurzelstock zahlreiche Triebe aus und haben dornige Zweige, die bei der Identifizierung der Art eine wichtige Rolle spielen.«

Arme Wissenschaft, die Kunst nutzt dich schamlos aus. Sie lässt dich reden, damit du dich wichtig fühlst, damit du mit deinen Wahrheiten herausrückst und sie dir ihre Falschheit einimpfen kann.

»Ihre Blätter sind unpaarig gefiedert, die Nebenblätter klein. Die Blüten wachsen einzeln oder zu mehreren am Ende der seitlichen Zweige. Jede Wildart hat fünf Kelchblätter, fünf Kronblätter und zahlreiche Staubgefäße und Stempel, während Gartenrosen zehn oder zwanzig Kronblätter haben und halb gefüllt genannt werden.«

Die Kunst sieht mit dem Auge des Menschen.

Und der Mensch kennt die wahre Wahrheit nicht.

»Fantastisch, Doktor Grouw. Und der Kelch?«

»Der Kelch hat eine längliche Form und enthält den Fruchtknoten und die anderen Fortpflanzungsorgane.«

Er kann sich nur annähern oder so tun, als kenne er sie. Und Marco De Ros war ein Experte im Verstellen.

»Und die Farben? Wie steht es damit?«

»Es gibt weiße, rosafarbene und rote. In Asien gibt es einige gelbe Sorten. Blaue gibt es nicht.«

»Es wäre mir eine Ehre, wenn Ihr mich in meinem Atelier besuchen würdet, Herr Doktor.«

»Gern, verehrter Herr De Ros.«

Sie treten ein.

In ein schönes Haus, schmal und tief, wie alle Häuser, die am Kanal stehen, Backstein außen, Holz und weiß getünchte Wände innen, die Fußböden schwarz-weiß gefliest. Sie gehen in den ersten Stock hinauf. Im Stockwerk darüber liegt das Atelier, wo fünf Angestellte von morgens bis abends arbeiten. Zwanzig Bilder sind bereits fertig. Am Tag der Entscheidung werden es sechzig sein.

Nun ja.

Marco De Ros und Jan Grouw bleiben am Fenster stehen, dessen Scheiben unterteilt und bemalt sind wie auf manchen Bildern von Vermeer, gelb und blau, wie die Kleider seiner Frauen. Der Gaukler hebt wieder an:

»Das Studium der Botanikbücher hat mir die Wahrheiten der Natur zugänglich gemacht, und so habe ich begonnen, die Anatomie der Rose aufzuzeichnen. Es ist mir stets darum gegangen, meine naturwissenschaftlichen Kenntnisse auf die Leinwand zu übertragen – in Venedig malen wir nicht auf Holz, dazu ist es zu feucht –, und meine Bilder waren immer äußerst exakt. Der akademische Stil wird jedoch nur dem botanischen Aspekt gerecht, nicht dem kreativen.«

»Verstehe.«

»Wisst Ihr, im Grunde ist es unmöglich, der Natur zurückzuerstatten, was sie uns gibt: Es wird immer unvollständig und deshalb unvollkommen bleiben. Eine Rose duftet, man kann sie pflücken oder trocknen, wie die Haut einer Frau kann man sie streicheln, aber man kann sie nicht darstellen: Immer wird man hinter der Vollständigkeit und Vollkommenheit der Natur zurückbleiben. Deshalb habe ich mir gesagt: Wenn die Botanik in ihren Studien voranschreitet, was bleibt dann der Kunst als die Möglichkeit, neue Rosen zu erfinden? Gottes Gesetze sind unantastbar, was können wir also Besseres tun, als sie durch Schönheiten zu preisen, die nur in der Fantasie existieren?«

»Interessant, Herr De Ros.«

»Sagtet Ihr nicht, blaue Rosen gebe es nicht?«

»Das stimmt. Es gibt sie nicht.«

»Seht her.«

»Oh.«

Er nimmt ein Bild, das gerade erst fertig geworden ist. Ein wunderschöner Rosenstrauß, in dessen Mitte eine prächtige blaue Königin thront.

»Das Vorhandene überlasse ich gerne Euch und Eurer Botanik. Ich begnüge mich mit der Welt der Poesie und nutze die Freiheit der Fantasie.«

»Großartig, Meister De Ros. Statt Euch damit zu begnügen, die Wirklichkeit unvollkommen abzubilden, unterstreicht Ihr mit Eurer Arbeit die Unmöglichkeit, die Natur wahrheitsgetreu wiederzugeben, und stellt sie genau dadurch dar.«

»Genau, mein lieber Grouw. Euch die Gediegenheit, mir der Erfindungsgeist. Euch die moralische Verpflichtung, mir die Inszenierung der Schönheit.«

Der neue venezianische Kolorismus schwappte wie eine bunte Welle über das düstere Holland hinweg. Und so legte sich über die schwere holländische Pedanterie eine funkelnde, sensible, lyrische Leichtigkeit. Vom Gefühl für das Wirkliche zum

Gefühl für das Göttliche, von der kompositorischen Schlichtheit zum chromatischen Kunststück war es nur ein kurzer Schritt.

Die Poesie von Napiluts Tulpen entfaltete sich aus seinem Innenleben, die Schönheit der Rosen von De Ros entsprang seinem fantastischen Erfindungsreichtum.

»Und … die anderen Rosen? Die anderen Farben, Meister De Ros?«

»Oh, Signore, die kann ich Euch bei meiner Ausstellung zeigen.«

»Ihr stellt Eure Bilder auch am Ende des Frühlings aus, wie Meister Napilut?«

»Nein, Signor Grouw, nicht wie Napilut: vorher, vor ihm. Und besser, besser als er. Ich erwarte Euch zu diesem feierlichen Ereignis.«

»Ich werde nicht fehlen, Meister De Ros.«

»Doch jetzt muss ich Euch verlassen, werter Freund der Wissenschaft, *me scamp da cagàr**, ich habe etwas sehr Wichtiges vor.«

»Auch ich, Meister. Meine Ehrerbietung und meine Hochachtung.«

»Ich werde nur Gutes über Euch erzählen, Signore.«

»Dasselbe gilt für mich, Marco De Ros.«

Sehr wichtig, die Meinung der Leute. Den bewundernden Äußerungen des Amsterdamer Bürgertums, diesen schimmernden Perlen, die sich der Venezianer mit meisterhafter Geschicklichkeit herangezüchtet hat, fehlt nur noch der seidene Faden, der sie verbindet. Die Schönheit seiner Bilder verzaubert die ganze Welt, seine Beredsamkeit überzeugt jedermann, dass die Rose der Mode letzter Schrei ist und die Tulpe verdrängt, und die Anerkennung durch die wichtigen Persönlichkeiten garantiert ihm den wirtschaftlichen Erfolg. Doch Napi-

* »Ich muss dringend scheißen.«

lut ist und bleibt ein großer Künstler, der ihn jederzeit übertreffen könnte. Und deshalb muss er getötet werden. Nicht physisch, nein, psychisch. Er muss ihm die Seele rauben. Eine Seele mit dem Namen einer Frau.

Eine Seele namens Absentia.

Allergnädigster verehrungswürdigster Herr
Professor Witt Van der Kalm

Wir haben Euren Brief erhalten und wissen die Originalität Eures Projekts zu würdigen.

Nach eingehender Beratung mit unseren Gelehrten der Astrophysik und nach Rücksprache mit dem Vizekönig von Spanien über die Möglichkeit, Euch einige Morgen Land abzutreten zum Zwecke der Konstruktion einer Gegenwindmühle, bedaure ich aufrichtig, Euch eine Absage erteilen zu müssen.

Der Grund für die Unmöglichkeit, das gewünschte Landstück an Eure hochverehrte Herrschaft abzutreten, liegt in der Beachtung der geltenden Gesetze, nach denen es einer Kolonie des Königreichs Spanien nicht gestattet ist, den Vereinigten Provinzen Geschenke irgendwelcher Art zu verehren.

Trotz der Beendigung der Feindseligkeiten vor nunmehr drei Jahren ist dieses Veto noch immer in Kraft, und ich hoffe, dass Ihr es akzeptieren könnt oder zumindest zur Kenntnis nehmen wollt.

In unendlicher Dankbarkeit für Eure freundliche Anfrage und in tiefer Bewunderung für Euer Projekt
verbleibe ich allzeit.
Euer Gnaden mich gehorsamlich befehlend
Euer untertänigster und ergebenster Knecht
Carlos Ruiz de Azùa
Sekretär des Vizekönigs von Spanien in Ecuador

In Doktor Claudius Schlafzimmer fiel ein leichtes Winterlicht auf die Gegenstände seines täglichen Lebens.

Auf die Bank, den Nachttisch, die beiden Stühle, auf ein Porträt seiner Tante aus Haarlem, lebendig, das einer seiner Großmütter, der aus Antwerpen, verstorben, das einer seiner Stiefmütter, der aus Gundt, lebendig, das einer Tante aus Leiden, dem Geburtsort Rembrandts, lebendig, ein Porträt seiner selbst, im Sterben.

Seit dem Tag seines Experiments, seiner Reise ins Vitalfluidum und ins Innere der Wolke lag er im Bett. An jenem Tag hatte ein merkwürdiges Fieber von ihm Besitz ergriffen, eine seltsame, den Ärzten von damals und von heute unbekannte Krankheit, die »Krankheit der inneren Leere«, die sich ausbreitet, wenn die Welt unter dir zusammenbricht oder du unter der Welt, und zu deren eindeutigsten Symptomen der Verlust der Sprache gehört, die Stummheit, das Keuchen, der abwesende Blick und die ständige Wiederholung einer einzigen, lächerlichen Aussage: »Ich bin sprachlos.«

An diesem leeren, kalten, unentschlossenen Nachmittag kommt ihn ein leeres, kaltes, unentschlossenes Lebewesen besuchen.

Es ist Professor Van der Kalm.

Mit einem Brief in der Hand.

»Was sagt Ihr dazu?«

Schweigen.

»Was sagt Ihr dazu, Doktor Claudius?«

Ein Blick, der bedeutet, ich bin sprachlos.

»Ich habe einen Brief bekommen, aus Ecuador.«

»Ich bin sprachlos.«

Mit dem dünnen Stimmchen. Sprachlos, weil ein Brief gekommen ist, oder wegen seines Inhalts?

»Ja. Mir geht es ganz genauso.«

Witt Van der Kalm setzt sich, lehnt den Kopf an die Wand, hebt die Hand und wischt sich den Schweiß von der Stirn. Er fühlt sich einer Ohnmacht nahe, nur bräuchte er dazu Zeit, viel Zeit. Deshalb fährt er fort.

»Es ist vorbei, Doktor Claudius. Niemand hat Vertrauen in mein Projekt gesetzt. Die einzige Antwort, die ich erhalten habe, ist negativ. Versteht Ihr? Keine Gegenwindmühle in Ecuador. Und das bedeutet, keine Kette von Zeitverlangsamern, denn auf Grund der Theorie der sich selbst tragenden Vielfachen gilt: Fällt einer, fallen alle. Was sagt Ihr dazu?«

»Ich bin sprachlos.«

»Was ist bloß los? Seit Wochen liegt Ihr da, stumm, leidet still vor Euch hin, und es gelingt mir nicht, ein Wort aus Euch herauszubekommen, außer dass Ihr sprachlos seid, wir wissen nicht mehr ein noch aus, wissen nicht, wie wir Euch helfen können, alle fragen nach Euch, und ich bin sprachlos, genau wie Ihr, es geht mir schlecht, glaubt mir, zwar langsam, aber es geht mir schlecht, wegen Euch und seit heute Morgen auch wegen mir. Ich flehe Euch an, sagt etwas.«

Allem kann man standhalten, aber nicht dem Flehen eines Freundes. Deshalb, und nur deshalb, sucht der Doktor Claudius, sucht er nach der Sprache. Was schließlich herauskommt, ist eine bittere Wahrheit.

»Es gibt keine Wolken.«

So. Das war's. Es gibt keine Wolken, sie haben kein Herz, sie haben keine Seele. Sie sind wie schöne Puppen, innen leer. Sie besitzen nur eine Form. Drinnen, nichts.

»Wie?«

»Es gibt keine, Professor Van der Kalm. Drinnen ist nichts. Nur Weiß. Und Kälte.«

»Weiß? Kälte? Moment mal, langsam, ich verstehe gar nichts. Ihr meint, die Wolken …«

»Nichts als eine Form, die sich ständig ändert. Unaufhörlich. Keine Substanz. Du kannst sie nicht berühren, nicht fassen, sie haben keine Dichte, wie es von der Erde aus scheint. Sie haben keinen Geschmack, wenn du kostest, sie haben keinen Geruch, wenn du atmest, sie haben nichts, versteht Ihr? Ach, so viele Jahre auf der Suche nach dem Nichts …«

»Niemand wird das je erfahren, Doktor Claudius.«

Ohne zu antworten, steigt Claudius aus dem Bett, nimmt ein Blatt Papier und malt mit großen Pinselstrichen einen blauen Grund darauf. Van der Kalm sieht ihm zu, glücklich. Überzeugt, sein Freund wolle seine Forschungen wieder aufnehmen, wolle also zum Buch, also zu den Wolken, also zum Leben zurückkehren. Schweigend nimmt Claudius ein Glas und füllt es mit Wasser. Er schließt die Augen und gießt einen Teil seines Inhalts über das blaue Blatt. Van der Kalm schaut zu, heiter. Wendet er sich wieder seinen experimentellen Illustrationen zu? Schweigend geht Claudius zu Witt und hält ihm das Blatt hin, das noch von Wasser und blauer Farbe trieft, Tropfen fließen, zerstören die gleichmäßige Oberfläche, laufen über das Blatt und zeichnen merkwürdige Stalaktiten darauf, kehren plötzlich wieder um und bilden Stalagmiten, schaffen eine surreale, metaphysische Illustration, zu der es in Wirklichkeit nicht viel zu sagen gibt.

»Was seht Ihr?«

Fragt Claudius mit dem Atem eines Mannes, der seit Tagen nicht gesprochen hat, und mit einem wissenden Blick, der gleichzeitig verloren ist wie ein Schiff, das mitten im Meer liegt, und doch ist nur Sand drum herum.

»Eine Wolke.«

Antwortet Van der Kalm, sicher, seinem Freund eine Freude zu bereiten, und erstaunt über sein unerwartetes Erwachen, die ungewöhnliche Reaktion, die Heilung.

»Seid Ihr sicher?«

Stimmt, er hatte ein wenig überstürzt geantwortet und nicht gründlich genug nachgedacht, verdammte Eile, gefallen zu wollen, und doch war es eins der Bilder, die sein Freund Claudius in sein Buch aufnehmen wollte, um das Systematische Verzeichnis zu illustrieren, ganz bestimmt, natürlich war das eine Wolke, doch seine Gedanken klangen etwas unklar, wie ein Donnergrummeln, und es kam schließlich heraus:

»Was meint Ihr denn?«

»Dies ist keine Wolke, mein lieber Freund, sondern nur Wasser auf einem weißen, dann blau bemalten Blatt. Um ein Buch zu schreiben, reicht es nicht, einen Autor und einen Verleger zu haben. Man braucht auch ein Thema, und meines ist trügerisch, und ich selbst bin ein Opfer dieses Trugs geworden, denn die Wolken sind leer, vergänglich, wechselhaft, schwankend, unbeständig, voller Grau, scheinbar aus Materie gemacht, in Wirklichkeit unberührbar, von faszinierendem Aussehen, aber auf grausame Weise traurig. Von weitem erscheinen sie wie der Gipfel eines Berges, aus der Nähe sind sie der Beweis des Nichts. Dieses Buch wird nie erscheinen, denn es kann nicht enden, die Leute aber wollen ein Ende, und möglichst ein gutes.«

»Aber Doktor Claudius …«

»Glaubt Ihr, die Leute lieben um der Liebe willen? Nein, sie lieben sich, weil sie dem Instinkt der gegenseitigen Anziehung gehorchen. Glaubt Ihr, die Reisenden lieben das Reisen? Nein, sie lieben das Ziel, sie lieben nur die Ankunft.«

»Dann erzählt den Leuten doch einfach, was sie von Euch hören wollen. Werft Eure Studien nicht ins Nichts der Wolken. Die Leute werden Euch sogar noch mehr bewundern, Doktor Claudius, sagt ihnen, Ihr hättet eine fantastische Vision gehabt, sagt, Ihr hättet paradiesische Ströme erblickt. Regt ihre Vorstellungskraft an, erhebt ihren Geist mit der Kraft der Fantasie, Ihr, der Ihr zumindest die Möglichkeit habt, im Vergessen zu überleben, im Vergessen dessen, was Ihr gesehen habt. Mir aber, was bleibt mir? Was für eine Antwort kann ich finden, jetzt, wo ich keine Fragen mehr habe?«

Mitten im Winter antwortet ein an der Leere erkrankter Doktor, dass er sprachlos ist. Und ein Professor ohne Antwort sucht verzweifelt nach seiner Frage. Er wird sie finden, aber erst ein paar Seiten später. In aller Ruhe. Schließlich ist dies keine Geschichte aus dem einundzwanzigsten Jahrhundert.

Dieses Gefühl der Verlassenheit, diese verzweifelte Einsamkeit bereiteten ihr geradezu körperlichen Schmerz.

Draußen die Stadt, eingemummelt und weiß, unermüdlich und grausam.

Innen Wüste.

Das Nichts ergriff von ihrer Seele Besitz, ein Nichts, das Form annahm, als sei die Schwärze des Himmels geronnen und zu Materie geworden, als sei sie nicht mehr die Leere zwischen den Sternen, sondern habe sich in eine kompakte, wirkliche, konkrete Dimension verwandelt. Absentia spürte sie in sich. In ihrem Inneren. Die Leere ist eine Fülle, die tötet und alles um sich herum verschlingt. Über die alltägliche sanfte Melancholie legte sich die Trauer über das Unmögliche.

Zwei Männer kennen zu lernen, sie zu lieben und sich von ihnen geliebt zu fühlen, der Versuchung standzuhalten, nur um eines gegebenen Versprechens willen, einen vermaledeiten Maler mehr zu lieben als sich selbst, sich umworben zu fühlen, bis man schöner, sicherer, vollständiger wird, plötzlich alles wieder zu verlieren. Alles. Alles.

Was für einen Sinn hat es zu leben, was für einen Sinn, morgens aufzustehen und den Tag zu beginnen, wenn das angenehmste Gefühl, das man verspürt, eine schreckliche Übelkeit ist, wenn die Gedanken immer nur im Kreise gehen. »Wenn ich das gewusst hätte, Meister Napilut«, wie ein Karussell.

»Wenn ich das gewusst hätte, wäre ich jetzt nicht so allein«, wie eine Zentrifuge. »Auf das Nichts habe ich gewartet, völlig vergeblich habe ich ausgeharrt. Napilut, ich liebe dich auch, du wirst es nicht glauben, du wirst es nie glauben. Ich liebe dich maßlos, mehr als mein eigenes Leben, mehr als den Fluss und das wandernde Wasser, mehr als das Korn und den Wind, der darüber streicht, mehr als die Sünde und den Hochzeitsschleier, mehr als die Wurzeln die weiche Erde lieben, die sie durchdringen. Ich bin ein verlassenes Haus, das von dir bewohnt werden will, ein Mund, der von dir gefüllt werden will, Milch und Honig, die von dir gekostet werden wollen, doch du wirst es nicht mehr glauben, und ich kann nicht zurück zu dir, nur weil der, dem ich mich versprochen hatte, nicht zurückgekehrt ist.« Und dann gehen die Gedanken wieder von vorne los.

»Mein einziger Wunsch ist es; zu verschwinden. Am liebsten wäre ich nie geboren.«

Aus ihren Augen nichts, nicht eine einzige Träne.

Aus der Nase Blut.

Wie sie darauf gekommen sind, müsste noch geklärt werden. Jetzt jedenfalls sind sie fast da. Die beiden Leuchten der Wissenschaft, vom Schicksal misshandelt, vom Leben zerknautscht, sind beinahe am Ziel.

»Eine herrliche Rache.«

»Schnell, Beeilung, es ist furchtbar dringend…«

»Geduld, Professor Van der Kalm. Es ist gleich hinter der Brücke rechts, nicht wahr?«

»Ja, da ist es. Nicht mal ein Jahr habe ich dort gelebt, doch diese Hexe soll büßen. So etwas tut man nicht…«

»Nein.«

»Und so etwas sagt man nicht…«

»Das ist pure Bosheit. Herumzuerzählen, dass Ihr impotent seid.«

»Ich, der ich mit meiner Intelligenz die Zeit anhalten könnte…«

»Doch die Leute verstehen das nicht, nur noch ein paar Meter, und wir sind da.«

»Ist jemand zu sehen, Doktor Claudius?«

»Schwer zu sagen bei der Dunkelheit, aber Ihr erledigt es doch, ähm, sagen wir, schnell?«

»Ich tue mein Bestes. Da ist die Tür…«

Man stelle sich die Szene vor: In einer Nacht, die dunkel ist wie das Schwarz und kalt wie das Weiß, sind zwei Wissenschaftler unterwegs, um sich an Elisabeth Van der Kalm, der Exfrau des Professors, zu rächen, jene, die ihn nicht nur aus dem Haus gejagt und ihm vorgeworfen hat, es allein auf ihre Mitgift abgesehen zu haben, sondern die ihn auch unmöglich gemacht hat, indem sie im Dobire, wo ihn jedermann kennt, erzählt hat, er sei impotent.

Rache? Ja.

Der Einfall kam vom genialen Doktor Claudius, der von Sorgen geplagt wurde, weil sich eine lähmende Melancholie über den unermüdlichen Professor gelegt hatte, während er selbst sich vom Schock über das Nichts erholt hatte und nun von einer wunderschönen Idee belebt war, nämlich die Sterne zu klassifizieren, die wenigstens bleiben, wo sie sind, eine schöne Gewissheit. Wie auch immer. Was sie getan haben, ist schnell erzählt. Sie haben zu Mittag reichlich gespeist, und der Professor hat dem Mahl noch eine Suppe aus Topinambur, dicken Bohnen und Zwiebeln hinzugefügt. Ein natürliches Triebwerk für eine Bombe namens Scheiße. Genau. Scheiße. Da stehen sie beide vor der Tür seiner Frau. Der mit der Kartoffelnase und dem Wanst eines Globus sagt:

»Wir sind da, Professor. Wenn Ihr so weit seid…«

Der andere lässt die Hosen hinunter und hockt sich hin.

»Im Namen der heiligen Rache und in der klaren Absicht, meiner Exfrau ein Zeichen der Erkenntlichkeit… PPPRRRRRTRAPT!«

»Die erste Ladung Dynamit! Bravo, Professor!«

»PPPPRRRRRCCHRATZ… Oh je, mein Bauch, ich glaube, ich habe etwas übertrieben mit dem Topinambur…«

»Da kommt jemand, Professor, schnell!«

»Redet mich mit einem anderen Namen an, mit jenem, mit dem von diesem Kerl, der Rosen malt und der ihr Liebhaber sein soll.«

»De Ros?«

»Wie?«

»De Ros?«

»Ja, macht weiter.«

»Marco De Ros? Was macht Ihr da? Fort, fort.«

Der Professor steht auf, gibt vor zu fliehen, macht sich so gut es geht die Hose zu, hinterlässt vor der Tür des Hauses, das einmal sein Heim war, sein Erbe. Hinter ihm, in lächerlicher, gespielter Verfolgung, rennt Doktor Claudius und kreischt in einem fort:

»Stehen bleiben, habe ich gesagt, Herr De Ros!«

Auf der anderen Seite des Kanals schwanken zwei Betrunkene nach Hause und lachen sich halb tot, ohne zu wissen, warum. Wenn das Leben Scheiße ist, was muss dann erst die Rache sein?

Dieselbe heiß serviert.

Niemand.

Kein Mensch weit und breit.

Ein böser Wind treibt die Wellen in den Selbstmord, hebt sie hoch und schmettert sie auf den Strand, vernichtet sie, trägt die Wassertröpfchen fort und löscht damit jede Spur ihrer individuellen Existenz aus. Seit dem Tag, an dem jene unglückselige Nachricht sie zweifach umgebracht hat, seit jenem Tag, an dem das schreckliche Schicksal der Den in der Stadt die Runde gemacht hat, seit jenem Tag, an dem sich herumgesprochen hat, dass ein Schiff einfach so in die Luft fliegen kann und mit ihm mehr als hundert Schicksale, einschließlich dessen von Absentia, hat sie das Haus fast nicht mehr verlassen, nur einige Male, um dorthin zu gehen, gelähmt von der Leere, erdrückt von der Dichte und dem Gewicht und der Gewalttätigkeit des Nichts. Kein Mensch weit und breit.

Außer ihr, an einem selten kalten und windigen Nachmittag, an dem sie hätte aufhören können zu leben, nicht aber zu lieben. Es machte nicht den geringsten Sinn, an diesen Strand beim Hafen zu gehen und den Horizont nach einem fernen Segel, nach einer Rückkehr, nach einer Gewissheit abzusuchen. Es machte keinen Sinn. Aber auch leben machte keinen Sinn mehr.

Sie hatte sich so warm wie möglich angezogen, Lumpen über

Lumpen, Schal, Handschuhe, Strümpfe, Mantel, die Haare zusammengebunden, der Blick hinter der geraden Linie der Abwesenheit versunken.

In Holland ist alles platt, alles ist horizontal. Hoffnungslos flach, wie das Meer. Du gehst von links nach rechts, platt, du drehst dich um dich selbst, platt, du bleibst stehen und fragst dich, wie man die Dinge aus einer anderen Perspektive betrachten könnte, etwa von oben, und ob diese abstoßende Landschaft und dieses widerwärtige Leben, dieser Schlamm, der gegen das Meer kämpft, dieser Körper, der vom ersten Tag an gegen den Tod kämpft, von oben vielleicht schöner und damit erträglicher würden.

Da steht sie, Absentia, die Arme verschränkt, die Schultern eingezogen, den Schal fest um den Hals gewickelt. Ins Meer könnte sie sich werfen, doch der Wind stemmt sich ihr entgegen. Die Arme könnte sie heben und fortfliegen, doch sie würde erfrieren. Warum ist sie zurückgekehrt an den Ort ihres nie erlebten Wiedersehens?

»Ich werde dir einen Berg schenken.«

Und so tritt er auf, inmitten der weiten Ebene. Mit einer eleganten, ausländischen Stimme. Ich werde dir einen Berg schenken, mit einem betörenden Duft, einem Flüstern direkt an ihrem Ohr. Am liebsten hättest du geantwortet, was soll ich mit einem Berg, aber du denkst an die Plattheit dieser Landschaft und dieses Lebens und du könntest die Dinge von oben betrachten, von einem Berg herab. Dem Mund in diesem Gesicht, das sich nicht einmal bewegt, entfährt nur:

»Wie könnt Ihr es wagen, mein Herr?«

»Ich wage es im Namen der Liebe.«

»Dann seid Ihr ein Schwätzer, denn Ihr kennt mich nicht einmal.«

»Lüge und Schönheit gehen nicht zusammen, und ich liebe Eure Schönheit, Absentia.«

Marco De Ros verneigt sich, als stünde er vor der Königin

des Universums. Absentia dreht sich um, als stünde sie vor einem Betrüger.

»Also wisst Ihr, wie ich heiße, mein Herr.«

»Ich weiß noch viel mehr, Absentia.«

»Wie ist das möglich?«

»Ich will es Euch erzählen, wenn Ihr geruht, eine kleine Aufmerksamkeit von mir anzunehmen.«

Mit einer raschen Bewegung greift Marco De Ros in seine Tasche und hält ihr einen wunderschönen Schal aus goldgelber Seide hin, lange Fransen, glänzender Damast, ein kostbares Kleinod. Absentia rührt sich nicht. Sie ist geblendet von solcher Schönheit, und sie atmet gleichzeitig den Rosenduft.

»Der ist für Euch, Absentia. Ich habe ihn selbst parfümiert.«

»Nein, Herr, ich kann nicht. Nehmt ihn zurück.«

»Bei dieser Kälte, meine Liebe, und Eurer Blässe wäre ich ein schlechter Freund, wenn ich ihn zurücknähme. Eure Hände sind ja halb erfroren!«

»Rührt mich nicht an, ich gehöre Euch nicht!«

»Ich wollte Euch nur wärmen.«

»Meine Seele ist vereist, und Eis kann man nicht wärmen.«

Absentia spricht wenig, doch wenn sie etwas sagt, dann sind es Perlen.

»Hört, mein liebes Blütenblatt, ich brauche Eure Schönheit.«

»Warum?«

»Ich bin Maler.«

Noch einer. Um Gottes willen, bloß nicht. Bloß nicht noch einen Maler.

»Ich male Rosen. Nur Rosen.«

Noch einer, der Blumen malt, und nur Blumen einer Sorte. Nun komm, antworte schon.

»Und was habe ich mit Euren Rosen zu schaffen?«

»Ich weiß, dass Ihr mit Eurer Anwesenheit Tulpen zum Duften gebracht habt.«

Dann weiß er also von Napilut und dass ich ihm Modell

gesessen habe. Dann weiß er, was ich getan habe. Wer ist das bloß?

»Ja, und?«

»Morgen.«

»Was?«

»Morgen werdet Ihr zu mir ins Atelier kommen.«

»Nein.«

»Morgen, Absentia.«

»Nein, weder morgen noch sonst irgendwann.«

Doch Marco De Ros hört nicht, oder besser, er glaubt ihr nicht. Er hat eine wunderschöne Silberkanne mit einer unbekannten Flüssigkeit mitgebracht. Sie ist dunkel, aber duftend und süß und warm.

Jetzt zieht dieser Teufel von einem Mann zwei Porzellantassen mit Goldrand und Henkeln in Form von Rosenblättern aus der Tasche und gießt das fremdartige Getränk hinein. Der Dampf steigt ihr ins Gesicht, denn jetzt steht er genau vor Absentia.

»Kostet, Absentia, es wird Euch schmecken.«

»Nein, Herr, ich möchte nichts.«

»Nehmt, Absentia, es wird Euch wärmen, es wird Euch wohl tun. Schon spürt Ihr die Wärme in Euren steifen Händen. Ein sehr gutes und sehr seltenes Getränk aus Südamerika, das sich Schokolade nennt. *E anca ela me costa un capitàl!**«

»Schoko …?«

»Schokolade. Anregender als Bier, süßer als Kaffee, berauschender als Wein, gesünder als Aquavit. Seht, auch ich trinke davon.«

Drei große Schlucke und ein breites Lächeln.

»Habt Ihr gesehen? Kostet doch wenigstens einmal.«

Es ist heiß, und es ist wunderbar, eine Stärkung mitten im Winter, und doch nur ein Tropfen auf dem heißen Stein. Gerade will sie ihm die Tasse zurückgeben, als Marco sagt:

* »Und hat mich ein Vermögen gekostet!«

»Nein, behaltet sie. Ich schenke sie Euch. So werdet Ihr an mich denken.«

»Aber Herr …«

»Jetzt muss ich gehen, Absentia. Seht Ihr die Kutsche dort hinten? Sie wird Euch nach Hause bringen, damit Ihr bei dieser Kälte nicht erfriert.«

»Die mit den beiden weißen Pferden?«

»Ja, die.«

»Ihr müsst ein sehr reicher Maler sein!«

»Ja, der reichste Blumenmaler, und bald auch der berühmteste.«

»Aber Meister Napilut …«

»Nehmt den Namen dieses Menschen nicht in den Mund!«

»Warum?«

»Dieselbe Kutsche wird Euch morgen Nachmittag abholen.«

»Ich glaube nicht, dass ich komme, Herr.«

»Hier habt Ihr zwei Gulden.«

»Aber ich habe doch gar nichts getan, ich kann doch nicht …«

»Es ist ein Vorschuss, Absentia. Morgen werdet Ihr kommen. Jetzt muss ich gehen. Ich verabschiede mich mit einer Verbeugung. Und einem Duft.«

Da steht sie, reglos, während sie einen fürstlichen und eleganten Mann davongehen sieht. Sie steht mit dem Rücken zum Meer, denn es gibt niemanden mehr zu erwarten, die leere, noch warme Tasse in der einen Hand und ein fein verziertes Fläschchen mit Rosenduft in der anderen. Einen venezianischen Schal um die Schultern. Alles sieht immer so schön aus, am Anfang.

Außer der Schokolade war noch eine andere Sache nach Amsterdam gekommen, falls man das eine Sache nennen konnte. Die Überquerung des Ozeans hatten gute Winde begünstigt, und so waren tausend Dinge aus Amazonien gekommen: schöne, merkwürdige, neue, und dann dieses Dingsda, eine Art Zeitanhalter, etwas Totes, das sich hin und wieder bewegte, ein Affe, ohne dessen hysterische Bewegungen, ein stinkendes Monster, dessen Hauptbeschäftigung im Schlafen bestand, ein seltsames Viech, das während der gesamten Überfahrt am Mast geklebt hatte, ein Wesen, dem es nur um eins zu gehen schien: die Langsamkeit.

Ein Matrose hatte es mitgebracht, nachdem er beobachtet hatte, wie es von einem Baum gestiegen war, seine Notdurft verrichtet hatte und dann wieder hinaufgeklettert war. Alles in atemberaubender Langsamkeit.

Merkwürdig, aber wahr. Angezogen von diesem lebendigen Gegenstand, von seinen zweifingrigen Pfoten, seinem sanften, kurzsichtigen Gesicht und seiner unförmigen Gestalt, hatte er es sich auf die Schultern gesetzt und mitgenommen. Im Amsterdamer Hafen hatte er es der Westindischen Kompanie übergeben, wo man jedoch nichts damit anfangen konnte. Nach kurzer Beratung hatten die fünf Verantwortlichen drei Möglichkeiten ausgearbeitet: Man konnte das Fleisch des Dingsda kosten, man konnte das Dingsda verschwinden lassen und seine Existenz abstreiten, oder man konnte Professor Pieter van Doct kommen lassen, einen Experten für lebende und tote Tiere, und ihn um Rat fragen. Was die erste Möglichkeit anging, so fand es niemand verlockend, das Fleisch eines der scheußlichsten und stinkendsten Tiere zu kosten, das man je gesehen hatte. Was die zweite Möglichkeit anging, so verstieß sie nicht nur gegen die Moral, sondern auch gegen das Wahrhaftigkeitsgelübde der Kompanie, und früher oder später könnte immer mal jemand plaudern, was dem Prestige der Kompanie äußerst abträglich wäre. Blieb also nur die dritte Möglichkeit. Als Van Doct vor dem Dingsda stand und die nervenaufreibende Langsamkeit des Tieres und aller seiner Reaktionen erkannte, sagte er: »Es ist genauso schnell wie Professor Van der Kalm.« Da hatten alle ein und denselben Gedanken, in ein und derselben Sekunde.

Gleich und gleich gesellt sich gern.

Die Kutsche kam. Pünktlich wie das Schicksal. Der perfide Assistent stieg aus, um sie abzuholen, doch Absentia wollte nicht.

»Der göttliche Meister wird sehr ungehalten sein«, doch sie antwortete, das interessiere sie nicht.

Tita Mor übergab ihr einen Korb mit Lebensmitteln, Brot, Käse, frischer Milch, einer Flussforelle, einem kleinen Stör, zehn geräucherten Heringen, einem Mandelkuchen, einem Glas Honig und einer Zuckerdose vom gleichen Service wie die Tassen vom Tag zuvor, mit Goldrand und Henkeln in Form von Rosenblättern. Sie sagte, danke, sehr freundlich, das wäre nicht nötig gewesen, wusste jedoch nicht, ob sie mitgehen sollte.

Tita Mor gab ihr nun ein gefaltetes Blatt Papier, einen Brief vermutlich, und Absentia bekam einen Kloß im Hals, denn sie erinnerte sich an das, was sie nie vergessen würde, an die Liebe von Napilut und an ihre Überraschung, als sie erfuhr, was er für sie geschrieben hatte. Sie faltete das Blatt auseinander, tat so, als lese sie, sei aber von den Worten nicht im Mindesten berührt, und sagte schließlich, gut, ich komme, um Modell zu sitzen, aber nur heute.

»Ich glaube, nur heute reicht Meister De Ros«, entgegnete der verschlagene Assistent Tita Mor.

Die trockene Kälte, die genauso stechend war wie am Tage

zuvor, begleitete sie bis in die Prinsengracht 342. Es war so kalt, dass man den Atem der Pferde sehen konnte. Absentia, in einen Schal gehüllt, der viel zu kostbar für sie war, spürte während der ganzen Fahrt den Blick des verschlagenen Assistenten auf sich ruhen und vermisste die sanfte Distanz von Blau, ihre weise Blindheit. Dieser üble Kerl, Tita Mor, wirkte auf sie wie ein liebestoller Hund, wie alle jungen Männer, die noch zu unreif sind zu lieben. Doch erst gegen Ende der Fahrt sprach er sie an, fasste den Saum ihres Rockes, hob ihn vom Knöchel bis zum Knie und fragte:

»Zeigt Ihr sie mir?«

Absentia verweigerte eisig die Antwort, äscherte jedoch diesen Hund mit den triefenden Augen mit einem einzigen Blick ein. Da wandte er sich ab und sagte schnippisch:

»Ich werde sie schon zu sehen bekommen. Und sie wird genau so sein wie die aller anderen Frauen.«

Wenn alle gleich sind, dann guckt Euch doch die der anderen Frauen an, hätte sie antworten wollen. Aber man weiß ja, dass man die Provokationen der Männer am besten mit Schweigen beantwortet.

Als sie ankam, ganz steif gefroren und noch bleicher als sonst, wurde sie von einem warmen Lächeln empfangen, dem Lächeln von Marco De Ros, der sich tief vor ihr verneigte. Niemand, kein einziger Mann hatte das jemals getan, nicht der verschollene Matrose und nicht der ruppige Tulpenmaler.

»Ich habe bereits auf Euch gewartet, meine Prinzessin.«

Dann küsste er ihr die Hand.

Absentia, die Wäsche in eisigem Wasser wusch und ein Leben im Gegenwind lebte, fühlte sich wichtig, sicher und schön. Und dieses Gefühl steigerte sich noch, als ihr Marco De Ros, statt wie Napilut »Zieh dich aus« zu befehlen, eine Tasse warme Schokolade anbot, diesen Himmelsnektar, dieses paradiesische Mittel gegen die Kälte, diese flüssige Wohltat, die den Gaumen und die Seele befriedigt, diese exotische Sämigkeit, die Hände und Blicke wärmt. Gleich darauf lud der Maler sie ein, ihr durch sein wunderschönes Haus zu folgen, das viel heller war als die meisten Häuser in Amsterdam, luxuriös ausgestattet und ganz anders als nach dem zeitgenössischen Geschmack, denn hier war alles hell und prächtig dekoriert, von den Vorhängen bis zu den Tischtüchern, vom Porzellan bis zu den Kristallgläsern. Sie folgte ihm in den zweiten Stock und trat ins Atelier. Im Kamin brannte ein Feuer, drei Assistenten malten Rosen nach dem Original, und auch die Staffelei des Meisters stand schon bereit, während ein junger Bursche die Pulver zubereitete. Absentia war entsetzlich verlegen. Unfähig, ihre Befangenheit und Scham zu überwinden, blickte sie flehend zu dem Maler auf und hoffte inständig, dass er nicht von ihr verlangte, sich vor all diesen Männern auszuziehen. Der Einzige, der sie je nackt zu Gesicht bekommen hatte, war Meister Napilut, der Einzige, der sie angesehen hatte, um sich inspirieren zu lassen, der sich hatte inspirieren lassen, um zu malen, und der gemalt hatte, um zu lieben.

Doch hier war es anders, merkwürdig, sie fühlte sich fehl am Platz: nicht Subjekt, sondern Objekt, nicht bewundert, sondern taxiert, nicht neu erfunden, sondern kopiert.

»Aber natürlich, meine Prinzessin, natürlich.«

Flüsterte Marco De Ros, der in ihren Augen ihre Gedanken las. Er war wirklich ein Gentleman, dieser Rosenmaler. Dann fügte er hinzu:

»Kommt, Absentia.«

Sie folgte ihm, und gemeinsam traten sie in einen kleinen Nebenraum, wo eine Wanne mit warmem Wasser stand. Leichter Dampf stieg auf, es duftete nach Rosen, nach Orient. Auf dem Boden stand eine Schüssel mit Rosenblättern.

»Euch ist kalt, Absentia. Wärmt Euch auf, steigt in die warme Wanne, die ich extra für Euch habe bereiten lassen.«

»Aber Herr … das ist alles …«

»Es ist nichts im Gegensatz zu dem, was Ihr mir geben werdet.«

Tita Mor blickte sie an. Kalt, zynisch.

De Ros wandte sich ab.

»Dreh dich um, Tita Mor, denn unsere Prinzessin wird sich jetzt entkleiden.«

Doch Tita Mor drehte sich nicht um.

Verschämt begann sie, sich auszuziehen. Jetzt war sie hier, jetzt gab es kein Zurück mehr. Sie löste ihre Haare, legte den Schal ab, die Bluse, die Schuhe. Tita Mor stierte dorthin, zwischen ihre Beine, als wollte er wiederholen, was er in der Kutsche zu ihr gesagt hatte. Sie blickte ihn an, als wollte sie sagen: Dreht Euch um.

Er antwortete ihr: Ich werde sie schon zu sehen bekommen.

Sie drehte ihm den Rücken zu, ließ ihren Rock auf den Boden gleiten und stieg rasch in die Wanne. Die Temperatur war genau richtig. Sanfte Wärme, berauschender Duft. So müsste das Leben immer sein. Das ist doch etwas anderes, als den Leuten ihre Wäsche zu waschen. Marco De Ros betrachtete sie strahlend. Sie war bereits sein, oder zumindest fehlte nicht mehr viel. Im Dampf dieses wohltuenden Bades, das ihr bis in die Seele drang, schloss Absentia die Augen. Gleich darauf regnete es bunte Rosenblätter, »nach indischer Manier«, wie der Meister strahlend unterstrich, der die Blütenblätter aus einer Schale nahm und sie über der Wanne ausstreute. Alles vorbereitet. Alles geplant.

Wie sanft und empfindsam er doch war, dieser Mann. Wie deutlich er sie fühlen ließ, wichtig, absolut, vollkommen zu sein. Wie schön es war, sich seinen Anweisungen zu fügen.

»So, steht jetzt auf und lasst Euch abtrocknen, schöne Kreatur.«

Ein königliches Gefühl, die Arme vor diesem Maler zu heben, der die Schönheit in allen ihren Formen liebte, während sein Assistent zum Diener wurde. Jetzt auch zu ihrem. Er trocknete sie ab und berührte sie überall, auch wenn das ein Widerspruch zu sein scheint. Dann wurden ihr die Augen verbunden, mit einem Seidentuch, das nach Rosen und Iris duftete, und Marco De Ros flüsterte ihr ins Ohr:

»Die Schönheit, die alles durchdringt, kann von allen gesehen werden, kann selbst jedoch niemanden sehen. Das Auge, das alles sieht, kann sich doch selbst nicht sehen.«

Das war der letzte schöne Moment, den sie später erinnerte. Der Rest des Tages war dramatisch, gewalttätig, unmoralisch. Nichts Böses ahnend setzte sie sich auf einen Hocker und nahm die gewünschte Position ein. Tita Mor hielt ihr die Arme hinter dem Rücken fest, während Marco De Ros seinen Mund auf ihr Geschlecht herabsenkte und unverständliche, ausländische Worte murmelte, im Ton der Rache, nicht in dem der Liebe, denn die Rache und die Liebe klingen verschieden, während ihre Füße im erbarmungslosen Griff des menschlichen Schraubstocks blockiert waren.

Sofort war ihr klar, dass ihre Pose nicht gerade die war, die man von einem Modell verlangte, sondern dass dieser Maler in ihre Schönheit eindringen wollte, um sie zu schänden, zu vergewaltigen, zu zerstören. Ihr einziger Fehler war es gewesen, Napilut inspiriert zu haben, naiv gewesen zu sein, diesem grundgütigen und grundfalschen Mann vertraut zu haben, es würde nichts nützen zu schreien, zumal Tita Mor ihr mit der Hand den Mund zuhielt, und so hing sie nach hinten gebogen auf ihrem Hocker, ein brünstiges Tier vor sich, das ihr mit Gewalt die Beine aufhielt und mit diesem ekligen, roten Ding immer wieder roh in ihr Geschlecht hineinfuhr, ohne auf ihre Tränen und ihr Blut, ihre Nägel und ihr Flehen zu achten.

Vergewaltigt mit Hilfe der Lüge, der Täuschung, der körperlichen Überlegenheit und der Macht der Rache.

Vergewaltigt im schwersten Moment ihres Lebens, ohne Liebe, ohne Arbeit, ohne Würde.

Vergewaltigt, ohne dieses Vieh anzeigen zu können, denn

nie und nimmer würde sie sich Recht verschaffen können gegen die falsche Aussage des Assistenten, der sich daran erregte, sie leiden zu sehen. Vergewaltigt ohne jegliche Hoffnung, dass dieser Schurke hinter Schloss und Riegel kam, nur weil sie einer niederen Schicht angehörte und bei Gericht natürlich niemanden kannte, ganz im Gegensatz zu Marco De Ros, der von mächtigen Freunden umgeben war.

Vergewaltigt.

Einfach so, ohne Sinn, ohne Verstand, ohne Motiv.

Nur weil sie der Duft auf Napiluts Bildern gewesen war.

Ich werde dir einen Berg schenken, hatte er gesagt.

Einen Berg Lügen.

Das Dingsda war der lebendige Beweis seiner Theorie der Langsamkeit. Diese merkwürdige Mischung aus Nacht und Tier würde ihn wieder aufrichten nach dem Misserfolg seines Projektes der Gegenwindmühlen, nach dem Scheitern seiner Idee, die Drehung der Erde um sich selbst zu verlangsamen. Dieser schläfrige Affe war ein Wink des Schicksals. Faultier hieß er und kam direkt von Gott. Professor Van der Kalm strahlte vor Glück, als die Westindische Kompanie ihm diese sonderbare Langsamkeit in Gestalt eines Tieres zusprach.

Einen Monat würde er Zeit haben, es zu studieren, dann würde er seine Thesen an der Universität Amsterdam vorstellen. Und mit seiner Theorie in den Kreis der ganz Großen aufsteigen.

»Redet dieses Dingsda denn nie?«

»Reden ist Zeitverschwendung. Das Dingsda versteht, Doktor Claudius. Es versteht, verstanden?«

Eine regelrechte Revolution würde es sein, genau wie damals, als Galileo bewiesen hatte, dass die Erde sich um die Sonne dreht und nicht andersherum. Die Langsamkeit ist innerlich, nicht in den äußeren Dingen. Die Langsamkeit ist eine Art zu sehen, zu leben, zu lieben. Sie ist kein Planet, der sich langsamer dreht als die anderen. Sie ist eine Revanche gegen die Eile, die Tiefe hinter der Oberflächlichkeit. Die Langsamkeit ist in den Augen derer, die schauen, in den Händen derer, die berühren, in den Ohren derer, die hören, im Herzen derer, die leben.

»Frisst das Dingsda immer dieselben Blätter? Wird ihm das nicht zu dumm?«

»Gleich bleibende Nahrung ist eine Garantie für Sicherheit. Wenn wir gefunden haben, was wir brauchen, was unseren Körper im Gleichgewicht hält, warum sollten wir es ändern? Im Namen welcher vergänglichen Mode, welcher oberflächlichen Suche?«

Der Tag, an dem er seinen Vortrag an der Universität halten würde, vor kritischen Kollegen und sarkastischen Professoren, würde ein Triumph werden. Es würde herrlich sein, von der Menge der Stunden zu berichten, in denen ein Faultier schläft, sechzehn im Schnitt, also zwei Drittel seines Lebens. Es würde herrlich sein, die Tabelle über den Zusammenhang zwischen dem Herzschlag und der Länge des Lebens zu erläutern. Der hyperaktive Affe lebt nur wenige Jahre, die langsame Schildkröte länger als der Mensch. Ersterer hat einen Herzschlag von zweiunddreißig Schlägen pro Minute, bei Letzterer weiß man es nicht, aber es heißt, die Riesenschildkröte, die fast dreihundert Jahre alt wird, atme nur viermal pro Minute.

»Was macht Ihr da, Professor? Wieso legt Ihr Eurer Ohr an dieses stinkende Viech?«

»An Sloth, meint Ihr?«

»Hat es jetzt schon einen Namen?«

»Es hatte schon immer einen, auch wenn niemand ihm einen gegeben hat.«

»Mag sein, aber was macht Ihr da?«

»Ich zähle. Ich bin ein Mann der Wissenschaft. Leise, Doktor Claudius, sonst erschrickt es.«

Siebzig Herzschläge, so viel wie der Mensch, wenn er schläft. Im Falle von Wut oder Wollust oder Angst kann er jedoch leicht auf zweihundert ansteigen. Also, je ruhiger, desto langsamer.

»Und je langsamer, desto ruhiger.«

»Und wenn man ruhiger ist?«

»Stirbt man nicht so schnell, lieber Doktor Claudius.«

Er blickte zu Sloth hinüber, seinem Faultier, das bereits schlief.

War der Schlaf vielleicht das Elixier der Ewigkeit?

Ein nackter Körper, erniedrigt, geschunden, vergewaltigt und fallen gelassen. Wie das weiße Blatt Papier, das dort auf dem Boden liegt, neben den Lumpen, in die sie gekleidet war. Ein auseinander gefaltetes Stück Papier, wie ein Brief der Hoffnung, der süßen Worte, der Liebe. Nur wenige Wörter sind zu sehen, mit verschmutzter Tinte geschrieben. Absentia kann nicht lesen, für sie hätte diese Ansammlung von Buchstaben ein Gedicht sein können. Wir aber lesen:

Marco De Ros, Prinsengracht 342. Ich erwarte Euch, meine Angebetete.

Die Liebe muss die Erfindung eines Verräters sein.

Beim Sterben vergehen die Sinne nacheinander in einer ganz bestimmten Reihenfolge. Als Letztes das Gehör, als Erstes die Sehkraft, der höchste Sinn, welcher dem Geist am nächsten liegt. Bei der Geburt geht es eher ungeordnet zu, da öffnen sich die Sinne um die Wette wie Rosenknospen in der Maisonne.

Das ganze Leben über leisten sie uns Gesellschaft, auch wenn es uns nicht bewusst ist, auch wenn wir schlafen. Doch kann es vorkommen, dass einer der Sinne uns verlässt.

Im Laufe des Lebens hat Napiluts Sehkraft nachgelassen. Allmählich übernimmt die Dunkelheit den Platz. Dunkel ist die Trauer, und Napiluts Tage sind zur Nacht geworden. Ohne Schönheit, an der er sich freuen kann, ohne Liebe, von der er sich inspirieren lassen kann, ohne den Lebenssaft, der seine Tulpen zum Duften brachte.

»Meister, ich sehe Eure Verlassenheit, ich erkenne Eure Einsamkeit.«

»Woran siehst du das, Blau?«

»An den Farben, die Ihr wählt.«

»Was siehst du noch, meine treue Seele?«

»Ich sehe die Waage zittern, und was für uns Unrecht bedeutet, ist für andere der Tod. Was für uns Verlassenheit und Zurückweisung bedeutet, ist für andere Gewalt und das Ende.«

»Du meinst, eine Krankheit ist für andere ein unsterblicher Meister. Es gibt die Verwandlung.«

»Sprecht Ihr von der Euren?«

»Nein, die nächste wird nicht die meine sein.«

»Wessen denn?«

»Die der Geliebten. Schwarz.«

»Wie bitte?«

»Reich mir das schwarze Pulver für den Hintergrund. Die Farbe der Dunkelheit. Die Farbe der fehlenden Farben.«

Die Bilder, die Napilut in diesem Frühling malen würde, würden anders sein. Mehr Substanz, weniger Leichtigkeit. Gröbere Pinselstriche, weniger Details. Stärkere Kontraste, weniger Zwischentöne. Mehr Wesen, weniger Dekoration.

Mehr Tränen, weniger Tau.

Mehr Dunkel.

Noch konnte er sehen, noch konnte er malen. Malen mit geschlossenen Augen, indem er die Bilder, die sich gebieterisch in seinem Hirn festgesetzt hatten, auf die Leinwand projizierte. Absentia. Noch konnte er sie sehen, auch wenn seine Augen ihn allmählich von der Wirklichkeit entfernten und ihre Umrisse verschwimmen ließen. Seine Sehkraft hatte nachgelassen, seine Erinnerung war intensiver geworden.

Seine Liebe unversehrt.

Seine Augen konnten sterben. Nicht seine Seele. Und mit der liebte er sie.

Sehr geehrter Herr Gott,

ich heiße Absentia und schreibe Euch im Kopf, denn mit Papier, Feder und Tinte weiß ich nicht umzugehen.

Herr, was mir widerfahren ist, kann man nicht in Worte fassen und übersteigt jede Vorstellung. Niemandem kann ich es erzählen als Euch, der Ihr uns Euren Sohn geschickt habt, den wir ausgepeitscht und beschimpft haben, dem wir ins Gesicht gespuckt haben, und er hat Euch gebeten, uns zu vergeben.

Herr, mir gelingt das nicht. Sollte ich dem vergeben, der mich erniedrigt, betrogen und vergewaltigt hat?

Ich sehe keinen Ausweg mehr. Dieses Leben scheint mir nicht mehr lebenswert. Könnte ich sterben, bevor meine Stunde gekommen ist?

Mein Geliebter wird nicht wiederkehren, und der einzige Mann, der mich gelehrt hat, was ein liebevoller Blick und unverbrüchliche Treue sind, ist Meister Napilut. Soll ich zu ihm zurückkehren?

Hätte er mich wirklich für immer geliebt?

Blau hat gesagt, dieses Leben ist nicht unser einziges. Und dass es Gedanken gibt, die von weit her kommen und besagen, dass wir Seelen in einem vergänglichen Körper sind. Wenn ich wirklich noch einmal leben kann, dann bitte ich Euch inständig: Tötet diesen meinen Körper jetzt, und lasst mich noch einmal von vorn anfangen.

Ich bitte Euch, Höchster aller Herren, König aller kleinen

Könige, lasst mich Meister Napilut im nächsten Leben noch einmal begegnen!

Ich werde ihn am Blick erkennen, mit dem er mich ansehen wird, und diesmal werde ich bereit sein, all seine Liebe zu erwidern.

Jetzt weine ich, Herr aller Liebenden, und ich schmecke Süßes und Salziges zugleich meine Lippen benetzen.

Werdet Ihr mir antworten, wie einst dem Meister Napilut?

Werdet Ihr meine Wünsche erfüllen?

Ist dies alles wahr, oder ist alles nur ein Traum?

Immer und ewig Eure tief ergebene
Absentia

Sein Blick war es, der ihn verriet. Immer häufiger schloss er die Augen, um die Sehkraft, die jeden Tag weiter abnahm, durch die Bilder seiner Erinnerung zu ersetzen. An die Zeit, als die Farben noch kräftig waren, die Konturen noch scharf, die Details noch deutlich erkennbar.

Ja, Napilut erblindete. Der Verlust der Sehkraft hatte schon vor Jahren begonnen, machte sich aber erst jetzt wirklich bemerkbar, und zwar auf eine Weise, als würde man aufs Meer hinausblicken und die Sonne ganz langsam sinken sehen, bis sie im selben Augenblick, da sie das Wasser berührt, verschwunden ist und die Nacht beginnt. Nein, nicht plötzlich, die Nacht ist nie ungestüm, sie ist wie ein Lebewohl, das du erst spürst, wenn es schon da ist, und genau dann tut es am meisten weh.

Nichts von allem, was er besaß, Ruhm, Geld, Erfolg, war ihm so wichtig wie die Malerei, diese Lebensäußerung, welche direkt aus seiner Seele durch den Pinsel hindurch ins Bild floss, dieser Farbenstrom, der Geografien der Empfindung entstehen ließ. Es war eine Glut, die keine Asche der Zeit jemals würde abkühlen können.

Wollten wir rekonstruieren, was an jenem Tag geschah, die Physiognomie der Zeit und den Charakter des Festes, wir wären bezaubert. Ein Meisterwerk. Marco De Ros war ein Ring und die Rose sein Diamant. Wollten wir uns noch einmal ins Gedächtnis rufen, was an jenem Tag geschah, erblassten wir vor Neid. Der Mann vergöttert, seine Werke angehimmelt. Zunächst das Licht. Es war ein strahlend heller Frühlingstag, warm, elegant, vollkommen. Die Farben der einzelnen Gegenstände, der rote Teppich auf dem schwarz-weiß gefliesten Fußboden, die großzügig bis auf den Boden wallenden Samtvorhänge, die auf Staffeleien ausgestellten Bilder, die Duftlämpchen unter jedem von ihnen, alles war bis ins Kleinste ausgeklügelt, als befänden sich die Besucher mitten im Theater, direkt auf der Bühne, im angenehmen Gefühl, nicht zu bestaunen, sondern bestaunt zu werden, einfach großartig. So sagten die Leute, großartig. Und dann dieser Duft, der alle Empfindungen noch verstärkte, eingeatmet in die Lungen, aufgesogen von der Haut, verströmt von unzähligen Kerzen und den frischen Rosenblättern, die zwei zarte, in rosafarbene Seide gekleidete Mädchen wie einen sanften Regen über jeden Besucher warfen, ob Kunde oder Freund, der das Haus-Theater von Marco De Ros betrat, ein Duft, der mehr über die Empfindungen verriet als über die Dinge, mehr über die Poesie als über die Bilder. So sagten die Leute, Poesie. Und was für Leute, die Mächtigsten, Vornehmsten, Interessiertesten, die Kunstkenner, Kaufleute und Bankiers, die Frauen, die ihre Ehemänner begleiteten, die Geliebten, die Skeptiker, der Uhrmacher, der Polizeihauptmann, der Kommandant der Kompanie der Arkebusiere, der Richter, der Statthalter, die Frau des Schneiders, der Admiral, der Botaniker, alle angezogen von der Neuheit, von der Beredsamkeit der Schönheit, von der Neugier der Mode, alle verhext von den Worten des Meisters.

»Seht, wie diese Rose sich in den Raum rankt und ihn beherrscht.«

»Poesie. Vierzig Gulden.«

»Diese Farbgruppe saugt das Licht geradezu auf und strahlt es dann wieder ab, dem Innenleben der Menschen gleich und ihrem Handeln.«

»Poesie. Fünfzig Gulden.«

»Blasse und blutrote Kelchblätter, zart wie die Jungfräulichkeit und ungestüm wie ein verliebtes Herz, verkörpern den Traum, die Gegensätze zwischen männlich und weiblich zu überwinden.«

»Poesie. Sechzig Gulden.«

»Empfindsam und fließend gleitet mein Pinsel über das Bild und lässt sich eine vollkommene Hummel auf den Wind der Farben, auf ein Blütenblatt setzen.«

»Poesie. Siebzig Gulden.«

»Jede dieser Rosen steht mit den anderen im Dialog, denn jede Begegnung ist an das unsichtbare Schicksal gebunden, das unserem Leben anhaftet, wohlmeinend und verräterisch. Jede Rose ist sehnsüchtig und ruhelos, jede Farbe warm und traurig, jedes Blatt zittert leise im Angesicht der stillen Zeit und des bewegten Wachstums der Tat.«

»Das hätte ich gern.«

»Achtzig Gulden.«

Ein betörender, trügerischer Virus namens Mode.

»In De Ros' Bildern verschwindet das Einzelne, das Bild löst sich auf, alles wird sublimes Gefühl. In Napiluts hingegen ist eine beklemmende Spannung zu spüren.«

»Ja. Die Farbskala der Bilder von De Ros ist unendlich, von Perlmuttblau bis Sonnengelb, von Sommergrün bis Himmelrosa, von Purpurrot bis zu einem vornehmen Samtblau. Bei Napilut hingegen beschränkt sich die Palette auf gebrannte Siena und innere Schatten.«

»Gott, wie Recht Ihr habt.«

Wenn die Zeit Dunst ist, dann ist eine Verabredung ein kondensierter Wassertropfen.

Wenn das Leben ein Gleis ist, dann ist eine Verabredung ein Bahnhof.

Und der von Van der Clock war eine Art Endstation. Eine Endstation, wo er den bisher zurückgelegten Weg verlassen und einen anderen einschlagen würde. Ohne etwas zu leugnen, ohne die Vergangenheit in Frage zu stellen. Wo er alles auf die nächste Karte setzen würde, jene, die er seit sieben Jahren erwartete.

Er würde sie wiedersehen, schön wie beim letzten Mal, wie der ewige Frühling, und würde zu ihr sagen:

»Prinzessin Suri, all diese Jahre habe ich auf dich gewartet, und meine Liebe zu dir hat die Jahre in Augenblicke verwandelt.«

Sie würde lächeln, mit den sanften und tiefsinnigen Augen ihrer hinduistischen Mutter Balban, in der Hand eine rosafarbene Lotusblüte. Und er würde fortfahren:

»Meine geliebte Liebe, mach mich zu deiner Ewigkeit.«

Das würde er sagen, während seine Uhr aufhören würde zu ticken, denn so hatte er sie eingestellt, dass sie in genau diesem Moment stehen blieb.

Am fünfzehnten Juni um fünfzehn Uhr dreißig, genau zur Hälfte des ersten Jahres der zweiten Hälfte des siebzehnten

Jahrhunderts. Am 15.6.1651 um 15.30 Uhr. Genau. Auf den Punkt.

Und zu einer Zeit, in der nur die wenigsten Menschen zählen konnten oder sich der Jahre bewusst waren, die sie schon gelebt hatten, oder der Stunden, die vergingen, zu einer Zeit, als der Minutenzeiger noch nicht erfunden war, setzte eine so exakte Verabredung eine absolut überdurchschnittliche Präzision voraus.

Doch hier geht es um Van der Clock, um den Mann, der seine letzten Jahre damit verbracht hatte, die Minuten zu zählen, die gemeinsam mit ihm auf die wichtigste Verabredung seines Lebens zuliefen; der diese Jahre verbracht hatte wie ein Bild, das an einem einzigen Punkt aufgehängt ist, dem Nagel, der ihn vor der Mittelmäßigkeit und dem Vergessen retten und in die geborgene Gewissheit der Geschichte eingehen lassen würde; der diese Jahre damit verbracht hatte, über jede Frau auf seinem Weg das Bild seiner fernen Geliebten zu legen und mit der Kraft der Erinnerung die Schönheit aller anderen Frauen auszubleichen, ihre Blicke abzustumpfen, den Klang ihrer Worte zu dämpfen.

Dieser Mann, der in der ganzen Stadt geschätzt war, ertränkte seine Leidenschaften im Traum und ließ seine Lust in die wieder und wieder erinnerten Liebesnächte mit Suri fließen, seinem angebeteten Engel in der Gestalt einer Prinzessin. Dieser Mann hatte sich jede Regung des Instinkts, jedes Werben, jeden Weg des Schicksals verboten, der nicht auf den einen, einzigen Punkt zulief: die Begegnung

mit der Frau
seiner
Zeit
was nicht bedeutet »seines Lebens«,
denn ein einziges Leben
reicht nicht aus, um die Liebe zu leben.

Dieser Mann hatte systematisch jeden Hauch eines Zweifels zurückgewiesen, obwohl der Zweifel gleichmäßig über die Menschheit verteilt ist, eine Mine, welche die Gewissheit des Fürimmer zerstört, das Versprechen ewiger Liebe vernichtet und schließlich alle Kreaturen dazu bringt, sich lieber in die sichere graue Alltäglichkeit zu flüchten, als eine lichte, ungewisse Zukunft zu wagen.

Die Erste, die nicht kam, war Frau Amandes, die Gattin von Van der Tail, der französischer Herkunft und der reichste Schneider von Amsterdam war.

Sie kam nicht, obwohl sie an Meister Napiluts Haustür vorbeiging und, um ehrlich zu sein, auch einen Moment zögerte, als habe sie eine gewisse Unsicherheit erfasst, aber sie blieb nicht stehen. Ihr Atlas war nicht mehr schwarz wie im Vorjahr, sondern schimmerte abwechselnd gelb, blau und smaragdgrün, falls Ihr Euch das vorstellen könnt. Und um ehrlich zu sein, war sie nicht die einzige Frau, die das Schwarz durch andere Farben ersetzt hatte, denn viel öfter sah man nun karminrote, königsblaue, dottergelbe, lilatürkisfarbene und schmelzend grüne Töne. Man konnte sie regelrecht spüren, diese Lust an der Zurschaustellung, dieses Bedürfnis, den Reichtum nicht mehr verstecken und die Übertreibung nicht mehr fürchten zu müssen. Jahrzehntelang waren alle in Schwarz herumgelaufen, eingepackt in Hüte, Hauben, Halskrausen und Gürtel. Doch plötzlich, als wäre ein menschengemachter Frühling von Farben ausgebrochen, gab es neue Töne zu sehen, neue Düfte zu riechen, neue Dinge zu lieben.

Als sei die Gier nach Neuheiten plötzlich an die Oberfläche gestiegen, als sei alles, was man bis eben noch geschätzt hatte, plötzlich passé. Als hätte alles, Dinge, Bücher, Bilder oder Liebschaften, ein Verfallsdatum, als sei unbewusst ein seltsamer Prozess angelaufen, etwas eigentlich ganz Irrationales, etwas, das bisher betäubt gewesen, nun aber plötzlich wichtig genug war, ans Licht zu treten und neuen Raum, neue Aufmerksamkeit zu beanspruchen. Diese lässliche Sünde hieß »Mode« und war ein Virus, den die Menschheit lange unwissentlich mit sich herumgeschleppt hatte, der sich aber von nun an allmählich über den ganzen Erdball ausbreiten sollte, über die Meere und über die Jahrhunderte, und der eine Krankheit auslöste, an der man gerne starb, die sich der rigorosen Logik der puren Funktionalität entgegensetzte. Ein Einfluss, der sich unserer gegen unseren Willen bemächtigt hatte, der uns dazu bringt, nie gebrauchte Adjektive in den Mund zu nehmen, um von unnützen Nützlichkeiten und überflüssigen Notwendigkeiten zu schwärmen. Relative und absolute Superlative, die sich regelmäßig wieder in Luft auflösen und über immer verschiedene Objekte hinwegwehen wie ein eigensinniger Frühlingswind.

In diesem Juni strich dieser Wind über das Wort *Rosen* und ließ das Wort *Tulpen* ruhen. Deshalb blieb Frau Amandes vor Napiluts Haustür nicht stehen, um veraltete Tulpenbilder zu kaufen.

Napiluts Agent, der geschickte Van Gould, war sichtlich enttäuscht, aber es war ja erst der erste Tag.

Morgen würde bestimmt Herr Pauw kommen, der Besitzer der Gartenvilla in Heemstade, der den Vervielfältiger erfunden hatte, damit er mehr Blumen sehen und vorzeigen konnte, als er tatsächlich besaß. Und übermorgen Admiral Fleming, der Mann, der über zentnerweise Gewürze gewandelt war, Pfeffer, Salz und Nelken. Und am Tag darauf Doktor Jan Grouw, der größte Botaniker Europas, und danach noch viele andere Kunden, all jene, welche die eigentümliche Erfahrung machen wollten, den Duft von Napiluts Bildern einzuatmen, all jene, welche sich an dem berühmten »Napilut-Effekt« berauschen wollten, all jene, welche wollten.

All jene, welche.

All jene.

Alle.

Niemand.

Niemand blieb stehen, niemand klopfte, niemand stieg die Treppe hinauf.

Stunde um Stunde, Tag um Tag verwandelte sich bei dem Agenten Van Gould die Enttäuschung in Ärger, der Ärger in Bitterkeit, die Bitterkeit in Hass, und der Hass in Flüche.

Nach einer Woche des Wartens verließ er Napiluts Haus und unterzeichnete eine Vereinbarung mit Van Mixt, einem Maler, der für seine bunten Blumenarrangements berühmt war, und legte ihm dringend ans Herz, die Tulpen aus seinen Sträußen zu nehmen und sie durch bunte italienische Rosen zu ersetzen. Napilut verbrachte die folgenden drei Wochen in Schweigen, wie er das schon länger tat und auch in Zukunft immer tun würde. Er sagte nichts, protestierte nicht gegen die Dummheit seiner Kunden, beschimpfte nicht den Maler De Ros, wetterte nicht über die Vergänglichkeit der Rosen, schrie nicht seine Empörung über die Flüchtigkeit der Mode heraus und setzte den kursierenden Lügen über den magischen, aufheiternden Effekt der Bilder von De Ros nichts entgegen als eine einzige, einsame Wahrheit.

Das Schweigen.

Er stellte die Staffelei auf und befestigte eine Leinwand darauf.

Er rief nach Blau.

Er wollte wieder malen. Der einst meistgerühmte unter allen holländischen Malern war nun der meistverschmähte. Der einst meistgeliebte war der meistvergessene. Einst beweihräuchert, nun am Ende.

»Dunkelbraun für den Hintergrund.«

Da klopfte es an die Tür. Es war Frau Hellma Tulp, die Witwe Doktor Tulps, des Mannes, der seinen Nachnamen gegen den

Namen seiner Lieblingsblume ausgetauscht hatte. Die Frau, welche die Tulpen liebte, um ihren Mann zu lieben.

»Willkommen, Witwe Tulp.«

Für jemanden, der Napiluts Redseligkeit kennt, ist »Willkommen, Witwe Tulp« ein langer, komplizierter, barocker Satz.

»Guten Tag, Meister Napilut. Guten Tag, Frau … der Farben.«

»Guten Tag, Frau Hellma.«

Antwortete die Frau mit dem Dunkelbraun in der Hand.

»Entschuldigt, dass ich nicht eher gekommen bin, aber die letzten Tage war ich krank. Ich habe an Fieber, Schüttelfrost und Schwindel gelitten: Für diese *Melancholia perennis* gibt es noch immer keine Medizin.«

Sie blickte sich um und fragte:

»Sind noch Bilder übrig?«

Nun hätte man sagen können, mal schauen, hier habe ich noch ein paar, oder, da habt Ihr Glück gehabt, oder, die schönsten habe ich für Euch aufgehoben, oder, dieses Jahr habe ich mehr gemalt als sonst, und so habe ich noch etwas da. Stattdessen sagte er:

»Alle.«

Ein schlechter Geschäftsmann. Ein Mann der Wahrheit.

»Oh.«

»Wählt nur.«

Wenige Worte, wie immer.

Dutzende von Bildern, eins dunkler als das andere, eins finsterer als das andere, eins monotoner als das andere.

Je stärker sich die Mode der grellen Farben ausbreitete, desto mehr dämpfte Napilut seine Farben ab und ließ sie mit dem Hintergrund verschwimmen.

Je mehr die Leute nach bunten Farbspielereien verlangten, desto öfter benutzte er Weiß und Schwarz. Denn Weiß enthält alle Farben, und Schwarz braucht man nur ein wenig Blau beizumischen, dann hat man die Nacht, oder Rot, dann hat man die Erde.

Je stärker die allgemeine Vorliebe für leichte, luftige Farben wurde, desto mehr bevorzugte er die dunklen, einzig darauf bedacht, die Formen der Tulpen durch das Licht hervortreten zu lassen.

Je mehr die Leute auf Details aus waren, desto öfter trug er Farbe, Material, Öl, Pulver in einem einzigen Pinselstrich auf. »Die Vorliebe fürs Detail«, sagte er einmal zu Van der Clock, »lenkt vom Wesen des Bildes ab.« »Aber Ihr malt inzwischen sogar mit Erde.« »Da wachsen die Tulpen schließlich«, entgegnete er.

Witwe Tulp betrachtete sie alle und entschied sich dann für eines, eher beiläufig.

Sie atmete tief ein.

»Auch diesmal sprechen Eure Bilder.«

Blau nickte zustimmend und deutete ein Lächeln an.

Hellma fuhr fort:

»Mein Geliebter, heute bist du ganz melancholisch, nicht wahr? Ich liebe alle deine Stimmungen, also auch diese. Sag mir, dass die Zeit unserer Trennung bald abgelaufen ist. Sag mir, dass du mir den Weg zu dir bereiten wirst. Mit lichten Tulpen soll er gesäumt sein, und du sollst an seinem Ende stehen.«

Zärtlich strich sie über einen Teil des Bildes, doch sie schien das Gesicht ihres geliebten Mannes zu streicheln.

»Was schulde ich Euch?«

»Was Ihr wollt, Frau Tulp.«

»Ich zahle das Doppelte.«

Eine in jeder Hinsicht reiche Frau, im Gegensatz zu vielen, die nur Geld haben.

Als sie gegangen war, fragte Braun:

»Meister, auch heute dunkle Farben?«

»Wohin soll das Licht fallen, wenn es keine Schatten gibt, die es erleuchten kann?«

In einem seltenen und tiefen Schlaf hatte Absentia einen Traum. Normalerweise sind Träume Fragmente eines Films, in dem das Unterbewusstsein oder der Zufall Regie führen und in dem wir Klänge, Worte, Bilder, Orte und Personen für eine Wirklichkeit halten, die beim Erwachen dahinschmilzt.

Absentia aber träumte einen unbewegten Raum, blau, tiefblau, nachtblau, ein schweres, vornehmes, unendliches, wunderschönes Blau, nie gesehen, anders.

Blau wie der Bildschirm des Kosmos.

Und vor diesem Hintergrund einen weißen Punkt, der nicht weiß ist, er ist ein Stern, ein Licht, ein Silberstreif, der langsam immer tiefer sinkt und nach einer Rechtskurve plötzlich verschwindet, einen Schweif hinterlässt, Sternenpulver im unbewegten Himmel. Dann erscheint er wieder, wie der Morgenstern über dem eben zurückgelegten Weg, bleibt stehen, verschwindet. Kurz darauf ist er ein Stück weiter rechts zu sehen, beschreibt einen Bogen, der nach unten ausläuft, steigt wieder an, beschreibt einen Kreis.

Und diese Lichtreise ist eine Antwort.

In Gold- und Silberstaub, in einer gleißenden Spur, wie es sie auf der Erde nicht gibt, formt eine göttliche Hand die Buchstaben »j«, mit einem pulsierenden Diamanten als Punkt, und »a«, elegant wie ein Schwan. Das ist die Antwort Gottes.

Licht in der Finsternis.

Gold auf Blau.
Göttliches auf Menschlichem.
Und Absentia begreift und richtet sich ruckartig auf. Ihr Herz scheint zu zerspringen.
Verstehen ist wichtiger als lesen.
Zuhören ist wichtiger als reden.
»Ja«, hatte Gott ihr geschrieben.
Aber Ja wozu?
Auf ihre Frage, ob sie zurückkehren solle? Ob sie sterben dürfe? Ob sie ihm erneut begegnen könne? Ihn wiedererkennen? Seine Liebe erwidern?
Oder alles gleichzeitig?
Zum ersten Mal presste sie ihre Hände auf das klopfende Herz und gegen den zugeschnürten Hals, doch mit den Augen betete sie, denn diese beiden flüssigen Diamanten waren für Gott bestimmt.
Nur für ihn. Die Liebe hinter jeder Liebe. Das Meer hinter jeder Welle.

Dann würde er ihr sagen:

»All diese Jahre habe ich dich geliebt, ohne je den geringsten Zweifel an deiner Rückkehr zu hegen. So wie ich nie an deiner Liebe gezweifelt habe.«

Seine Prinzessin würde ihn ansehen, und mit der Sanftmut, derer nur eine liebende Seele fähig ist, würde sie antworten:

»Ihr seid meine Gewissheit, Geliebter. Ich erwidere all Eure Liebe.«

Genau das würde sie sagen. All Eure Liebe.

Mit tränenbenetzten Augen würde sie sich ausstrecken und ihn auffordern, ihr die königlichen Kleider auszuziehen. Und sie würde ihn einladen, ins Perlmutt ihres Körpers einzudringen, den sie all die Jahre eifersüchtig für ihn bewahrt hatte.

Van der Clock war es den ganzen Vormittag über gelungen, die Ruhe zu bewahren, aber jetzt, wo nur noch wenige Stunden fehlten, wurde ihm klar, dass er angespannt war. Nervös. Unruhig.

Es hatte in seinem Leben viele Verabredungen gegeben, aber dies war die Verabredung seines Lebens. Der Pass für die Ewigkeit.

Es fehlten nur noch vier Stunden.

Nachdem er sich sein ganzes Leben lang nur in Schwarz gekleidet hatte, wollte er den Tag gebührend feiern und hatte sich extra für diese Gelegenheit einen Anzug schneidern lassen. Ganz aus rotem Samt, einschließlich Hut und Stiefel. Der Gurt um seine Hüfte war aus roter Seide. Nur die Manschetten und die Halskrause waren aus weißer Spitze.

Es fehlten noch genau drei Stunden.

Er ging in sein Geschäft hinunter, wo seit Anbruch dieses Tages Mitte Juni, Mitte des Jahres, Mitte des Jahrhunderts niemand mehr arbeitete, da er seinen Assistenten, den Laufburschen und den Sekretär entlassen hatte. Er schloss die Tür von außen zu und hängte ein Schild daran, das er vor wer weiß wie vielen Tagen geschrieben hatte.

»Ist Eure Uhr stehen geblieben? Bei mir ist die Zeit stehen geblieben.«

Wenige Schritte, für einen Pedanten wie ihn waren es viereinhalb, und er stand am Rande des Kanals und warf den Schlüssel seines Geschäfts hinein.

Es war die wer weiß wievielte befreiende Geste.

Es fehlten nur noch zwei Stunden.

Durch die Hintertür ging er in seine Wohnung, ließ seinen Blick liebevoll auf dem Kamin ruhen, der bereits seit zwei Monaten nicht mehr brannte, überquerte den schwarz-weiß gefliesten Fußboden und stieg die Holztreppe hinauf, die nach oben in sein Zimmer führte.

Er blickte in den Spiegel und erkannte, dass die Jahre Spuren in seinem Gesicht hinterlassen hatten. Tränensäcke unter den Augen, zwei Falten quer über der Stirn. Sie würde nicht gealtert sein. Ihre Schönheit würde vollkommen sein wie beim ersten Mal vor sieben Jahren.

Er wählte das schwerste seiner Duftwässer, mit Zimt und Orange, Nelke und Ingwer, aber auch Iris und Magnolie. Er tröpfelte sich ein wenig auf die Manschetten und hinter die Ohren und dachte, dass Suris Lippen schon bald dort vorbeikommen würden.

Aus der obersten Schublade seiner Kommode zog er eine

weiß lackierte Schachtel, in der er sechs Briefe aufbewahrte. Einen aus jedem Jahr, geschrieben am Tag ihrer Begegnung. Er las sie bewusst, denn dies waren die letzten Momente seines Lebens, die er allein verbringen würde. Die Zukunft würde er mit ihr teilen. Er würde sie für die Ewigkeit heiraten.

So verging eine weitere Stunde.

Es fehlte nur noch eine.

Die Aufregung wird zu Anspannung, das Herz beginnt, stärker zu schlagen, und in das große Paradies der Gewissheit schleichen sich Zweifel ein wie Schlangen. All diese Jahre habe ich Euch geliebt, aber Ihr?

Ihr seid da, das sehe ich, aber liebt Ihr mich auch, wie ich Euch liebe?

Doch es währt nur einen Herzschlag lang, um gleich darauf wieder der Gewissheit zu weichen, für etwas Einzigartiges gelebt zu haben, das Privileg zu genießen, von der Liebe selbst auserwählt und dann vom Vergessen auf die Probe gestellt worden zu sein. Und diese Herausforderung bestanden zu haben.

Er liebte sie für jene unvergesslichen Nächte.
Er liebte sie jenseits jeder Erinnerung.
Er liebte sie mehr als sich selbst.

Doch in der Liebe ist Präzision etwas anderes als bei Uhren.

Er ging die Treppe hinunter, unruhig und doch sicher, aufgeregt und doch gewiss. Ihrer Anwesenheit gewiss, die er in der Luft spürte. Sie musste schon da sein, und ihre Reise musste Monate gedauert haben. »Ich werde mich um Euch kümmern, meine kleine Prinzessin, gemeinsam werden wir ein Reich aufbauen, in dem das einzige Gesetz das der Liebe ist.« Auch ich habe all diese Zeit auf Euch gewartet, und er wird ihr die weiße Lackschachtel hinhalten mit den sechs Briefen, die sie gemeinsam lesen werden, Briefe, die bei der bloßen Berührung zu Tränen rühren, deren Handschrift schon beim Anblick das Herz stillstehen lässt.

Er trat aus dem Haus und sah die schwarz glänzende Kutsche davor stehen. Der Kutscher und die beiden Rappen im roten Zaumzeug erwarteten ihn bereits.

In der Mitte des Nachmittags Mitte Juni, in der Mitte des Jahres, in der Mitte des Jahrhunderts, trennte eine unschuldige, ja sogar gebotene Frage mit einem grausamen Schnitt die beiden Hälften voneinander ab.

»Wohin soll es gehen, Herr?«

Eine höfliche, korrekte, angemessene Frage.

Wohin es gehen soll? Zunächst schien er, der präziseste Mensch der Welt, den Sinn dieser Frage nicht erfasst zu haben. Rechts oder links, hakte der Kutscher nach, und da wurde Van der Clock klar, dass er es mit der Geografie zu tun bekam, er, der immer in der Geschichte gelebt hatte.

Er sah sich außerstande zu antworten, definitiv ungeeignet fürs Leben. Für einen, der jahrelang in Erwartung einer ganz bestimmten Sekunde gelebt und alles andere vergessen hatte, war diese Frage absolut unangemessen, unpräzise, fehl am Platz. Wo? Herr im Himmel! Ich weiß es nicht, ich kann mich nicht erinnern!

Rasch begann er, alle denkbaren Orte für ihr Rendezvous durchzugehen. In seinem Haus, vor dem Rathaus, mitten auf dem Platz, nein, nein, nein. Auf der Spitze eines Kirchturms, am Fuße einer Windmühle, mitten auf einer Brücke. Nein, nein, auch dort nicht. Sie war da, das wusste er, das spürte er, aber er wusste nicht wo. Am Hafen, auf dem Blumenmarkt, am Gasthaus Zum Wanderer? Nein, auch hier nicht, auch dort nicht. In der Wohnung von Meister Napilut, zu Hause bei Doktor Claudius, im Garten von Herrn Pauw, dem Menschen mit dem Vervielfacher? Nein, nein, nein!

Da sieht man, weshalb die Leute keine Bücher lesen.

Weil die Geschichten schlecht sind.

Weil da einfach einer verrückt wird, ganz plötzlich.

Weil er dem Kutscher hektisch zuruft:

»Schnell, hier entlang.«

Und es sich wieder anders überlegt.

»Nein, dort entlang.«

Nicht ein noch aus weiß. Und mit der Hast im Körper und dem Wahn im Sinn die Pferde hetzt, den Kutscher fortjagt, atemlos zu rennen beginnt und an alle Türen klopft: Habt Ihr eine Prinzessin gesehen? Und beginnt, ihren Namen zu rufen: Suri, ich flehe dich an, hier bin ich! Und die Zeit anbrüllt, sie sei feige, weil seine Uhr stehen bleibt, denn darauf war sie programmiert, von diesem Moment an das Leben einzustellen, von diesem Moment an, der ihn allein und verrückt zurücklässt.

Es wird verschwinden, dieses menschliche Fragment in rotem Samt, am Tag seiner wichtigsten Verabredung. Im Wann angelangt, ohne das Wo zu kennen. Verschwinden wird es. Gänzlich um den Verstand gekommen, wird es von Haus zu Haus irren, von Tür zu Tür, von Stadt zu Stadt, wird überall anklopfen und fragen, ob man vielleicht eine Prinzessin gesehen habe.

Verschwinden wird es, dem Wahnsinn verfallen. Denn die Liebe tötet öfter als das Schwert.

Prinzessin Suri befand sich in einem Boot auf dem Kanal hinter Van der Clocks Haus. Einige Minuten wartete sie, dann holte ihr Gefolge sie ab, um sie zurück in das Königreich von Abkar zu geleiten.

Wie oft man in der Ferne sucht, was in Wirklichkeit ganz nahe ist.

Fülle und Leere.

Schnelligkeit und Langsamkeit.

Es war ein vollkommenes Axiom.

Man hatte ihm von dem Magdeburger Experiment des Otto von Guericke erzählt, von der berühmten Kupferkugel, in der ein Vakuum erzeugt worden war, sodass nicht einmal zwei Pferdegespanne die beiden Halbkugeln trennen konnten. Fantastisch.

Die Leere war stärker als die Fülle.

Die Ruhe war folglich stärker als der Elan.

Und die Langsamkeit stärker als die Schnelligkeit.

Mit solchen Gedanken im Kopf stand er früh an diesem Julimorgen auf und ging in die Küche hinunter, wo er auf Doktor Claudius stieß.

»Heute ist ein besonderer Tag für Euch, Professor Van der Kalm.«

»In der Tat, Doktor Claudius.«

»Um Euren Erfolg schon im Voraus zu feiern, habe ich Euch statt des üblichen Biers das exotische schwarze Getränk zubereitet. Hier, aber Vorsicht: Es ist sehr heiß.«

»Das Zeug, das dieser Arzt aus Augsburg mitgebracht hat, dieser Leonhard Ronwolf?«

»Ich glaube schon. Er hat vor fünfzig Jahren *Eine Reise in die Länder des Ostens* geschrieben.«

»Ja, das ist er. Es soll dort Chaube heißen und aussehen wie Tinte…«

»Es macht nüchtern und stimuliert den Geist. Es ist Meister Napiluts Lieblingsgetränk.«

»Das kann ich gut brauchen…«

Ja, das konnte er gut brauchen, denn heute würde er seine Vorlesung über die Langsamkeit halten, heute würde er zeigen, dass das Faultier länger lebt, weil es täglich viele Stunden dem Schlaf widmet, heute würde er die Ruhe preisen und im Gegenzug die Eile verdammen, diese Ursache für Nervosität und folglich Unglück.

»Und unser Sloth?«

»Schläft, wie immer…«

»Meint Ihr, dass er aufgeregt ist?«

»Nein.

»Sehr gut.«

Dieser Tag würde für Professor Witt Van der Kalm der Tag des Sieges sein, eine Art Revanche am Schicksal. Die Universität würde über seine Experimente und Schlussfolgerungen staunen und sich vor seiner Wissenschaft verneigen.

In einem Ordner mit der Aufschrift »Immer langsam« hatte er auf einhundertdreiundzwanzig Seiten Tabellen und Grafiken zusammengestellt, in denen die Lebensart von Affen mit der von Faultieren verglichen wurde. Tabellen, in denen die Herzschlagfrequenzen von Menschen, Spatzen, Affen, Hunden, Katzen, Kaninchen und Mäusen mit ihrer jeweiligen Lebenserwartung in Zusammenhang gebracht wurden. Eigentlich hatte er auch Schlangen und Schnecken einschließen wollen, doch war es ihm nicht gelungen, ihren Herzschlag zu registrieren, beziehungsweise überhaupt erst einmal das Herz zu lokalisieren, eine Tatsache, die gewissermaßen zur Theorie des Letalfluidums passte, da beide Tiere, beinlos wie sie waren, über die Erde kriechen mussten und ihre Körper der negativen Energie besonders stark ausgesetzt waren.

Wie dem auch sei. Er würde beweisen, dass Langsamkeit das Leben verlängert, und dabei jede Menge Daten aus Selbstversuchen herunterspulen. Etwa dass sein Herz bis zum Ende dieses Tages einhundertachtzigtausend Mal schlagen und dabei fünfzehn Tonnen Blut bewegen, und dass er zwölftausend Liter Luft verbrauchen würde. Im Falle von Hyperaktivität, Nervosität, Angst oder Aufregung würde sich der Herzschlag beschleunigen, und jede emotionale Belastung würde die Anspannung und die Menge der zu filternden Toxine steigen lassen. Er würde zeigen, dass die Lider eines Geschäftsmannes fünfzehn- bis zwanzigtausend Mal täglich schlagen, während die Lidschläge eines ruhigen Menschen um die zehntausend betragen. Beim Faultier sinken sie drastisch auf dreitausend.

Er würde darlegen, dass, je tiefer der Schlaf, man sich desto weniger bewegt und desto besser erholt. Von durchschnittlich dreißig Bewegungen pro Nacht konnte man es auf zwanzig bringen, bis hin zur fast völligen Reglosigkeit des Faultiers. Außerdem würde er über die ewige Unzufriedenheit der Menschen mit dem Essen sprechen, die es mit sich brächte, dass Geschmack und Zubereitung der Speisen immerfort verändert würden, und die Aufnahme neuer Nahrungsmittel natürlich das Risiko der Verbreitung unbekannter Krankheiten berge, und das nur, weil einem das Bewährte zu langweilig sei.

Dem würde er die felsenfesten Gewissheiten in der Ernährung des Faultiers gegenüberstellen, das stets dieselben Blätter frisst, dankbar, nicht Kilometer um Kilometer zurücklegen zu müssen, um nach neuem Futter Ausschau zu halten, und das darum so lange schlafen kann, bis der Hunger es wieder weckt.

Er würde von seiner Kindheit sprechen, die nur deshalb so unglücklich gewesen war, weil er die Langsamkeit nicht als Teil seines Lebens akzeptiert hatte und weil seine Spielgefährten ihn bei jedem verfehlten Ball grausam verlacht hatten, wenn seine Reflexe mal wieder nicht funktioniert hatten oder er die Bahn des Balles auch nicht ansatzweise hatte voraussehen können.

Seinem Leiden hatte er jedoch etwas entgegensetzen können, das einzig die Bewegungslosigkeit mit sich bringt: die Fähigkeit zu schauen. Nicht mit einem schnellen, oberflächlichen Blick, sondern mit der tiefen Ruhe der Kontemplation. Nur dank dieser Fähigkeit war es möglich, die Bewegung der Wolken zu genießen, das Wandern der Baumschatten über den Wiesenboden, das Aufblühen einer Blume, einen allmählichen Sonnenuntergang oder den stillen Gang des Mondes über den Nachthimmel.

Er würde darlegen, dass die Langsamkeit die Fähigkeit mit sich bringt zu beobachten, und die Beobachtung die Fähigkeit, sich zu wundern. Fort mit den frivolen Emotionen, die ziellos hin und her gaukeln wie Schmetterlinge, fort mit dem bunten Konfetti ohne Tiefgang. Die Langsamkeit als Entdeckung einer neuen inneren Ruhe, einer tiefgründigen Beobachtungsgabe, einer noch unbekannten Möglichkeit, sich zu verlieben. Wenn es wahr ist, dass man nur liebt, was man kennt, wie kann man es dann kennen lernen, wenn man nicht die Zeit dazu hat?

Van der Lens hatte so hart gearbeitet wie nie zuvor, hatte auf alle Bilder von De Ros seine Insekten gemalt und mit seinen magischen Pinselstrichen die Illusion echter Blumen erweckt, hatte ihre Existenz gewissermaßen bewiesen.

Auch verdient hatte er wie nie zuvor, und nun bereitete er sich auf die versprochene Reise vor, Ziel Venedig.

Zwischen seinen Koffern und Reisetruhen stapelten sich Dutzende von Schachteln mit aufgespießten und klassifizierten Insekten, Aufzeichnungen und Studien über die Vorderbeine von Mücken und Libellen, über die Flügel und Stacheln von Bienen, über die Augen von Fliegen und Marienkäfern, über das Verhältnis zwischen Gewicht und Flügelspannweite von Hornissen, nach dem sie, den Regeln der Aerodynamik zufolge, gar nicht fliegen können dürften, bloß dass ihnen das nie jemand mitgeteilt hat und sie unbeirrt damit fortfuhren. Und Dutzende von anderen Insekten, einige unter Glas, andere auf Träger geklebt, wieder andere aufgespießt. Geduldig hatte er sie alle durch sein vergrößerndes Kristall studiert, durch die Linse, die Wunder vollbringt. Tausende hatte er umgebracht und ihre zitternden Bahnen in ewige Bewegungslosigkeit verwandelt, ihr kurzes, rasches Leben in einen ewigen Tod.

An jenem Junitag, als der sensationelle Verkauf der Rosenbilder vorüber und der Niedergang der Tulpen und des Mannes, der sie mehr als jeder andere repräsentierte, bereits besiegelt war, hatte Van der Lens beschlossen, einen letzten Spaziergang zu machen.

Nicht in den lauten, langweiligen Straßen der Stadt, sondern über die weiten, schmucken Wege des Umlands. Nicht mitten im lästigen Getümmel, sondern einzig in Begleitung des kühlen Metallrings, der sein Vergrößerungsglas umschloss.

Er hoffte, noch auf ein seltenes Exemplar der Goldfliege oder des Scharlachfalters zu stoßen.

»Interessantes Detail«, hätte er im Stillen zu sich gesagt.

Tatsächlich kam er nicht einmal dazu, das zu denken, denn plötzlich befand er sich mitten in einem Bienenschwarm. Bienen folgen ihrer Königin, wenn sie zu dem Schluss kommt, ihr Stock sei zu klein geworden und es sei an der Zeit auszuschwärmen. Der neue Bienenstock mag in einem hohlen Baum eingerichtet werden oder unter einem Dach oder an einem großen Ast, Hauptsache, der Ort eignet sich für den Bau der Waben. Bienen denken nicht, und doch begreifen sie alle gleichzeitig. Und der Schwarm ist riesig, eine laute, schwarze Wolke, ein fliegender Motor, Beweis, dass die Materie eine Ansammlung vibrierender Zellen ist, ein Mantel tödlichen Giftes für jeden, der ihm in den Weg kommt. An jenem Tag führte sie das Schicksal zusammen, den Mann, der dem Detail nachspürt, und die Bienen, die ihrem Zyklus folgen. Bienen denken nicht. Sie sind sich nicht klar darüber, dass sie sich auf den Kopf eines Mannes gesetzt haben, solange dieser still hält.

Hat sich erst einmal eine gesetzt, so setzen sich alle. Ein ganzes Heer. Totale Reglosigkeit oder Tod. Van der Lens war gelähmt vor Schreck. Es war, als hätten sich alle Insekten, die er je gefangen hatte, ein Stelldichein gegeben, auf seinem Kopf, seinem Hals, seinen Schultern, seinen Händen. Rundum ein Höllengebrumm. In seiner Brust ein Herz, das zu zerspringen droht. Er wusste, dass er sterben würde, wenn er auch nur die Andeutung einer Bewegung machte, denn der erste Stachel würde eine Kettenreaktion provozieren, alle zusammen würden ihn unwiderruflich vergiften, und kein Gegengift würde ihn mehr retten können. Ein entsetzlicher Tod. Als würde er tausendfach aufgespießt, so wie er Tausende von winzigen, unbedeutenden Wesen aufgespießt hatte. So schön diese Tierchen in totem Zustand sind, so gefährlich sind sie, wenn sie leben. Er fühlte sie in den Ohren, zwischen den Lippen, in den Nasenlöchern, an den Lidern.

Es war unerträglich. Wirklich. Versucht einmal, euch das vorzustellen und dem standzuhalten. Van der Lens schaffte es nicht. Nach einer halben Stunde totaler Regungslosigkeit verlor er die Kontrolle und machte eine winzige und doch unendlich dumme Bewegung: Er öffnete ein Auge.

Um was zu sehen, um wen zu sehen?

Die Bienen, die auf seinen Lidern saßen, fühlten sich bedroht und stachen zu. Bienen denken nicht, sie sprechen nicht, und doch begreifen sie alle gleichzeitig. Und wenn eine sticht, stechen alle.

So starb Van der Lens, wie ein Sack, der schlaff zu Boden fällt, wie ein Körper unter Vollnarkose, wie eine Geschichte, in der die Rache zum Zuge gekommen ist.

Er ließ sein Leben inmitten eines Höllenlärms, die quälende Vibration der Flügel im Ohr, mit scheußlich verquollenem, entstelltem Gesicht, er, der die Schönheit des Mikrokosmos auf die Blumen der Menschen gemalt hatte.

Er starb still, einsam und plötzlich.

Wo die Bienen ihren neuen Stock bauten, wurde nie bekannt.

Das alles würde er ausführlich darlegen, und noch vieles mehr.

Er würde sie für sich einnehmen, denn sie würden sich verführen und überzeugen lassen von der Kraft, die Ruhe und Langsamkeit auf die Menschen ausüben. Er würde sie erobern, er fühlte sich tatsächlich wie ein Eroberer, bis in die kleinsten Gesten hinein, wie er etwa den hohen Hut aufsetzen, sich den geschwungenen Schnurrbart zwirbeln, sich die Halskrause zurechtzupfen würde. Erobern würde er sie, ein für alle mal.

Während er das Haus verließ, stellte er sich die Schlussszene vor, den begeisterten Applaus. Seine ersten Schritte waren sehr entschieden, ruhig, zugegeben, aber sicher. Der Tag war klar, hell und warm, und es war schön, in all die geöffneten Fenster zu schauen und den Frauen zuzusehen, wie sie die Wände abstaubten, die Türen schrubbten oder die Gehsteige fegten, und den Männern, wie sie spazieren gingen und damit beschäftigt waren, zu denken, zu reden oder zu vergessen. Ganz zufällig fiel sein Blick auf eins dieser Fenster, an dem er vorbeikam und das direkt zu seiner Rechten lag. Dort lehnte eine junge Frau auf dem Fenstersims und schaute ins Nichts, mit extremer Präzision. Helle Augen, helle Haut, ein weißes Häubchen auf dem Kopf, eine gelbe Schürze über dem blauen Kleid. Zwei Perlen in den Ohren, eine Gänsefeder in der Hand.

Wie es im reißenden Fluss dieses Lebens so oft geschieht, redete er, bevor er nachgedacht hatte.

»Guten Tag!«

Nett hatte er das gesagt. Offen, aber ohne jegliche Anzüglichkeit. Überzeugend, schließlich schickte er sich an, die akademische Welt zu überzeugen, da konnte er auch eine junge Frau im Fenster überzeugen.

Guten Tag, gewinnend, aber keineswegs aufdringlich.

Ruhig, aber keineswegs langsam.

Mit neuen, aber keineswegs naiven Augen. Einfach so. Guten Tag.

Dann ging er weiter, auf seine Zukunft und den Erfolg zu. Er ging weiter, und doch blieb sein Blick irgendwie dort hängen. An dieser jungen Frau, die ihm nicht geantwortet, ihn aber berührt hatte.

Wegen ihrer Schönheit, wegen ihres Liebreizes, wegen ihrer Reglosigkeit.

Um ehrlich zu sein, hatte sie ihn durchbohrt, gelähmt, zutiefst getroffen.

Schon ein paar Minuten später hatte er den Mut, von ihr abzulassen und seinen Blick heimzuholen, wie einen elastischen Schatten, der zu seinen Füßen zurückkehrte, wie einen bunten Drachen, der an einem Himmelsblick hängen geblieben war. Er zog ihn heran, wie ein Matrose die Ankerkette einzieht, damit der Anker nicht auf dem Boden der weiblichen Schönheit hängen bleibt.

Und dann vergaß er sie so rasch wie alle Männer, wenn sie von einer Frau, die für einen Moment ihre Aufmerksamkeit gefesselt hat, keine Reaktion erhalten, und konzentrierte sich auf das Faultier, das er auf dem Rücken trug wie einen Rucksack, streichelte ihm kurz über den Kopf und weckte es für wenige Sekunden aus seinem nicht enden wollenden Schlaf.

Er warf einen Blick auf seine Akten mit der Aufschrift »Immer langsam« und stellte fest, dass alles in Ordnung war. Dann wiederholte er im Geiste die Anzahl der Herzschläge und die Lebenserwartung der verschiedenen Gattungen, die er untersucht hatte.

Es würde eine Apologie der Langsamkeit werden.

Der ganze Nachmittag sollte vergehen, bevor er an derselben Stelle noch einmal vorbeikommen würde.

Abends, müde, abgekämpft, würde er denselben Weg zurücklegen, langsamen Schrittes, niedergeschlagen, traurig, besiegt.

Ein scheußlicher Rückweg, ganz anders als der Hinweg, bis auf ein Detail.

An der Ecke zwischen der Hauptstraße und der Straße, in der er wohnte, sah er genau dasselbe offene Fenster mit genau derselben jungen Frau in Gelb und Blau darin, in genau derselben Pose.

Nur das Licht war anders. Sein Blick traf den Blick der Frau mit den hellen Augen, der hellen Haut, dem weißen Häubchen und der Gänsefeder in der Hand.

»Auch Euch einen guten Tag.«

Antwortete sie.

Manchmal ist das Leben schon merkwürdig. Und in meinem Fall eigentlich immer, dachte Witt Van der Kalm.

Es war Abend geworden, aber im Norden geht das Licht erst spät zu Bett.

Stehen blieb er nicht, denn er hatte nicht die Zeit, darüber nachzudenken, es zu tun. Doch er war tief betroffen.

Auch Euch einen guten Tag, in sanftem Ton, um den Gruß vom Morgen zu erwidern.

Mit der Heiterkeit dessen, der keine Eile hat.

Mit der Leichtigkeit dessen, der nichts dafür erwartet.

Mit der Eleganz dessen, der tausend andere Dinge hätte tun können, es aber vorgezogen hatte, dort zu warten.

In Liebe.

Es ist schon merkwürdig, das Schicksal.

Du bereitest dich auf den wichtigsten Vortrag deines Lebens vor, kommst in den Saal, die halbe Welt ist da und erwartet dich, du legst dein Faultier auf den Tisch, räusperst dich und beginnst mit einer Frage: »Was ist Langsamkeit?«

Da fliegt die Tür auf und eine Stimme schreit: »Er ist gestrandet!«

»Allen Anwesenden, die hier so zahlreich erschienen sind ...«

Und einer fragt: »Wo?«

Und jener: »Am Strand.«

»... möchte ich den Zusammenhang zwischen der Lebenserwartung und der Verlangsamung der Zeit erläutern.«

Und ein anderer: »Sicher?«

Und jener: »Ich habe ihn gesehen, beeilt euch.«

Und plötzlich springen alle auf und schreien durcheinander, erst ich, nein, ich bin älter, das bringt jahrelange Plagen, das ist die Rache Gottes, seit Jahren sind sie nicht mehr bei uns gestrandet, wie groß ist er denn? Wie ein Wal, natürlich.

Es ist schon merkwürdig, das Leben.

Im Handumdrehen leert sich der Saal, und alle laufen fort, um sich den gestrandeten Wal anzusehen.

Alle außer einem, dem Einzigen, der wirklich an der Erforschung der Zeit und ihrer Verlangsamung interessiert ist.

Dem Einzigen, der noch in seiner Bank sitzt, ganz vorn in der ersten Reihe, mit der Kartoffelnase und dem Stimmchen, das so zart ist wie eine Wolke. Ein unerschütterlicher Doktor Claudius vor einem völlig verstörten Witt Van der Kalm.

Es ist schon merkwürdig.

Da kommst du von dem Vortrag zurück, von dem du dir alles erwartet hattest, und triffst auf eine Frau, von der du dir nichts erwartet hast.

Stattdessen.

Auch Euch einen guten Tag.

Ein Samenkorn in der Erde des Geistes.

Das in der folgenden schlaflosen Nacht aufgehen wird.

Ein Keim, der bei Sonnenaufgang schon zur Blume wird.

Eine Blume der Liebe, die ihn von nun an immer begleiten wird, denn schon ist er unsterblich in diese Frau verliebt.

Dieses Bewusstsein lässt ihm das Herz schwellen.

Das war die Frau seines Lebens.

Endlich hatte er sie gefunden.

Am nächsten Morgen verließ Van der Kalm sein Haus zu früher Stunde, was hieß, dass es für die anderen Leute eher schon spät war. Er ging denselben Weg wie am Tag zuvor und hatte das klägliche Ende seines Vortrags über die Langsamkeit vollkommen vergessen.

Inzwischen war er vollkommen berauscht vom Gedanken an sie.

Schließlich kam er an dasselbe Fenster vom Vortag.

Geschlossen.

Verdammt.

Sicher ist sie fort. Abgereist.

Immer mit der Ruhe. Schließlich sind wir im siebzehnten Jahrhundert und nicht in Eurer hektischen Zeit.

Mit unendlicher Langsamkeit öffnete sich einer der Fensterläden wie eine Knospe in der Sonne. Sie ist es. Bestimmt. Sie ist es.

Mein Gott, ich liebe sie.

Mit derselben verwirrenden Langsamkeit beschreibt der andere Fensterladen dieselbe Bahn, nur spiegelbildlich. Wie das vor sich geht? Immer mit der Ruhe, natürlich. Und mit derselben Ruhe lehnt sich das hübsche Mädchen, das wir Aucheucheinengutentag nennen wollen, auf das Fenstersims.

Ein weißes Häubchen auf dem Kopf, einen Schal aus feinster weißer Wolle um die Schultern.

Puffärmel mit goldenen und weinroten Streifen. Genau wie auf einem Bild von Vermeer.

Witt Van der Kalm zuckt zusammen.

Mit entwaffnendem Freimut blickt er sie an und öffnet die Tore seines Herzens.

Eine Stimme kommt heraus.

»Angebetete«,

ruhig, denn bestimmte Erklärungen müssen langsam und wohlüberlegt vorgetragen werden.

»Ihr habt auf meinen Gruß mit der rechten Bedachtsamkeit geantwortet, und das hat mir, zusammen mit Eurer offenkundigen Sanftmut und Eurer augenscheinlichen Schönheit, eine unerwartete Einsicht beschert. Ihr seid die Frau, die ich gesucht habe. Ich biete Euch meine Liebe und eine Vereinigung, die es uns erlauben wird, im gleichen Rhythmus und mit denselben Empfindungen miteinander zu leben. Sie wird es uns erlauben, die Dinge auf dieselbe Weise zu sehen und das vornehmste Ziel der Liebe zu verwirklichen: die vollkommene Ergänzung.«

Ein tiefer Atemzug, sein Herz schlägt zum Zerspringen. Dann ganz langsam:

»Liebste, Teuerste, ich bitte Euch, mich zu lieben, von nun an und solange die Zeit es uns erlaubt, diese Maschinen des Körpers zu bewohnen, und mich umgehend zu heiraten und mir absolute Hingabe und absoluten Respekt zu versprechen in der Gewissheit, endlich ein Leben ohne Eile leben zu können. Wollt Ihr das?«

Aucheucheinengutentag rührte sich nicht.

Sie schloss die Augenlider und brauchte für diese Bewegung, die andere im Bruchteil einer Sekunde erledigen, eine volle Minute.

Sie öffnete die Augen wieder und schwieg.

Stumm.

Van der Kalm in bebender Erwartung.

Aucheucheinengutentag in marmorner Reglosigkeit.

So verharrten sie, ohne auf die Welt und die Zeit zu achten, eine halbe Stunde lang.

Ohne eine Antwort zu geben oder zu erhalten. Ohne sichtbare Anzeichen für irgendeine Reaktion.

Langsam, ganz langsam, schlichen sich leise Zweifel in die Gedanken des Professors ein, etwa ob das Fräulein stumm war oder ob die Stimme vom Vortag einer Verwandten im Inneren der Wohnung gehört hatte, oder, schlimmer noch, einem seltenen, exotischen Papagei oder gar einer Amsel, die alle Passanten grüßt.

Zweifel, ob sein Antrag vielleicht zu lang gewesen war oder ob er ihn zu hastig vorgebracht hatte. Zweifel, ob seine Erklärung vielleicht zu kurz gewesen war, denn Liebe braucht schließlich Zeit.

Kurz, Zweifel über Zweifel.

Nach einer weiteren halben Stunde, die sie voreinander in tiefster Stille und absoluter Reglosigkeit verbracht hatten, fasste er einen Entschluss.

Er ging nach Hause.

Um zu warten.

Zu warten.

Einfach so.

Er wartete.

Und ließ den ganzen Vormittag und den ganzen Nachmittag verstreichen. Wartend.

In der Abenddämmerung verließ er das Haus, um zu sehen, wie die Dinge stehen. Die Dinge standen genauso wie die Person. Aufs Fenstersims gelehnt, in genau derselben Haltung. Aucheucheinengutentag war dort, ein Lächeln auf den Lippen.

Er trat vor sie hin und nahm die fragende Haltung vom Morgen wieder ein.

Aucheucheinengutentag antwortete.

»Ja, ich will.«

Das ließ er sich nicht zweimal sagen, sie will, aus Angst, womöglich einen weiteren Tag warten zu müssen. Sie will.

Zum ersten Mal in einem Buch, das keine Märchen erzählt, lebten sie glücklich und zufrieden. Und vor allem langsam.

Verliebt und langsam.

In vollkommener Ergänzung.

Er, sie und das Faultier.

Regen ist wie eine Klage.

Gleichförmig, aber nicht stark.

Eigentlich ist die Szene schon traurig genug, doch es kommen noch der grau verhangene Himmel hinzu, die aufgetürmten Wolken, die nassen Bindfäden, die auf die Welt herabfallen.

Wir befinden uns auf der Beerdigung von Absentia, gestorben an der Pest am vierundzwanzigsten Oktober, im Monat der Leidenschaft und der Intensität. Wie seltsam.

Vom einundzwanzigsten Jahrhundert aus einer Beerdigung im siebzehnten beizuwohnen.

Wie komisch.

Auf dem Amsterdamer Friedhof, im Teil, der für die Armen reserviert ist, welche ohne Namen und Grabstein sterben, denn bestimmte Dinge sind den Reichen vorbehalten, nicht den Pestopfern, hat sich bereits ein Grüppchen zusammengefunden. Spärlich, um ehrlich zu sein. Ein Priester, der abwesend wirkt und ein paar lateinische Worte herunterleiert, die keiner versteht. Ein trauriges Brüderpaar und ein bleicher Vetter. Van der Clocks Sekretär, der den Laden seines verschollenen Arbeitgebers wieder eröffnet hat, nun jede Gelegenheit nutzt, sich bei den wohlhabenden Familien der Stadt einzuführen, und, nachdem er gehört hat, die Verstorbene habe für Marco de Ros Modell gesessen, jetzt hofft, den großen Maler persönlich anzutreffen.

An seiner Seite eine blinde Frau. Die einzige, die das verworrene Gewebe der Schicksale sieht, die einzige wahre Assistentin von Napilut, die einzige Freundin von Absentia, die einzige Frau mit so vielen Namen, wie es Farben gibt. Gegenüber der verschlagene Tita Mor, das einzige Zeichen einer heuchlerischen Anerkennung, dass sie ihnen Modell gesessen hatte, und die einzig wahre Möglichkeit, die Gerüchte um eine Vergewaltigung zum Verstummen zu bringen. Der Einzige, der Blumen besorgt und die kurze Zeremonie bezahlt hat, natürlich im Auftrag von Marco De Ros, der einmal mehr der Pflege seiner gesellschaftlichen Beziehungen Genüge leisten kann.

Mehr nicht.

Das Grüppchen weint nicht, ein Ausgleich für die Tränen, die in Absentias Leben die Worte ersetzt haben.

Rings umher Bäume und Wiesen, Schlamm und Kreuze, Regen und Kutschen, Trauer und Segnungen.

Und noch etwas.

In der Ferne, halb versteckt im Schatten einer jahrhundertealten Eiche, eine schwarze Gestalt. Ohne Halskrause, ohne Hut, ohne Angst.

Von nahem gesehen ein Gesicht, auf das die Regentropfen fallen, um sich mit den Tränen zu mischen. Unbeweglich beobachtet Napilut aus der Ferne die Szene, die vor seinen Augen verschwimmt, in seinem Herzen aber scharf ist wie ein Schnitt durch eine Leinwand.

Herbeigerufen an diesem Tag und an diesen Ort nicht vom Gerede der Leute oder von der Neugier, sondern vom stärksten aller Gesetze, vom mächtigsten aller Lockrufe. Geliebte, meine Geliebte.

Ich liebe dich, Absentia. Auch wenn ich dich nie bekommen habe.

Das Grüppchen löst sich auf und verläuft sich wie der Gottesdienst. Tita Mor ist der Erste, der sich entfernt, und der Schnellste. Der Pastor verabschiedet die Hand voll Seelen mit einer abgenutzten Floskel. Weiß kniet sich auf einen Erdhaufen und spricht.

Kann ein Toter hören? Ja, wenn ein Blinder sehen kann.

Ein Blitz, ein Donner, eine Einladung zu gehen.

Fort.

Niemand bleibt, nur er, dort hinten, hinter der Eiche. Jetzt, da ihn keiner sieht, nähert sich Napilut langsam.

Sie hätte seine Braut sein können, ewig wird er sie in Erinnerung behalten. Er läuft, ohne den Schlamm unter seinen Füßen zu spüren, ohne die Regentropfen auf seinem Gesicht zu zählen. Er spürt nur die Säure in seinen Augen, denn was unter seinen Lidern hervorquillt, brennt wie Zitrone. Er hätte mit ihr reden wollen, ihr erklären, wie oft er an jene Nacht zurückgedacht und seine Worte bitter bereut hat, wie oft er sich nach ihr gesehnt hat und drauf und dran war, sie herbeizurufen, doch er wollte ihr ganzes Leben oder nichts. Sie steckte fest in ihrem Versprechen wie ein Drachen in einer nichtexistenten Wolke.

Hier, auf diesem melancholischen Friedhof, wurde seine innere Stimme immer quälender, und jeder Schritt brachte ihn diesem Körper näher, den die Krankheit zerstört hatte, und jedes stumme Wort hallte in seinem Geist wieder und wurde lauter und lauter.

Meine Geliebte, meine Angebetete, meine Ergänzung, meine Gewissheit, meine Ewigkeit.

Es war eine schweigende Liebeserklärung. Die letzte? Nein.

Am Grab angekommen, kniete er sich hin und legte an die Stelle, wo sich ihre Hände befinden mussten, ein Bild. Jenes. Das erste Bild ihrer bittersüßen Sitzungen, jenes, das er ihr für ihre Schönheit versprochen hatte, jenes, für das sie sich ausgezogen hatte, jenes mit dem Tautropfen, der den Schleier fortgezogen hatte, jenes, das er niemals gezeigt hatte, um es nicht verkaufen zu müssen, jenes Bild, das sie beide mit einem unsichtbaren Band vereint hatte, trotz allem.

Doch da sind Stimmen zu hören, auch wenn sie aus unserer Zeit kommen. Aus Saal XXIII des Metropolitan Museum of Art in New York, im September 2001.

»Dieses Bild mit Tulpe und Tautropfen ist von allen Werken am schlechtesten erhalten, muss aber aus seiner besten Schaffensperiode stammen.

In den letzten zehn Jahren hat die Kunstkritik Napiluts Werk aufgewertet und gleichzeitig, wenn auch vielleicht nicht hinreichend, die stilistischen Errungenschaften und die Bedeutung von Marco De Ros relativiert. Trotzdem kommen wir nicht umhin, die beiden größten Genremaler des siebzehnten Jahrhunderts miteinander zu vergleichen.

Die Legende, nach der Napiluts Blumen dufteten, ist vollkommen unhaltbar. Doch seine Bilder sind mit einem dünnen Firnis aus Lack und Perlmuttpulver überzogen, der seinen Werken eine elektrisierende Vitalität verleiht.

Während die Bilder von De Ros über seine gesamte Schaffenszeit hinweg einen konstanten Stil aufweisen, ist bei Napilut ein fortschreitender Veränderungsprozess festzustellen, angefangen vom minutiösen und detailreichen Stil der Anfänge, bis sich zum Ende hin die Materie fast völlig auflöst und das Interesse an den feinen Farbabstufungen verloren geht. Seine letzten Werke trafen nicht mehr den Geschmack seiner Zeit, der sich helleren und farbenfroheren Bildern zugewandt hatte, und im allerletzten Bild scheint Napilut, davon geht man heute aus, sogar einen Genrewechsel versucht zu haben.

Marco De Ros hingegen war gegen Ende seines Lebens enorm reich und genoss im Rahmen seines Genres einen europaweit einzigartigen Ruhm. Als er 1673 nach einem längeren Syphilisleiden in Venedig starb, schickten französische Fürsten, venezianische Patrizier, reiche holländische Kaufleute und Aristokraten aus aller Herren Länder als Zeichen ihres Beileids und als offiziellen Ausdruck ihrer Hochachtung riesige Rosensträuße, Körbe voller Rosenblätter, Rosenessenzen und destilliertes Rosenwasser, und noch heute spricht man von der erhabenen Theatralik und der ausgeklügelten Inszenierung seines Begräbnisses, das für die damalige Zeit eine absolute Neuheit darstellte.

Sieht man von der Eigenart, nur eine einzige Blumensorte zu malen, einmal ab, so hatten Napilut und De Ros nichts miteinander gemein. Nur ein einziges Mal haben sie sich getroffen, in einer Taverne in Amsterdam. Der eine sprach über die stimulierende Wirkung von Kaffee, der andere über den sublimen Geschmack von Schokolade.«

Es ist merkwürdig, einen derart erfolgreichen Mann in so einem Zustand zu sehen, einen Mann, der seine Emotionen nie gezeigt, der seine Gefühle immer unter Kontrolle hatte, weinen zu sehen.

Ja, Ihr habt richtig gelesen. Weinen.

Napilut beweint Absentia.

Doch er weint nicht wegen ihres Todes. Er weint wegen des Lebens, das ihm noch bleibt. Und was aus seinen Augen quillt, sich mit den Regentropfen vermischt und von ihnen fortgespült wird, brennt wie Zitrone.

Das alles tut schrecklich weh, falls sich das jemand vorstellen kann.

Jemand, der liebt, nicht irgendein Leser, nicht irgendeine Leserin, nein, jemand, der geliebt hat, der eine wahre Liebe verloren hat, der seine Liebe nie erklärt hat, dem es nicht gelungen ist, den Verlust zu verschmerzen. Nur so jemand kann Napilut verstehen, diese Welle, die sich im Ozean verloren hat, ohne den Wind noch zu spüren oder das Ufer zu erkennen, an dem sie sterben könnte, diesen Wasserschwall, der in einem nach Schicksal dürstenden Sand versickert.

Nun sieht man ihn nach Hause gehen, einen Nebenweg auf dem Friedhof einschlagen und sein Leben für immer dort zurücklassen.

Auf dieser Graberde, welche der Regen allmählich mit dem

umliegenden Boden vermischt, welche die Sonne morgen trocknen wird, gemeinsam mit dem Bild darauf, welche der Wind allmählich forttragen wird, wie er jede Liebe von der Erde fortträgt, um zu sehen, ob sie überdauert, ob sie vielleicht in einem anderen Leben, einem anderen Jahrhundert, einer anderen Rolle wiedergeboren wird.

An diesem Ort, den man gewöhnlich einen traurigen nennt, obwohl Orte weder traurig noch fröhlich sind, sondern unsere Augen sie erst dazu machen, an diesem Ort der leblosen Körper, wo die Würmer sich nähren, die Gase sich lösen, das Fleisch zerfällt und die Knochen zu Pulver werden, an diesem Ort findet Napilut eine Blume. Dort, am Wegesrand, entdeckt er eine wilde Tulpe. Nicht eine von jenen, für welche die Holländer alles getan hätten, keine Augustus oder Bizarden oder Violette, keine leuchtend gesprenkelte, nein.

Eine einfache Tulpe, klein und weiß. Aber wunderschön.

Das muss gesagt werden: Sie war wunderschön, kräftig und stolz unter dem prasselnden Regen.

Napilut pflückt sie.

Er nimmt sie mit.

Bis nach Hause in sein Atelier.

Er stellt sie in eine lange, schmale Vase und bringt sie zu dem roten Stuhl an der Wand, auf dem Absentia immer gesessen hat.

Dort.

Genau dort.

Dann geht er zu seiner Staffelei zurück.

Und beginnt zu malen, einfach so, ohne jede Hilfe, ohne fremde Blicke.

Der Abend kommt, und der Diener klopft an die Tür des Ateliers, um ihn zum Essen zu rufen. Keine Antwort.

Die ganze Nacht über ist von draußen ein schwaches Kerzenlicht zu sehen und der Schatten des Meisters bei der Arbeit. So auch am folgenden Tag und in der folgenden Nacht.

Es klopft. Keine Antwort.

Von außen ruft jemand.

»Meister Napilut, ich bin es, Doktor Claudius, hört Ihr mich?«

Nichts.

»Napilut, ich bitte Euch, hier ist Van der Kalm, Euer Freund Witt. Lasst Euch nicht aus der Ruhe bringen, aber gebt uns ein Zeichen, eine Antwort.«

Nichts.

»Meister Napilut, ich bin Aucheucheinengutentag, die Verlobte vom Professor, bleibt ruhig, aber gebt uns ein Zeichen.« (Langsam. Ganz langsam hat sie das gesagt.)

Nichts.

Der Tag vergeht, und die Nacht vergeht.

Aus Angst, es könnte etwas geschehen sein, rückt bei Morgengrauen die Malergilde an, mit einem Arzt im Schlepptau.

Vom Gehsteig aus rufen sie seinen Namen, flehen um ein Zeichen, reden von seinem Gesundheitszustand.

Auf den Stufen vor dem Haus sitzt eine Blinde und sagt:

»Er wird nicht öffnen.«

»Woher wisst Ihr das?«

»Ich weiß es. Er arbeitet.«

»Wie heißt Ihr?«

»Wie ist der Himmel heute?«

»Blau.«

»So heiße ich.«

Bei Sonnenuntergang kommen Admiral Fleming, die Witwe Tulp, der Botaniker Jan Grouw, die Nachbarn.

Nichts.

Auch diese Nacht vergeht, insgesamt drei Tage und drei Nächte.

Langsam öffnet sich am Morgen die Haustür, und er tritt heraus.

»Meister…«, ruft Blau, die sich nicht ein Mal vom Eingang entfernt hat.

»Ihr habt es ohne mich getan!«

»Es war eine Sache zwischen mir und Absentia.«

Antwortet er zitternd und erschöpft.

Blau begreift.

Wie betrunken schlägt er den Weg zur Taverne ein. Er torkelt, doch er scheint glücklich.

Blau steigt die Treppe hinauf. Sie geht nach links, wo der Geruch nach frischem Lack, nach Öl, Essenzen, Pulvern und schmutzigen Pinseln einen starken Kontrast bildet zu der merkwürdigen weißen Tulpe am Ende des Zimmers.

Sie stellt sich vor das Bild. Es ist anders als die anderen. Das riecht sie an den benutzten Farben, das merkt sie am größeren Format, an der Komplexität, würde man sagen. Strenger aufgebaut, seltsamer.

Da begreift sie.

Denn der Geist sieht besser als die Augen, und die Seele sieht besser als der Geist.

Es ist, als könnte man es hören, das Ende des Vortrags im Metropolitan Museum, im September 2001, Saal XXIII.

»Dieses Frauenporträt ist und bleibt ein Rätsel. Nicht nur, weil es als das schönste holländische Porträt des siebzehnten Jahrhunderts in Holland gilt, sondern auch, weil es von einem Genremaler geschaffen wurde, der auf Tulpen spezialisiert war. Jahrelang haben die Kritiker über die Frage debattiert, wie der Künstler ohne Vorstudien eine derartige stilistische Vollkommenheit erlangen konnte. Obwohl die Signatur *Napilut 1651* ganz mit seinem Namenszug auf den Tulpenbildern übereinzustimmen scheint, konnte erst anhand einer chemischen Analyse der Leinwand und der Farben zweifelsfrei festgestellt werden, dass dieses Bild auf die Mitte des siebzehnten Jahrhunderts zu datieren ist. Jahrhundertelang hielten die Kunsthistoriker die Unterschrift für gefälscht, doch bei jüngsten Röntgenuntersuchungen konnten weder eine andere Signatur in einer tieferen Schicht, noch Übermalungen oder Zusätze aus einer späteren Zeit festgestellt werden.

Wenn wir also die Theorie akzeptieren, nach der dieses Bild ein Werk von Meister Napilut ist, so können wir nur staunen und kommen nicht umhin, ihn als das absolute Genie seines Jahrhunderts anzuerkennen.

Die Komposition der Figur ist modern, plastisch und elegant. Die hinten zusammengebundenen Haare verleihen der jungen Frau ein vornehmes Aussehen, und das Kleid aus feinster schwarzer Seide lässt ihren wunderschönen Körper erahnen, als sei sie nackt gemalt und dann mit feinster Gaze bedeckt worden, und zwar mit einer Meisterschaft, die an manch eleganten Pinselstrich von Frans Hals erinnert.

Das Licht fällt, ähnlich wie auf den Bildern von Rembrandt, von links ein, doch das Interieur bleibt unbestimmt, was die Szene in eine gewisse Zeitlosigkeit taucht: Sie könnte sich an jedem Ort abspielen, zu jeder Zeit.

Das helle Perlmutt der Haut sticht gegen den dunklen Hintergrund ab, und die sanft auf den Knien liegenden Hände der Frau und die Dreiviertelansicht ihres Gesichts nehmen die Porträtkunst des neunzehnten Jahrhunderts um zweihundert Jahre vorweg.

Das Erstaunlichste jedoch ist der Blick mit diesen Augen. Ein Universum der Liebe spiegelt sich hier in zwei grünen Perlen, deren feuchter Glanz der einzige Beweis zu sein scheint, dass dieses Meisterwerk tatsächlich von Napilut stammt. Hier sehen wir die Lebendigkeit seiner Tulpen, dasselbe vibrierende Daseinsgefühl, welches das Bild durchdringt wie bei Vermeer. Die winzigen weißen Punkte unter den feuchten Augen, die offenbar mit Tränen gefüllt sind, lassen keinen Zweifel daran, dass wir eine wirkliche, lebendige Frau vor uns haben, die der Maler gemalt und zu der er eine sehr intime Beziehung gehabt haben muss.

Der Legende nach soll dieses Meisterwerk in drei Tagen und

drei Nächten fertig gestellt worden sein, doch es ist absolut unmöglich, in so kurzer Zeit ein so vollkommenes Bild zu schaffen.

Überliefert ist auch die Behauptung, die dargestellte Frau sei ein Modell des Malers gewesen. Doch im calvinistischen Holland des siebzehnten Jahrhunderts war es verboten, nackte Frauen zu malen, und außerdem hätte ein Tulpenmaler für seinen Gegenstand wohl kaum ein Modell gebraucht. Die Gestalt erinnert weniger an ein posierendes Dienstmädchen als vielmehr an eine Adlige, die durch die Liebe des Künstlers verklärt und in einen Engel verwandelt wurde.

Mit diesem Porträt wird Napilut ohne Frage zu einem der eigenwilligsten und rätselhaftesten Maler aller Zeiten.

Nach diesem Bild verschwindet er von der Bühne der Kunst und hat nie wieder gemalt.

Von den Umständen seines Todes fehlt jede Spur.«

1651

Eine Liebesgeschichte endet. Doch die Liebe ist nie in einer Geschichte und kann daher auch nie enden.

1652

Cromwell errichtet in seiner Republik ein protektionistisches Wirtschaftssystem. Die Häfen werden für alle Importe gesperrt. Wutentbrannt geht das Volk auf die Straße und fordert die Abschaffung von Privatbesitz, das Nutzungsrecht für das unbestellte Land der Reichen, das Ende des ungezügelten Kapitalismus und die Regulierung der Produktion.

Hellma Tulp, die Witwe von Doktor Tulp, stirbt. Ihr gesamtes Erbe wird an einem einzigen Tag, dem ihres Begräbnisses, ausgegeben, indem jeder Einwohner von Amsterdam eine kostbare Tulpe geschenkt bekommt.

1653

Nach der blutigen Niederschlagung des Bauernaufstandes kehren Ludwig XIV. und Mazarin mit ihrem gesamten adligen Gefolge nach Paris an den Hof zurück, wo der Musiker Lully, wie paradox, den Bauerntanz von Poitou einführt, einen eleganten, hochstilisierten Tanz, der den Namen Menuett erhält. Vom Stall an den Hof.

An einem Augusttag legt Kapitän Fleming im Amsterdamer Hafen seine Kleider ab und schwimmt mit erstaunlicher Energie davon. Er wird nie wiederkehren.

Die Leute fragen sich: »Hat er das Meer besiegt hat, oder hat das Meer ihn besiegt?«

1655
In England löst Cromwell das Parlament auf, während der große Pirat im Dienste des Staates, Robert Blake, die wegen des Embargos aufgebrachten Holländer schlägt und weiterhin die Meere unsicher macht.

1656
In Paris wird als Erstes seiner Art in Europa das Hôpital Général eröffnet, Hospiz für Alte und Waisen und Arbeitsinstitut für Obdachlose. Die Institution wird sich bald in ganz Europa verbreiten.

Rembrandt, der weit über seine Verhältnisse gelebt hat, ist gezwungen, sein Haus und seine herrliche Kunstsammlung zu verkaufen.

1657
Huygens ist der Erste, der die Welt im Sekundentakt marschieren lässt, indem er die Pendeluhr mit frei schwingenden Gewichten erfindet und sich das Gesetz des Isochronismus von Galilei nutzbar macht. Bald gehört diese Uhr in jeden Haushalt. Millionen werden hergestellt und vertrieben. Galilei, der bereits ähnliche Pläne gehabt hatte, profitiert nicht mehr von dieser Entwicklung.

Die Chroniken berichten vom Tod eines rot gekleideten Verrückten, der sich zwar als Uhrmacher ausgibt, aber alle Uhren zerstört und behauptet, die Zeit sei für immer stehen geblieben.

1658
Bernini beginnt mit dem Bau der Kolonnaden auf dem Vorplatz des Petersdoms in Rom.

Cromwell stirbt, nachdem er die Niederlande und Spanien, die unablässig von seinen Piraten beraubt werden, in ernste Schwierigkeiten gebracht hat.

Nach zwanzig Jahren Kampf vertreibt die Ostindische Kompanie die Portugiesen aus Ceylon.

1659
Mazarin erringt einen großen diplomatischen Erfolg: Er verheiratet Ludwig XIV., den Sonnenkönig, mit der spanischen Infantin Maria Theresia, der ältesten Tochter Philipps IV., läutet damit das Ende des spanischen Reiches ein und macht zugleich die ehrgeizigen Pläne der Engländer zunichte.

1660
Blütezeit von Molière und Bergerac.

Der Philosoph Spinoza wird aus Amsterdam verbannt und ist gezwungen, Linsen zu schleifen, um sich seinen Lebensunterhalt zu verdienen. In seinem ärmlichen Haus verfasst er aber sein berühmtestes philosophisches Werk, die »Ethik«.

Doktor Claudius veröffentlicht »Von der himmlischen Festigkeit«, ein Werk, das den Nachthimmel beschreibt und die wichtige Rolle des Polarsterns.

Danksagung

Einen historischen Roman zu schreiben ist viel anspruchsvoller, als man denkt. Und oft werden die Schwierigkeiten dank der Ideen und Ratschläge von Freunden überwunden. Ich danke allen, die mir geduldig zugehört und mich hilfreich unterstützt haben.

Besonderer Dank gebührt Mari Pietrogiovanna und Andrea Ballarini für die unzähligen Literaturempfehlungen und für ihr historisches Einfühlungsvermögen.

Dank an Monica De Vincenti für die Recherchen in Quellen des siebzehnten Jahrhunderts, Franco Sandon für Informationen zur Botanik und Maria Silvia Proni, Cristiano Bulegatto und Leopoldo Benacchio für kluge Empfehlungen.

Ich danke Cecilia Cavagnini und Giuliana Manfredini für ein geduldiges Lektorat und Lorena Macena für die Betreuung des Projekts.

Das größte Dankeschön aber, für ein volles Jahr Arbeit in Bibliotheken, Museen und im Internet, schulde ich Alessandra Cristiani, der ich mich unendlich verpflichtet fühle.